L'héritière et le brigand

Chère lectrice,

« Le cœur a ses raisons que la raison ne connaît pas » affirmait Blaise Pascal. Et, en effet, vos six héroïnes de ce mois éprouvent une déraisonnable attirance pour des hommes qui, pourtant, ne semblent guère leur convenir... Mair, d'abord, s'en veut d'être sensible à la séduction d'un chevalier gallois qu'elle sait promis à une autre femme. Mais comment ne pas succomber au dévastateur *Baiser du guerrier* ? Découvrez vite cette dernière partie de *Noces celtiques*, la saga médiévale de Margaret Moore... A la même époque, mais dans un tout autre contexte, lady Alys, l'héroïne du *Bouclier de cristal*, sait que ses parents espèrent qu'elle fasse un riche mariage. Alors pourquoi, malgré son désir de les satisfaire, ne parvient-elle pas à chasser de son esprit Padrig ap Huw, un chevalier sans terre ni fortune ? Trois siècles plus tard, en 1569, Kathryn, *La captive du pirate*, est tout aussi déconcertée de se découvrir amoureuse d'un homme soupçonné de frayer avec les pirates ottomans qui, des années plus tôt, ont enlevé son amour d'enfance. Plus tard, en 1815, c'est au tour de Lily, l'héroïne d'*Un carnet de bal*, d'avoir le coup de foudre. Et le moins que l'on puisse dire est que l'élu de son cœur n'a pas du tout le profil du mari idéal ! Toujours sous la Régence, l'union impromptue de *L'héritière et le brigand* n'en finit pas de faire jaser. Et les raisons de cet étrange mariage, quand elles seront connues, causeront un véritable séisme dans les salons mondains. En 1879, Megan, quant à elle, l'héroïne du *Secret du manoir*, est bouleversée le jour où elle s'avoue être désespérément éprise du marquis de Raine, l'homme même dont elle a juré la perte.

Enfin, le 1er janvier 2008, ne manquez pas, dans la collection Best Sellers, *Lady Sapphire*, de Rosemary Rogers.

Bonne lecture, très heureuses fêtes de fin d'année, et rendez-vous en février.

La responsable de collection

HELEN DICKSON

L'héritière et le brigand

LES HISTORIQUES

éditions Harlequin

Cet ouvrage a été publié en langue anglaise
sous le titre :
ROGUE'S WIDOW, GENTLEMAN'S WIFE

Traduction française de
BLANCHE VERNEY

HARLEQUIN®

est une marque déposée du Groupe Harlequin
et Les Historiques® est une marque déposée d'Harlequin S.A.

Photo de couverture
Couple : © FRANCO ACCORNERO / THOMAS SCHLUCK

83-85, boulevard Vincent-Auriol, 75013 PARIS — Tél. : 01 42 16 63 63
Service Lectrices — Tél. : 01 45 82 47 47
ISBN 978-2-2808-3743-9 — ISSN 1159-5981

À cette époque…

C'est en Caroline du Sud que l'héroïne anglaise de ce roman Régence rencontre celui qui va devenir son mari…

L'histoire coloniale de la Caroline du Sud s'amorce en 1540 lorsque Hernando de Soto explore la région. En 1670, des Anglais implantés dans les colonies voisines de Pennsylvanie et de Virginie sont les premiers Européens à s'y établir, aussitôt rejoints par quelques Français huguenots. Il faut attendre 1712 pour que la Caroline devienne officiellement une colonie royale anglaise. Mais, rapidement, des disparités se révèlent entre le sud et le nord du pays. Le sud se révèle très vite plus agricole, plus prolifique, si bien que, dix-sept ans plus tard, la Grande-Bretagne divise le territoire en deux, donnant ainsi naissance à la Caroline du Nord et à la Caroline du Sud. Le 15 mars 1776, la Caroline du Sud déclare son indépendance vis-à-vis de la Grande-Bretagne et nomme son propre gouvernement. Durant la longue Guerre d'Indépendance qui s'ensuit, elle se bat aux côtés des insurgés de Nouvelle-Angleterre jusqu'à ce que les treize colonies alliées acquièrent, après sept années de conflits souvent sanglants, l'indépendance des Etats-Unis d'Amérique. En 1778, la Caroline du Sud devient le premier état américain à ratifier la nouvelle Constitution.

1.

Charleston, Caroline du Sud, 1880

Le long de la rue éclaboussée de soleil, une longue colonne noire et grise de forçats avançait péniblement. Pieds nus, en haillons, les hommes étaient enchaînés comme des bêtes de somme, les fers leur entaillant cruellement les chevilles. Des gardiens les pressaient avec des jurons et des menaces, matraque à la main, tandis que d'autres ouvraient et fermaient à cheval la marche du triste cortège, le harnachement de leur monture cliquetant à chaque pas.

La circulation était dense, et les nombreux passants qui battaient le pavé ce jour-là offraient toutes les nuances de couleurs de peau, du brun hâlé au noir d'ébène. Ils portaient des vêtements colorés, et leur accent du Sud, doux et chantant, était agréable aux oreilles.

Dans son élégante calèche immobilisée par le passage des bagnards, Amanda O'Connell rongeait son frein, assise auprès de sa gouvernante, sa délicate ombrelle l'abritant imparfaitement de la lumière trop crue.

Sous ce soleil de plomb, l'humidité rendait la chaleur plus insupportable encore. Amos, le vieux majordome et cocher noir de tante Lucy, se tenait bien droit sur son siège, les guides réunies dans sa main. Sa dignité l'empêchait de montrer le moindre signe d'agacement, mais ses chevaux, eux, piaffaient d'impatience.

Amanda se sentait tout aussi nerveuse que ces nobles animaux. En fait, si la chaleur l'importunait, les ardeurs du soleil n'étaient pas la cause principale de sa mauvaise humeur, et elle regardait sans même les voir les malheureux forçats qui défilaient devant sa voiture. Ce qui l'agitait, c'était le fait qu'elle allait devoir quitter Charleston dans cinq jours à peine.

Accablée par la température, Nan, sa gouvernante, repoussa son bonnet de coton et s'essuya le front avec son mouchoir.

— Cette chaleur me tue ! soupira-t-elle en chassant une mouche venue se poser sur sa joue en sueur. Dieu merci, nous n'aurons plus à la supporter longtemps. Quand nous serons de retour en Angleterre, tu ne me verras jamais plus me plaindre de la pluie ou du froid !

— J'étais sûre que tu allais dire ça, répliqua Amanda avec humeur.

Sa colère se mêlait d'amertume et de déception. Partir pour l'Amérique loin de l'autorité pesante de son père avait été pour elle la plus merveilleuse des aventures. Elle avait profité de chacune des minutes qu'elle avait passées dans le Nouveau Monde et se lamentait de devoir déjà rentrer au bercail. Mais les circonstances l'exigeaient. Elle avait toujours su que l'auteur de ses jours, qui s'était élevé socialement à la force du poignet grâce à son sens des affaires, comptait sur elle pour grimper encore plus haut.

— Oh, Nan, se lamenta-t-elle, pourquoi a-t-il fallu que tante Lucy meure juste au moment où la vie était si pleine de promesses ? Tout se passe d'une façon si différente de ce que j'avais prévu…

Malgré son inconfort, Nan, qui avait dix ans de plus que sa maîtresse et l'aimait comme sa fille ou comme une sœur cadette, ne put s'empêcher de sourire.

Sa jeune maîtresse formait un tableau ravissant dans sa robe légère de cotonnade bleu ciel à crevés, un chapeau de la paille la plus fine posé sur ses boucles rousses qui flamboyaient au soleil. Mais il eût été bien illusoire de se laisser aveugler par la joliesse du tableau : sous cette apparence douce et charmante, la véritable Amanda était entêtée, irascible, indépendante, rebelle à toute autorité, et volontiers féroce si l'on prétendait s'opposer à ses volontés. Aussi passionnée que son père, elle n'avait rien de commun avec la calme et patiente Charlotte, sa cousine américaine. Nan avait tendance à penser qu'Amanda aurait eu besoin d'être gouvernée d'une main plus ferme. Gâtée par son père, qui l'adorait, elle n'avait que trop tendance à n'en faire qu'à sa tête.

— Tu n'y es pour rien, tempéra-t-elle en haussant les épaules. Tu ne pouvais pas savoir que ta tante allait mourir et que ton père t'ordonnerait de rentrer tout de suite en Angleterre.

— Il me mariera dès que j'aurai posé le pied sur le quai, se plaignit la jeune fille. Je sais qu'il veut à toute force un petit-fils. Je suppose qu'il a un prétendant en vue… Quelque barbon titré qui lui ouvrira, croit-il, les portes de l'aristocratie.

— Cesse donc de te tourmenter ! Si c'est le cas, je suis sûre que le gentleman qu'il te présentera te conviendra fort bien. Ton père t'aime, il ne te mariera pas contre ta volonté.

— Oh, Nan, si je pouvais trouver moi-même un homme à ma convenance ! Tante Lucy était compréhensive, elle, et elle m'a présenté tant d'hommes que j'en perds le compte. Mais il n'y en a pas eu un seul que j'aurais choisi comme compagnon pour la vie. Je commence à croire que quelque chose ne fonctionne pas chez moi.

Nan soupira. Elles avaient eu de nombreuses fois cette

conversation au cours des semaines qui venaient de s'écouler, et elle en était passablement fatiguée.

— Eh bien, épouse donc un vieillard qui ne passera pas l'année, conclut-elle en haussant les épaules. Il faudra bien, alors, que ton père respecte le délai de deuil. D'ici là, tu auras vingt et un ans, tu seras majeure, et il ne pourra pas te marier contre ta volonté.

Amanda lança à Nan un regard acéré et calculateur. Pourquoi n'y avait-elle pas pensé plus tôt ?

Tournant et retournant dans sa tête les paroles de sa gouvernante, elle ne prêtait pas attention à l'occupante de la calèche arrêtée auprès de la sienne, une dame à la stature imposante et aux formes généreuses qui finit par lui adresser la parole.

— Mon Dieu, ma pauvre mademoiselle O'Connell, comme je suis contente de vous voir ! J'ai été consternée d'apprendre que notre pauvre Lucy… et tellement désolée de n'avoir pu assister à son enterrement. Mon mari et moi étions chez notre fille, à Wilmington. Comment allez-vous, mon pauvre petit ?

Amanda se tourna poliment vers la dame qui venait de l'interpeller et la reconnut. C'était une connaissance de sa tante, une femme un peu bavarde et indiscrète, mais aimable et somme toute bien intentionnée.

— Je vais aussi bien que possible, je vous remercie, madame Hewitt, lui répondit-elle. La mort de tante Lucy a été si soudaine. Elle a pris froid, a attrapé une mauvaise grippe, et tout a été terminé en quelques jours.

— Cela a dû être un grand réconfort pour elle de vous avoir auprès d'elle. Enfin, elle a rejoint son bien-aimé Edward, à présent… J'imagine qu'il y a beaucoup à faire, dans la maison ?

— Ma cousine Charlotte et son mari sont restés à Magnolia Grove après l'enterrement pour s'occuper de tout.

— Et vous, mon enfant, allez-vous rester à Charleston ?

— Hélas, non. Je dois rentrer en Angleterre dans quelques jours et j'en suis bien désolée.

Amanda regarda la colonne de forçats qui passait devant elles, attirée malgré elle par la vue pitoyable de tous ces visages hâves et mangés de barbe. Une odeur maladive de sueur rance et de crasse montait de la colonne, offensant les narines.

Mme Hewitt, suivant son regard, tira son mouchoir parfumé pour combattre les relents infects.

— Regardez-les, ces gibiers de potence, dit-elle d'un ton offusqué. Je suppose qu'on les emmène travailler sur les quais. Un accident est survenu pendant que l'on déchargeait un cargo. Une partie de la cargaison est tombée dans le port et l'on a besoin de tous les hommes disponibles pour sortir les marchandises de l'eau. Tenez, regardez, là au milieu. C'est Christopher Claybourne, l'homme qui a commis ce crime affreux !

Amanda aurait surtout aimé que les forçats pussent avancer plus vite et que la rue fût enfin dégagée, mais elle regarda néanmoins, avec un intérêt mitigé, l'homme que Mme Hewitt lui désignait. Pourtant, très vite, la curiosité l'emporta et elle l'examina avec attention.

Son attitude détonnait dans le groupe de malheureux forçats enchaînés. Il se tenait bien droit, le menton haut, avec une sorte d'arrogance. Sur sa bouche mince flottait comme un sourire hautain, très surprenant parmi les faces de brutes de ses codétenus. Les vêtements qu'il portait avaient dû être élégants et de qualité. Sa chemise autrefois blanche, en lambeaux, offrait peu de protection à son torse musclé dénudé à plusieurs endroits, mais il ne paraissait pas pour autant ressentir la brûlure du soleil.

La rayonnante virilité qui émanait de lui éveilla en elle un instinct féminin secret tapi au plus profond d'elle-même.

— Qu'a-t-il fait ? demanda-t-elle.

Mme Hewitt agita frénétiquement son éventail.

— Vous ne vous rappelez pas ? s'étonna-t-elle. Il a tué cette pauvre Carmen Rider.

Amanda hocha la tête.

Il devait s'agir du scandale qui avait tant ému Charleston quelque deux mois auparavant. Pendant des jours, la cité s'était passionnée pour le procès d'un meurtre crapuleux. Une riche veuve de trente ans d'origine hispanique avait été sauvagement assassinée à son domicile. C'était sa camérière qui avait découvert son cadavre. La chambre était sens dessus dessous et le corps portait de nombreuses et hideuses blessures, ce qui témoignait d'une lutte furieuse entre la victime et son agresseur.

— A ce moment-là, observa-t-elle, je me trouvais à Savannah avec tante Lucy, en visite chez l'une de ses belles-sœurs. Je ne connais donc pas tous les détails.

Elle n'ajouta pas qu'elle avait été bien trop occupée à profiter de la compagnie de quelques-uns des plus séduisants représentants masculins de cette ville pour prêter vraiment attention au fait.

— Que savez-vous d'autre sur cet homme, madame Hewitt ?

— Pas grand-chose. Avant le drame, il ne vivait pas en ville mais dans une sorte de cabane au fond des marais, près de la rivière. Un solitaire, un ermite en quelque sorte… Il paraît qu'il a vécu un temps dans les Smoky Mountains, auprès des Indiens qu'il impressionnait par sa connaissance des chevaux. Carmen Rider l'avait engagé pour dresser les siens. Depuis la mort de son mari, elle avait eu de nombreux admirateurs, mais elle s'était littéralement jetée à la tête de ce Claybourne et clamait son amour pour lui à qui voulait l'entendre. A ce que l'on dit, lui-même n'était pas autant épris d'elle qu'elle de lui, mais il est néanmoins resté auprès d'elle. Qu'ils aient eu ou non une liaison n'est pas clairement établi.

— Il devait se sentir mieux chez cette dame que dans les marais, avec les alligators, remarqua Amanda. Il y a une famille Claybourne qui est bien connue en Angleterre. Des aristocrates.

— Je l'ai entendu dire, mais je serais bien étonnée qu'il leur soit apparenté. J'imagine mal un pair du royaume venir en Amérique pour y dresser des chevaux !

— Non, sans doute pas, en effet. Pour quelle raison pensez-vous qu'il l'a tuée ?

— Il est notoire qu'ils se disputaient souvent, et il paraît qu'il l'avait quittée la veille du meurtre. Lorsqu'on a découvert le forfait, il a tout de suite été arrêté. Comme tout semblait l'accuser, il a été mis en prison. Le frère de Carmen tient Claybourne pour une canaille de la pire espèce. Mais d'autres, qui le connaissent, disent que c'est impossible qu'il soit l'assassin. Ils prétendent que c'est un homme réfléchi et d'une très vive intelligence, qui n'aurait jamais commis un tel acte. Qui sait ?

— Personne d'autre que lui n'aurait donc pu être le meurtrier ?

— Tout le monde s'accorde à dire qu'il était le seul à avoir un motif pour tuer Carmen, et il est probable que l'une de leurs disputes a dégénéré. Le jury a été impressionné par la brutalité du meurtre et par le bon renom de la victime — le mari de Carmen était un avocat très respecté à Charleston — ce qui fait que Claybourne a été rapidement reconnu coupable et condamné à être pendu.

— Qu'a-t-il dit pour sa défense ?

— Seulement qu'il n'avait pas approché de la maison de Carmen cette nuit-là. Nombreux étaient ceux qui le croyaient innocent, mais personne n'a pu fournir le moindre alibi. Au contraire, les domestiques de Carmen ont confirmé avoir souvent assisté à leurs incessantes disputes et ont témoigné qu'un homme qui lui ressemblait s'était introduit dans la chambre de leur maîtresse la nuit du meurtre.

Comme l'homme en question approchait de leurs calèches, Amanda sentit une sorte de tension nerveuse grandir en elle.

Claybourne était assez prêt, à présent, pour qu'elle pût bien voir son visage. Sous sa barbe dure, ses traits étaient réguliers et séduisants. Une mâchoire carrée, un front haut, des pommettes bien dessinées, d'épais sourcils. Ses cheveux très bruns étaient sales et emmêlés. Se sentant sans doute observé, il se tourna vers la calèche et la regarda.

Elle sentit instinctivement qu'il était aussi fasciné par elle qu'elle l'était par lui. Son cœur se mit à battre plus vite tandis qu'elle soutenait son regard sombre où brillait une flamme étrange.

Il la dévisageait calmement, comme s'il prenait simplement acte de sa beauté, et ce regard, qui était déjà comme un lien secret entre eux, lui fit bouillir le sang dans les veines d'une façon qu'elle n'avait jamais expérimentée auparavant.

Elle en voulut à cet homme de produire sur elle cet effet aussi embarrassant qu'inattendu. Avec ces yeux qui semblaient percer tous les secrets, n'était-il pas un peu sorcier et ne lisait-il pas à livre ouvert dans son cœur, devinant ses pensées les plus intimes ?

La matraque d'un gardien s'abattit sur le dos de Claybourne, et il se remit en marche sans broncher.

Elle suivit des yeux sa haute silhouette, jusqu'à ce que la colonne soit avalée par la foule.

— Quand la sentence doit-elle être exécutée ? demanda-t-elle encore à Mme Hewitt.

— Dans une semaine, je crois.

L'encombrement se décongestionnait peu à peu. Les calèches se séparèrent, et elles se saluèrent.

Tout le long du chemin jusqu'à Magnolia Grove, Amanda ressassa la menace qui planait sur elle, essayant désespérément de trouver une solution pour déjouer les projets de son père. Les mots de Nan lui revinrent à la mémoire : la solution était peut-être d'épouser un vieillard qui ne passe pas l'année, sa gouvernante avait raison. Mais au lieu d'un vieillard, pourquoi ne pas épouser un homme promis à la potence et qui n'avait plus que quelques jours à vivre ? Un homme qui était peut-être un parent des très huppés Claybourne d'Angleterre ? Elle pourrait ensuite annoncer à son père qu'elle était veuve et qu'il ne fallait pas songer à la remarier avant la fin de son année de deuil. Il n'aurait pas d'autre choix que de s'y plier. Mais d'ici là, elle aurait vingt et un ans et plus de comptes à lui rendre.

Pourtant, si ce Claybourne refusait de l'épouser ? Si, en dépit des promesses qu'elle pourrait lui faire — obtenir l'amélioration de ses conditions de détention, un régime de faveur pour ses derniers jours —, il la repoussait ?

Elle serra les poings et une lueur volontaire brilla dans ses yeux.

Il l'épouserait, se jura-t-elle avec l'énergie du désespoir, elle l'y pousserait. C'est *lui* qui voudrait l'épouser !

Si elle avait pour habitude de tenir pour négligeable toute volonté qui s'opposait à la sienne, en revanche elle n'était point sotte et se doutait bien que l'affaire ne serait pas des plus commodes. Elle allait devoir étudier plusieurs approches.

Le plus urgent était d'empêcher M. Quinn de découvrir ses plans jusqu'à ce que, mis devant le fait accompli, il ne puisse plus réagir. Employé de la firme paternelle depuis de longues années, Prosper Quinn était l'homme de confiance de son père, et quand elle avait projeté son voyage en Amérique, celui-ci avait exigé qu'il l'accompagnât pour lui servir de chaperon. Il avait même donné à M. Quinn un droit de regard sur les jeunes gens qu'elle rencontrerait en vue d'un mariage éventuel, comme si elle était incapable de faire la différence entre un vrai gentleman et un coureur de dot.

Son seul espoir, réfléchit-elle, c'était Amos. Le majordome de sa tante était un homme important à Magnolia Grove. Il connaissait les secrets du tout-Charleston, et elle pouvait se fier à sa discrétion.

La propriété se tenait sur les hauteurs de la ville.

Nichée au milieu d'un bosquet de hêtres, de palmiers et de chênes plusieurs fois centenaires, comme un joyau dans un écrin, la maison était de nobles proportions. Les hautes colonnes à la grecque de son péristyle disparaissaient presque sous les cascades rouges des bougainvillées et la pluie dorée des cassiers, parmi lesquels éclataient comme un cri de joie les taches écarlates des frangipaniers. Au-dessus, au premier étage, une véranda courait tout autour de la maison, surplombant les plates-bandes méticuleusement ordonnées et les pelouses parfaitement entretenues. L'intérieur était clair et spacieux, meublé sans ostentation mais avec le goût le plus sûr.

Le défunt mari de tante Lucy, Edward Cummings, mort peu après la guerre de Sécession, un homme d'affaires très avisé, avait bâti sa fortune sur le négoce du rhum, du sucre, du riz et du coton. Durant le conflit, il avait été l'armateur de corsaires forceurs du blocus nordiste et avait été l'un des rares notables de Charleston à conserver intacte sa grande maison, même si les destructions et l'émancipation des esclaves l'avaient forcé à vendre sa plantation des bords de la Cooper River.

Amanda s'était vite habituée au rythme indolent de la vie à Magnolia Grove et à la gentillesse efficace de son personnel. Depuis douze mois qu'elle était à Charleston, elle s'était également profondément attachée à sa tante, dont la disparition soudaine l'avait beaucoup affectée. La chère vieille dame lui manquait. La fille unique de Lucy, Charlotte, et son mari, Mark, s'étaient occupés de toutes les formalités qu'avait entraînées le décès. Repoussant l'idée de vendre la maison familiale, le couple avait d'ores et déjà décidé de quitter Atlanta, en Géorgie, pour venir s'installer définitivement à Magnolia Grove.

En pénétrant dans la maison, la première personne qu'elle rencontra fut Charlotte, en train d'arranger un superbe bouquet de roses blanches sur la table ronde de l'entrée.

Sa cousine avait huit ans de plus qu'elle. Le deuil n'avait pas entamé sa beauté de brune. Il y avait en elle une sorte de séduction toute intérieure, faite de douceur et de bonté, de celle qui n'a pas besoin d'efforts de toilette pour illuminer un visage.

Charlotte lui sourit.

— Ah, te voilà. Alors, ces courses en ville ?

— Fructueuses, répondit Amanda en montrant les paquets que portait Nan, mais quelle chaleur, mon Dieu ! Puis-je t'aider ?

Elle défit les rubans de son chapeau tandis que sa gouvernante portait ses emplettes à l'étage.

— Je te remercie, mais j'ai fini.

Charlotte se recula pour juger de l'effet de son bouquet, un sourire satisfait sur les lèvres.

— C'étaient les préférées de maman, reprit-elle. Elle avait fait venir les rosiers d'Angleterre, les avait plantés et s'en occupait toujours elle-même.

— Je sais, répondit doucement Amanda, qui se souvenait comment sa tante lui avait patiemment appris à les tailler et à les bouturer. Je suis tellement triste qu'elle ne soit plus parmi nous ! La maison n'est plus la même sans elle.

— Je trouve du réconfort dans la certitude que papa et elle sont réunis désormais. Elle a toujours cru à la vie éternelle. Je ne doute pas qu'elle est au ciel, à présent.

Charlotte avança la main et lui caressa la joue.

— Maman t'aimait beaucoup, tu sais, dit-elle doucement. Elle a été si heureuse que tu viennes en Amérique. J'aimerais bien que tu ne sois pas obligée de rentrer en Europe, soupira-t-elle, mais je suppose qu'il le faut... Tu seras toujours la bienvenue ici, tu le sais.

— Si je n'avais pas reçu un ordre formel de père, je ne partirais pas. Et je suis heureuse que Mark et toi veniez vivre ici ! C'eût été tellement triste de voir des étrangers s'installer dans cette maison. Tu crois que ton mari va regretter Atlanta ?

— Penses-tu ! Il espère ouvrir très vite un cabinet d'avocat à Charleston. Il est né ici, tu sais, et il a toujours voulu y revenir.

— Je le comprends. Moi aussi, je suis tombée amoureuse de Charleston.

— Pourtant, ton père te manque.

— Bien sûr ! Je l'adore et je suis fière de lui, de ce qu'il a accompli dans sa vie. Bien peu d'hommes connaissent une telle réussite. Mais je préférerais qu'il ne me presse pas tant de me marier ! Pourquoi les hommes sont-ils persuadés que le mariage doit être le seul but de la vie d'une femme ?

— Quand tu seras rentrée en Angleterre, il sera peut-être si heureux de t'avoir de nouveau auprès de lui qu'il ne trouvera plus cela si important…

— Oh, non ! Il a pris sa décision et veut que je m'y conforme. Il s'impatiente, au contraire. Je suis même surprise qu'il ait autant attendu. Aucun doute qu'à peine arrivée, il m'aura déjà trouvé un mari !

— Les choses auraient pu tourner autrement, remarqua Charlotte avec un petit sourire.

Dès que sa mère avait introduit sa jeune cousine anglaise dans la bonne société de la Caroline, celle-ci y avait fait des ravages. Le nombre d'hommes qui avaient demandé sa main battait tous les records de l'histoire locale !

A chaque bal, chaque fête, Amanda était toujours la reine de la soirée, immédiatement entourée par une meute de prétendants prêts à lui manger dans la main. Impulsive, intelligente et drôle, avec un appétit de vivre qui vous laissait sans voix, elle était chérie de tous et convoitée par tous les mâles de Charleston. Avec sa chevelure de feu, sa peau laiteuse et ses yeux de porcelaine, elle brillait comme un joyau.

Mais, pensait Charlotte à part elle, l'intérêt que sa cousine éveillait chez tous ne venait peut-être pas tant de sa beauté ou du fait qu'elle était l'héritière d'une grande fortune, mais de ce qu'il fallait bien appeler son mystère. Elle le préservait si bien que nul ne pouvait vraiment prétendre qu'il connaissait la véritable Amanda.

Sa réserve prévenait tout homme d'avoir à conserver une certaine distance, sous peine de se voir infliger une cuisante mise en garde. Bref, elle représentait une séduisante énigme pour tous ceux qui croisaient son chemin.

— Si tu avais accepté un de tes multiples prétendants, et

bien sûr si le redoutable M. Quinn avait approuvé ton choix, il aurait repris le bateau tout seul, acheva-t-elle.

Amanda soupira et se pencha pour respirer le parfum des roses.

— C'est entièrement ma faute, je le sais bien. Il y a beaucoup d'hommes ici que j'ai trouvés amusants ou charmants, mais aucun pour qui j'aie ressenti quelque chose de plus fort, et encore moins avec qui j'accepterais de passer le reste de ma vie. D'ailleurs, je n'ai aucune illusion sur ce qui les fait rechercher ma compagnie : ce n'est nullement ma petite personne, je le sais, mais plutôt l'attrait de l'argent de mon père.

Elle secoua la tête d'un air démoralisé.

— Pour être entièrement honnête, reprit-elle, je t'avoue que je n'ai pas la moindre envie de me marier. Je sais que tous mes plaisirs me seront enlevés du jour où j'aurai un mari. Depuis que je suis à Charleston, je profite de chaque minute de ma vie. Tout le monde ici est si gentil, Charlotte, si hospitalier avec moi ! Je suis invitée partout, mes journées ne sont que fêtes, pique-niques et soirées. Je ne veux pas perdre tout cela…

Elle lança un coup d'œil circulaire, comme si son redoutable chaperon allait se matérialiser dans la pièce.

— Tiens, puisque tu en parles, où est-il donc, mon cerbère ?

— M. Quinn ? Dieu seul le sait, il va et vient à sa guise. Il reste très tranquille, ces derniers temps, tu ne trouves pas ? plaisanta Charlotte. Comme s'il avait un poids sur la conscience. C'est vraiment un homme très secret. Je me demande bien à quoi il occupe son temps. Viens, allons nous asseoir sous le péristyle. C'est le seul endroit de la maison où l'on peut trouver un peu de fraîcheur. Je vais demander qu'on nous y serve de la limonade.

— Attends ! dit précipitamment Amanda. J'ai quelque chose à dire à Amos.

L'espace d'un instant, elle se sentit coupable de trahir la confiance de Charlotte, mais elle n'y pensa plus quand elle vit le vieux majordome de sa tante traverser le jardin en direction de l'écurie.

Ancien esclave émancipé par ses maîtres dès l'avant-guerre, Amos partageait la vie de la famille Cummings depuis de longues années et régnait sur les autres domestiques avec une dignité et une autorité sans égales, veillant à tout et sur tous avec la même affectueuse distance. Tante Lucy s'était reposée entièrement sur lui depuis son veuvage. Elle disait toujours qu'il était son bâton de vieillesse, et la fidélité d'Amos envers elle était de celle que l'argent ne pouvait acheter.

Lorsque Amanda était arrivée à Magnolia Grove, le vieux majordome était tombé sous son charme aussitôt qu'elle lui avait souri. Depuis, il demeurait son plus fidèle allié.

Il se tourna vers elle dès qu'elle le héla à travers la pelouse, et elle le mit sans doute un peu dans l'embarras en courant vers lui, l'empêchant de venir respectueusement à sa rencontre, comme il eût préféré le faire.

Vu la complicité qu'elle entretenait avec le majordome depuis le début de son séjour à Magnolia Grove, elle entra sans hésitation dans le vif du sujet.

— Amos, je sais par avance que vous accepterez tout ce que je vous demanderai de faire pour moi…

Amos lança à la jolie nièce de feu sa chère maîtresse un regard où la curiosité se mêlait aux soupçons.

La jeune fille offrait un bien joli spectacle, ses petits pieds touchant à peine le sol comme s'ils avaient des ailes. Mais malgré l'affection qu'il avait pour elle, il n'entretenait aucune illusion sur son caractère angélique. Lorsqu'il la voyait ainsi, tout sourire et déployant son charme, il n'ignorait pas qu'il allait devoir couvrir sa prochaine excentricité.

— Vous savez que vous pouvez compter sur ma bonne volonté, mademoiselle Amanda, répondit-il tranquillement.

— Il faudra n'en parler à personne. Vous le comprenez bien, n'est-ce pas, Amos ?

— Très bien, mademoiselle. Je ne dirai pas un mot, chuchota-t-il en souriant d'un air de conspirateur, en se demandant à part lui où la nouvelle facétie de la jeune fille allait encore le mener.

Amanda s'interrompit pour jeter un regard inquiet par-dessus son épaule, puis elle s'approcha pour lui demander à voix basse :

— Amos, est-ce très difficile de s'introduire dans la prison de Charleston ?

Il sursauta comme s'il avait été piqué par un serpent et la regarda les yeux ronds. Il y avait dans le regard d'Amanda une lueur d'excitation qui ne lui disait rien qui vaille. Avait-elle perdu l'esprit ?

— La... la prison ? Mais pourquoi me demandez-vous ça, mademoiselle ? bégaya-t-il, stupéfait. Pourquoi voulez-vous y aller ? C'est un endroit oublié de Dieu, une dame respectable ne doit même pas s'en approcher !

— Oh, Amos, ne vous inquiétez pas et dites-moi que vous allez m'aider, je vous en prie ! plaida Amanda, visiblement décidée à obtenir ce qu'elle voulait.

— Il n'en est pas question, dit-il d'un ton formel.

Il vit la jeune fille se mettre à sourire de cette façon si particulière qui vous rendait tout attendri au souvenir de votre propre jeunesse et vous donnait envie de tout faire pour le voir refleurir. Un sourire auquel, la maligne le savait bien, il ne pourrait pas résister bien longtemps.

— Moi-même, je n'y suis jamais allé, protesta-t-il faiblement.

Et ne croyez pas que vous pouvez me faire faire n'importe quoi avec votre air de petit chaton !

— Oh, Amos, ne soyez pas méchant ! minauda Amanda, en serrant de toutes ses forces les poings dans son dos.

— Mais pourquoi voulez-vous donc aller là-bas ? En avez-vous parlé à Mme Charlotte ?

— Non, s'écria-t-elle, Charlotte ne doit pas savoir ! Du moins, pas encore. Il y a là-bas un homme que je dois voir aussitôt que possible, demain par exemple… Il le faut absolument, et je ne peux pas obtenir cela moi-même, mais c'est extrêmement important. Je vous en supplie, dit-elle, feignant d'être au bord des larmes.

Indécis, Amos dansait d'un pied sur l'autre comme un cheval rétif.

— Pourquoi faut-il que vous voyiez cet homme ? demanda-t-il. J'espère au moins que c'est un gentleman…

— Mais bien sûr, et ce que j'ai à faire avec lui ne regarde que moi, s'impatienta-t-elle. Alors, allez-vous m'aider, oui ou non ?

— Euh… oui. Mais je n'approuve pas. Si j'accepte, mademoiselle, c'est uniquement pour que vous n'alliez pas demander ça à n'importe qui ! grommela le vieil homme en secouant sa tête aux épais cheveux gris crépus.

Elle eut un soupir de soulagement en le voyant capituler.

— Dieu soit loué ! Je savais que je pouvais compter sur vous.

— Attendez, avant de me remercier ! Je n'accepte que si j'y vais avec vous. Cette prison est pleine de crapules, ce n'est pas un endroit pour les jeunes demoiselles. Que croyez-vous que dirait Mme Charlotte, si elle savait ? Elle m'arracherait les yeux !

Amanda haussa les épaules.

— Mais non. Et d'ailleurs, elle n'en saura rien. Je veux bien que vous m'y déposiez, mais j'entrerai seule. Je ne veux pas que vous me fassiez les gros yeux quand je parlerai à… cet homme que je cherche. Les prisonniers ont-ils le droit de recevoir des visites ?

— Certains d'entre eux, oui.

— Si ce n'est pas le cas de la personne qui… m'intéresse, peut-on soudoyer l'un ou l'autre des geôliers ?

Des rides pensives se creusèrent sur le front du majordome.

— Il y a bien un des gardiens… Il se nomme Hennesey, c'est une brute vicieuse et il est très vénal. Le bruit des pièces d'argent est doux à son oreille. Mais rien ne dit qu'il acceptera…

— C'est bien, Amos, nous allons essayer.

Elle le regarda bien en face, une lueur résolue dans les yeux.

— L'homme que je veux voir s'appelle Christopher Claybourne, c'est le dresseur de chevaux qui a été condamné pour le meurtre de Carmen Rider.

Sentant la désapprobation du vieil homme et devançant toute objection, elle ajouta rapidement :

— Je suis sûre qu'un homme ingénieux comme vous pourra m'arranger cela, Amos. Vous irez voir cet Hennesey pour lui demander de me laisser rencontrer M. Claybourne seule à seul. Il sera très bien dédommagé pour sa peine.

Amos désapprouvait visiblement de toutes ses forces cette nouvelle lubie, mais il acquiesça, vaincu, sachant qu'elle était tout à fait capable d'aller seule trouver Hennesey si jamais il refusait.

— Je ferai de mon mieux, soupira-t-il.

— Merci. Ah… et, Amos, pas un mot à M. Quinn ou à Mme Charlotte, n'est-ce pas ?

*
* *

Un peu avant le dîner, Amos vint chuchoter à l'oreille d'Amanda que le dénommé Hennesey l'attendrait à la prison, le lendemain matin à 10 heures.

Elle passa la nuit à se tourner et se retourner dans son lit sans parvenir à trouver le sommeil, mais, au matin, sa résolution était toujours entière. Toute sa volonté tendait vers un seul but, et elle avait trouvé le courage nécessaire à la mise en œuvre de son plan. La mâchoire serrée, elle se dit qu'elle n'avait rien à perdre et tout à gagner dans cette affaire et, Dieu merci, c'était aussi le cas de Claybourne.

Le choix d'une toilette pour une occasion aussi... inhabituelle lui causa quelque souci. Il fallait une tenue qui la mette en valeur aux yeux du condamné, sans toutefois trop attirer l'attention. Après plusieurs minutes d'hésitation fébrile, elle se décida pour une robe de soie safran et un chapeau à voilette qui lui dissimulerait le visage jusqu'à ce qu'elle soit mise en présence de Claybourne. Avec un peu de chance, elle pourrait entrer dans la prison et en ressortir sans être reconnue.

Elle parcourut en voiture les rues de Charleston sans les voir, l'esprit entièrement accaparé par l'entretien qu'elle allait avoir avec le condamné.

Nan, au contraire de sa maîtresse noyée dans ses pensées, prenait plaisir à contempler la cité, qu'elle trouvait toujours, malgré son insupportable chaleur presque tropicale, l'un des plus beaux endroits sur terre : les maisons coloniales avec leurs péristyles ou leurs vérandas ombragés, les rayons du soleil jouant à travers les fines dentelles de fer forgé de leurs balustrades, les volets clos que l'on n'ouvrait qu'au soir venu pour accueillir la bienfaisante — et toute relative — fraîcheur du crépuscule, les rues magnifiques bordées d'azalées et de glycines, ombragées de grands arbres couverts de mousse espagnole, cette luxuriante plante parasite qui était l'un des symboles du vieux Sud..., tout cela la ravissait.

Les Charlestoniens formaient pour les critères de la jeune Amérique une communauté ancienne, fière de ses traditions et farouchement attachée à les préserver « comme avant », c'est-à-dire avant la guerre de Sécession et l'écroulement de tout un monde. Nul ne pouvait ravir cet héritage à ceux qui habitaient cette ville depuis assez longtemps pour le revendiquer. Ils étaient les Charlestoniens. Au-delà des limites de leur cité commençait le vaste monde peuplé d'étrangers, avec qui l'on pouvait certes sympathiser, mais qui n'appartiendraient jamais à leur petit univers.

Elle fut brusquement tirée de sa rêverie lorsque Amos arrêta son attelage sur Magazine Street, devant l'esplanade de la prison du comté, un quadrilatère lépreux haut de quatre étages et flanqué d'une tour octogonale, sinistre comme toutes les prisons.

Amanda lança au cocher un regard de connivence et annonça qu'elle ne serait pas longue, puis elle abaissa sa voilette sur son visage et descendit rapidement de la calèche.

Bouche bée, Nan la vit se diriger d'un pas décidé vers la poterne qui s'ouvrait dans une monumentale double porte.

Elle allait se précipiter à la suite de la jeune fille pour lui demander quelle mouche la piquait et la sommer de remonter en voiture, lorsque Amos l'arrêta.

— Laissez-la faire, mademoiselle Nan.

— La laisser faire ? répéta-t-elle, interloquée. Mais ne voyez-vous pas où elle va ?

— Mlle Amanda sait ce qu'elle fait, il n'y a rien à craindre.

— Rien à craindre ? Ici ? Elle prépare quelque chose, c'est

sûr ! Je la connais… Mais, mon Dieu, qu'est-ce que cela va encore être, cette fois ?

— Je pense qu'elle vous le dira en temps utile, mademoiselle Nan.

Nan fut donc contrainte d'attendre en rongeant son frein.

Non pas qu'elle regrettât de ne pas entrer à la suite d'Amanda dans cet endroit sinistre… Mais l'obstinée devrait entendre dès son retour ce qu'elle pensait de sa dernière excentricité.

Le cœur battant, Amanda se présenta au poste de garde, et un instant plus tard le sieur Hennesey se matérialisa devant elle, semblant surgir de l'ombre.

C'était un personnage chafouin aux petits yeux cruels, et un sourire passa sur ses lèvres minces à la vue de la bourse rebondie qu'elle lui tendit.

— Voici pour votre peine et pour votre silence, lui dit-elle. Personne ne doit savoir que je suis venue ici. C'est bien compris ?

Il acquiesça, fit disparaître la bourse dans sa poche et lui enjoignit de le suivre. Le prisonnier l'attendait. Il occupait une cellule individuelle où ils pourraient se parler sans être dérangés.

Sous de nombreux regards curieux et en s'efforçant de ne pas entendre les lazzis et les bruits obscènes qui ne manquaient pas de s'élever sur son passage, elle longea des couloirs et passa plusieurs grilles avant d'accéder à l'arrière du bâtiment.

L'endroit était minuscule et seulement éclairé par une lucarne en hauteur, condamnée par de solides barreaux. La puanteur y était suffocante, et elle dut résister à l'impulsion de tirer son mouchoir parfumé.

Elle se tourna vers le gardien.

— Je voudrais parler à M. Claybourne en particulier, déclara-t-elle d'une voix ferme.

Hennesey haussa les épaules.

— Si vous y tenez. Ce n'est pas franchement réglementaire, mais vu que vous avez payé… Je serai juste derrière la porte et je vous préviens que j'entendrai s'il se passe quelque chose d'anormal.

Il se tourna vers le prisonnier.

— Toi, t'as intérêt à traiter cette dame avec respect, sinon tu le regretteras.

Un rire bref s'éleva dans l'ombre.

— A quoi bon, Hennesey, observa une voix grave, tu oublies que je n'ai rien à perdre, puisque l'on va me pendre…

Le gardien poussa un ricanement mauvais et claqua la porte.

Amanda était enfin seule en tête à tête avec Christopher Claybourne.

Ses yeux s'habituant à la pénombre, elle commençait à mieux distinguer le condamné. Elle le détailla dans le peu de lumière qui tombait du soupirail.

Avec ses larges épaules et sa musculature sèche, c'était, il fallait l'avouer, un splendide spécimen de la gent masculine. Son visage était le plus beau, le plus régulier qu'elle eût jamais vu chez un homme. Ses pieds nus étaient enchaînés et il était exactement comme dans son souvenir, sauf qu'on lui avait permis de se raser de frais. Ses vêtements étaient sales et déchirés, ses cheveux pendaient devant ses yeux, mais, même ainsi, il conservait visiblement toute sa force d'âme.

Le prisonnier ouvrit des yeux étonnés lorsqu'il la vit soulever sa voilette. Nul doute qu'il se souvenait fort bien de l'avoir remarquée la veille, dans la rue, alors qu'il avançait enchaîné à ses compagnons d'infortune.

Il s'avança un peu vers elle pour mieux la regarder.

Elle ressentait une gêne dont elle ne devinait que trop bien l'origine : avec ses yeux qui la détaillaient des pieds à la tête, s'attardant çà et là, et ce petit sourire incongru au coin des lèvres, Christopher Claybourne, sans avoir l'air d'y toucher, instaurait entre eux un rapport de séduction qui la déstabilisait.

Elle baissa les yeux et se détourna plus nerveusement qu'elle ne l'aurait voulu pour augmenter la distance entre eux et remettre un peu d'ordre dans ses pensées enfiévrées.

Lorsqu'elle se tourna de nouveau vers lui, les larges épaules du condamné emplissaient la totalité de son champ de vision. Elle ne savait où diriger son regard, et d'ailleurs les yeux de Claybourne, vifs et intenses, l'attiraient irrésistiblement. Jamais elle ne s'était sentie ainsi devant un homme, et ce bouleversement qu'elle ressentait au plus profond de son être l'effrayait. Malgré sa triste condition, il semblait, sans même s'en rendre compte, instiller entre eux une vague menace, comme si elle était déjà à sa merci. Elle commençait à regretter d'avoir tenu à rester seule avec lui.

— Est-ce toujours ainsi que vous regardez les femmes, monsieur Claybourne ? lui demanda-t-elle avec froideur, oubliant momentanément la raison pour laquelle elle était venue.

Loin de se troubler, le prisonnier lui sourit malicieusement.

— Pardonnez-moi, madame… ou mademoiselle. Comme vous pouvez le constater, il n'y a pas grand-chose dans cette cellule qui puisse retenir l'attention, et rien en tout cas d'aussi agréable à regarder que vous. Tant de beauté ici, c'est un spectacle aussi bouleversant qu'inattendu, pour quelqu'un comme moi qui pensais ne plus jamais revoir une femme avant de mourir.

Les mots étaient émouvants, mais son sourire sardonique semblait les atténuer.

Toujours tendue et nerveuse, Amanda sentit le rouge lui monter aux joues, ce qui n'arrangeait rien. La tranquille assurance de cet homme la mettait mal à l'aise, et sa proximité aussi. Elle avait l'impression que son sang bouillait dans ses veines, ce qui ne lui était jamais arrivé de sa vie, et en voulait à cet homme de produire un tel effet sur elle.

— Je crains que vous ne soyez bien imbu de vous-même, lui dit-elle avec un calme feint. Malgré votre situation, vous ne semblez pas avoir oublié l'art de flatter une femme, et je vous soupçonne d'avoir pratiqué cet exercice souvent…

— Libre à vous de le penser, mais je ne mens jamais, lui répliqua-t-il du tac au tac. Si je vous dis que vous êtes belle, c'est qu'il s'agit d'une évidence. Dites-moi donc un peu pourquoi une dame comme vous vient rendre visite dans sa cellule à un malheureux prisonnier, parée comme une belle du Sud à l'occasion d'un bal ?

Ignorant le frisson que provoquait en elle la voix grave et chaude de son interlocuteur, elle releva la tête.

— Je suis Amanda O'Connell.

Il s'inclina avec une insolence très étudiée, sans se défaire un seul instant de son sourire malicieux.

— Et moi, Christopher Benedict Henry Claybourne.

— Eh bien, s'exclama-t-elle, impressionnée, que de noms pour un forçat !

Il eut un rire bref.

— Mon père a toujours eu la folie des grandeurs. Ce qui n'empêche d'ailleurs pas que la plupart des gens m'appellent Kit, tout simplement. Et vous, mademoiselle O'Connell ?

Votre accent ne fait pas très couleur locale. Viendriez-vous d'Europe ? d'Angleterre, peut-être ?

— Oui. Mais je réside ici depuis un an chez ma tante, Mme Cummings, à Magnolia Grove.

— J'ai entendu parler de cette dame.

Bien sûr. Qui, à Charleston, pouvait ignorer l'existence de la veuve d'Edward Cummings, un homme si important, qui avait tant compté dans la vie de la communauté et comptait tellement de relations parmi l'élite de la ville et au-delà ?

— Elle est morte récemment, reprit Amanda, ce qui m'oblige à retourner en Angleterre.

Les bras croisés sur sa poitrine, Christopher Claybourne la regardait bien en face, visiblement intrigué.

— Pardonnez-moi, lui dit-il, mais je suis impatient d'apprendre la raison pour laquelle vous avez voulu me parler. Je ne crois pas que vous soyez venue dans cette prison pour le seul plaisir de ma conversation. Vous avez besoin de quelque chose. Je me trompe ?

— J'ai une proposition à vous faire.

— Oui ?

Elle se redressa fièrement et le regarda droit dans les yeux.

— Je voudrais que vous m'épousiez.

2.

Le prisonnier décroisa les bras.

— Eh bien… !

Il regarda Amanda avec incrédulité, comme s'il n'était pas sûr d'avoir bien entendu.

— … Vous ne mâchez pas vos mots !

— Avant toute chose, monsieur Claybourne, répliqua-t-elle avec effort, je dois vous informer que mon père, Henry O'Connell, est un homme extrêmement riche et que j'ai une fortune à ma disposition.

Il laissa échapper un rire sarcastique, tout son charme gouailleur pour l'instant envolé.

— Quelle arrogance, mademoiselle ! Je suis un homme et ne puis qu'admirer votre beauté, vous désirer, même. Mais je ne suis pas certain qu'en tant qu'épouse vous soyez mon idéal. Quant à votre or, voulez-vous me dire à quoi il pourrait bien m'être utile, dans cet égout où je croupis, ou dans la tombe qui m'attend ?

Elle sentit son courage l'abandonner.

Cet homme se moquait d'elle, la traitait avec dérision. Mais elle devinait instinctivement que ses sarcasmes protégeaient une part secrète de sa personnalité. Quoi qu'il en soit, elle était bien décidée à ne pas se laisser désarçonner.

— Comment osez-vous vous moquer de moi ? se rebiffa-t-elle.

— Me moquer de vous ? C'est trop fort ! Etes-vous bien sûre d'avoir tout votre bon sens ?

En toute autre occasion, elle aurait giflé quiconque se serait permis de lui parler sur ce ton, mais elle n'en fit rien cette fois.

— Je comprends votre réaction, monsieur Claybourne, mais je vous assure que j'ai bien toute ma tête.

— C'est une proposition pour le moins surprenante. Dois-je réellement la prendre au sérieux ?

Le regard froid et soupçonneux qu'il porta sur elle raviva le ressentiment d'Amanda. Elle se redressa de nouveau, bien décidée à affronter le charme puissant que distillaient ses yeux.

— Croyez-le ou non, monsieur Claybourne, je n'ai jamais été aussi sérieuse de toute ma vie !

— Alors dites-moi pour quelle raison vous voulez m'épouser.

— C'est bien simple, j'ai besoin d'un mari… Temporairement.

— Plus précisément, alors, pourquoi en cherchez-vous un si désespérément ? Je suis sûr que les prétendants ne doivent pas vous manquer.

— Disons qu'une situation désespérée peut conduire à prendre des décisions qui ne le sont pas moins.

— Pourquoi moi, dans ce cas ? Cette prison est pleine de canailles qui ne demanderaient pas mieux que de vous rendre ce service.

— A cause de votre nom, répondit-elle simplement. Il pourra m'être utile. En Angleterre, c'est celui d'une famille aristocratique très connue. Une coïncidence, sans doute, mais qui satisfera mon père. Et je cherche quelqu'un dont je sois certaine qu'il ne… m'ennuiera pas trop longtemps.

Elle se mordit la lèvre.

— Enfin, c'est une façon de parler.

Claybourne leva un sourcil, amusé.

— Je crois que nous voilà au cœur du problème, dit-il doucement.

— Si vous voulez, opina-t-elle, embarrassée, sous le regard qui ne la quittait pas un seul instant.

Voilà un homme qui ne révélait rien de lui et gouvernait ses émotions d'une main de fer. Il allait lui falloir littéralement le forcer à l'épouser et à lui donner son nom.

— Puis-je vous demander enfin, reprit-il, quel est l'intérêt que, moi, je pourrais trouver dans l'affaire ?

— Je peux vous offrir tout le confort que vous pouvez désirer dans le temps qui vous reste. Jusqu'à ce que la… sentence soit exécutée, vous ne manquerez de rien.

Il souleva de nouveau un de ses sourcils drus et bien dessinés, la scrutant comme s'il cherchait à la sonder, à deviner la moindre de ses émotions.

— Seriez-vous prête à passer une nuit avec moi dans ma cellule, mademoiselle O'Connell, et à vous acquitter de tous les devoirs d'une épouse ?

Comprenant sans peine quelles étaient les obligations auxquelles le prisonnier faisait allusion, elle le regarda, éberluée, puis jeta un coup d'œil machinal sur la geôle lépreuse.

— Bien sûr que non, répondit-elle sans pouvoir dissimuler son dégoût. Il n'en est pas question !

Le condamné ne broncha pas en la voyant froncer le nez sur le décor sordide qui était, par force, devenu le dernier qu'il verrait jamais, mais ses yeux flamboyèrent brièvement de colère.

— Dans ce cas, répondit-il sèchement, je suis au regret de devoir décliner votre offre.

— Vous n'avez aucun droit de me faire une telle demande, s'indigna-t-elle. Vous n'êtes après tout qu'un criminel, et de surcroît très en dessous de mon niveau social !

Elle avait perdu la partie et jetait le masque, mais c'était avant tout pour se protéger du charme de cet étrange condamné à mort et des sensations inédites que son allusion à une étreinte entre eux avaient fait naître en elle.

Un instant, une étrange lueur passa dans les yeux de son interlocuteur et elle ne sut pas ce que cela signifiait. Mais il semblait que ces yeux-là, mi-goguenards, mi-provocateurs, disaient de ces choses qu'elle ne pouvait imaginer sans rougir.

Il eut de nouveau un sourire sardonique.

— Je ne suis certes pas aussi riche que vous, mademoiselle O'Connell, mais il me reste encore un peu de fierté…

Sa voix était toujours grave, mais d'une mordante ironie.

— Faut-il que mon apparence soit pathétique pour que vous puissiez imaginer un instant que je pourrais accepter votre outrageante requête ! Le mariage est bien la dernière chose dont j'aie besoin à présent.

Instinctivement, elle fit un pas vers lui.

— Je vous prie… de bien vouloir reconsidérer mon offre, dit-elle, toute honte bue.

— Donnez-moi une seule raison de me sacrifier sur l'autel du mariage pour les intérêts brumeux d'une femme dont j'ignorais tout jusqu'à ces dernières minutes !

— N'avez-vous aucun parent dont je pourrais m'occuper après… ?

Cette fois, le regard du condamné devint tout à fait glacial.

— Vous venez de m'insulter de nouveau, mademoiselle O'Connell, et plus gravement encore, laissa-t-il tomber d'une voix sèche. Les membres de ma famille n'ont aucun besoin de votre charité, ils peuvent tout à fait se prendre en charge eux-mêmes. Quant à moi, j'ai tout ce qu'il me faut. Que pourrais-je bien désirer de plus ? Vous eussiez pu vous épargner la corvée de cette visite. Cela dit, puisque vous êtes là, peut-être voudrez-vous me faire l'honneur de m'expliquer pourquoi vous tenez tant à épouser un homme que l'on va exécuter d'un jour à l'autre ?

— Je suis venue en Amérique pour me trouver un mari, monsieur Claybourne, répondit-elle en s'efforçant au calme. Un mari de mon choix. Mon père m'a accordé dix-huit mois pour ce faire, en me précisant que si je n'avais pas mis la main sur un homme digne d'épouser sa fille unique au bout de ce laps de temps, il saurait bien, lui, en trouver un. Comme les titres de noblesse sont la seule chose qui l'impressionne, je sais qu'il choisira le plus titré des candidats qu'il pourra dénicher. Il n'aura aucun mal pour cela, ajouta-t-elle d'une voix qu'elle ne put empêcher de trembler, car sa fortune est un puissant argument auprès de n'importe quel comte ou baron désargenté du Royaume-Uni. Malheureusement, la mort de ma tante a précipité l'échéance, et je dois à présent rentrer en Angleterre et épouser l'homme que mon père aura choisi pour moi.

— N'est-ce pas ainsi que les choses se passent en Europe, dans ce que l'on appelle « les meilleures familles » ? observa Claybourne. Personnellement, j'ai toujours pensé que cette tradition, pour toute aristocratique qu'elle soit, relève en fait du maquignonnage le plus grossier.

— Je suis bien de votre avis et ne veux pas d'un tel mariage.

— Vous avez donc décidé de prendre votre père de vitesse ?

— Disons que j'ai mon idée pour y parvenir, oui.

— Mais en quoi le fait que je vous épouse, si j'acceptais votre offre, pourrait-il vous y aider ? C'est ce que j'ai du mal à comprendre. Je vais être pendu, donc vous rentrerez bien en Angleterre sans mari ?

— Si je reviens veuve, père sera obligé de respecter le délai de deuil qui est traditionnellement d'un an. D'ici là, j'aurai vingt et un ans et ne serais plus tenue de lui obéir.

Christopher regarda la jeune femme qui lui faisait face avec une attention accrue.

Malgré sa beauté délicate et la joliesse de ses traits, Amanda O'Connell devait posséder une volonté de fer, alliée à un ego surdimensionné. Elle mettait son intérêt personnel au-dessus de tout. Cela, il pouvait le comprendre. Il fallait aussi lui reconnaître qu'elle ne cherchait pas à dissimuler son but. Il ne pouvait s'empêcher d'admirer son courage, sinon son sens moral.

— Et comment auriez-vous expliqué à votre père le décès subit de votre époux ?

Amanda baissa les yeux, confuse.

— Je lui aurais fait croire que vous étiez mort durant la traversée. Après tout, cela arrive que des gens meurent des fièvres ou d'autres maladies, sur les bateaux.

— Regardez-moi.

Elle releva la tête, quoique à regret, et affronta son regard.

— Puisque vous voulez tant vous marier, reprit-il d'une voix calme, n'avez-vous donc pas eu la bonne fortune de retenir l'attention d'un jeune gandin de la bonne société du Sud ? N'y en a-t-il donc aucun qui a su prendre votre cœur ?

Une lueur de dédain passa dans les yeux verts taillés en amande d'Amanda O'Connell, et il eut l'intuition, l'espace d'un instant, de deviner le véritable et fier visage de la jeune fille sous la façade qu'elle croyait si bien contrôler.

Elle haussa les épaules.

— Le cœur, l'amour ! Est-ce que ces choses ont quelque chose à voir avec tout cela ? Je suis acculée au désespoir, monsieur Claybourne. Si j'avais le moindre choix, je ne serais pas ici.

— C'est très aimable à vous de me considérer comme un moindre mal, mademoiselle O'Connell, remarqua-t-il avec un sourire sarcastique. Mais ma réponse restera, je le crains, négative.

Le désespoir tomba presque visiblement sur les épaules de la jeune fille. Elle savait à présent que jamais il ne se laisserait dicter d'autre décision que les siennes. Pour la première fois apparemment depuis qu'elle avait échafaudé son plan, elle prenait conscience que celui-ci était voué à l'échec. Elle leva fièrement le menton, redressa les épaules, et il la vit mener un combat sans merci pour ne pas s'effondrer devant lui, combat qu'elle remporta, finalement.

— J'ai fait de mon mieux, soupira-t-elle. Mais puisque vous refusez, je suppose que je dois chercher une autre solution. Je vous souhaite une bonne journée, monsieur. Désolée de vous avoir fait perdre votre temps.

Il la regarda marcher vers la porte, le dos droit, la tête haute, et sentit son estomac se nouer et son sang bouillir dans ses veines en regardant le gracieux mouvement de ses hanches et le doux froufrou de sa robe sur le sol.

Il ne pouvait concevoir qu'une telle apparition puisse se produire dans ce trou à rats. Par quelle ironie cruelle lui permettait-on d'admirer tant de beauté, au seuil même de la mort ?

Il sentait en elle une sensualité à fleur de peau, qu'elle ne pouvait pas plus brider que dissimuler, comme une part inhérente d'elle-même dont, peut-être, elle n'avait même pas conscience. Pour lui, sevré de beauté féminine comme de tout ce qui était beau et bon dans l'existence, être brutalement confronté à une telle vision, à la fois proche et inaccessible, pouvoir sentir son parfum féminin, tout cela lui était une torture particulièrement cruelle, un supplice dont même ceux qui l'avaient condamné n'auraient pu imaginer la perversité.

Il n'était plus un adolescent sans expérience et connaissait les séductions féminines. Ne s'était-il pas brûlé les doigts auprès de Carmen Rider ? Lui qui avait toujours apprécié les relations honnêtes et confiantes, il regretterait jusqu'à son dernier souffle, ce qui ne serait plus bien long, de s'être laissé entraîner dans une histoire sans issue avec cette femme. Jamais il n'aurait dû accepter d'entraîner ses chevaux. Mais nul ne l'avait prévenu du danger que représentait une femme comme Carmen pour un célibataire épris de liberté comme lui.

Tout en continuant d'observer Amanda O'Connell, il ne pouvait s'empêcher de penser qu'elle était une garce calculatrice, une égoïste sans états d'âme. Mais d'où lui venait alors ce désespoir si évident qu'il n'était certainement pas feint ?

Oui, il fallait qu'elle fût bien désespérée pour entreprendre cette démarche insensée. Comment avait-elle pu croire un seul instant qu'il accéderait à sa requête ? Il détestait l'idée même qu'elle voulût l'épouser pour résister à une injonction paternelle. Mais la désapprouvait-il en fait ?

Non, son désir de garder sa liberté lui était plutôt sympathique.

Alors ? Etait-ce le dépit de n'être rien de plus pour elle qu'un moyen d'arriver à ses fins ?

Ah, il ne fallait plus penser à cette femme ! Oublier sa séduction et le désir qu'elle avait éveillé dans sa chair. Elle n'était pas pour lui et ne le serait jamais. Bientôt, il aurait disparu de la surface de la terre. Plus d'émotions pour lui, plus de sensations. Rien que le néant.

— Mademoiselle O'Connell ! Attendez un instant.

Amanda se retourna vers la haute silhouette dont les larges épaules semblaient emplir toute la cellule. Elle revint lentement vers lui, tous ses sens en alerte, tandis qu'il détaillait son visage, s'attardant sur ses lèvres avant de revenir à ses yeux. Sous l'intensité de ce regard, elle sentait le rouge lui monter aux joues.

Malgré sa pitoyable condition, ses vêtements déchirés, ses cheveux emmêlés et sales, Christopher Claybourne était plus attirant que tous les hommes qu'elle avait pu rencontrer jusque-là. Sa distance même, sa retenue, était une séduction de plus, et jamais son cœur n'avait battu aussi fort devant personne. Il était presque trop parfait. Comparé à tous les soupirants qu'elle avait pu avoir, il remportait la compétition haut la main.

Elle eut soudainement l'idée étrange qu'elle eût voulu oublier son crime et comprit qu'elle devait lutter de toutes ses forces contre cette attirance.

Elle maudit mentalement sa faiblesse, ce manque flagrant à toutes les règles de comportement dans lesquelles on l'avait élevée. Etait-ce ainsi que devait réagir une lady, fût-ce dans ses pensées les plus secrètes ? Cet homme n'appartenait pas à son monde, à sa classe. C'était un inférieur. Ses valeurs n'étaient pas les siennes, et il était marqué par l'opprobre.

Elle se força à se rappeler qu'il n'était qu'un forçat, un

condamné à mort, et s'immobilisa pour conserver une distance entre eux.

— J'ai peut-être rejeté votre offre un peu trop hâtivement, lui dit-il. Après tout, peut-être pourrions-nous y trouver tous deux notre compte. Mais c'est bien la proposition de mariage la plus outrageante dont j'aie jamais entendu parler. Vous êtes une jeune fille éhontée, Amanda O'Connell et vous êtes objectivement dans de beaux draps !

Il souriait de plus belle.

— Et cela vous amuse, on dirait ? dit-elle, d'un air pincé.

— Vous conviendrez que votre situation n'est pas banale !

— C'est le moins que l'on puisse dire, en effet, soupira-t-elle.

— Ne craignez-vous pas, en résolvant un problème, d'en créer un autre ?

— J'espère que non, mais c'est un risque à courir. La vérité, monsieur Claybourne, c'est que je ne veux épouser personne. Je chéris trop ma liberté et mon indépendance pour accepter de m'en défaire.

— Votre but est donc tout à fait égoïste ? Continuer à porter de jolies robes, je suppose, accumuler les bals et les soupirants, briser le cœur des hommes qui vous jureront un amour éternel en vous promettant de vous couvrir de bijoux ? C'est bien cela ?

— S'il vous plaît de le penser…

— Eh bien, chère mademoiselle, je crains bien de ne pas être en mesure, et pour cause, de vous vouer un amour qui défierait le temps, quant à mes possibilités actuelles d'achat de joaillerie, elles sont à jamais des plus limitées.

— Ce n'est pas ce que je vous demande. Votre nom me suffit.

— Eh bien, il est à vous. Mais pas en échange de repas améliorés ou de beaux vêtements qui ne me serviront qu'à parader sur l'échafaud.

— Que voulez-vous, alors ?

Christopher regarda, la mâchoire serrée, la femme qui s'offrait à lui. Elle avait des yeux d'enchanteresse, mais sous son apparence fragile elle était aussi dure que de l'acier. Sans doute pouvait-il se fier à elle pour la seule chose qui comptait encore à ses yeux. Et puis, elle était si incroyablement belle ! Il la désirait avec une force qui lui coupait le souffle, tout en sachant fort bien que, s'il l'épousait, il ne pourrait jamais être pour elle un véritable époux.

Les yeux brillants, presque fiévreux, il s'approcha d'elle.

— Puisque votre besoin est tellement désespéré, alors faisons affaire, lui dit-il, la voix rauque. Vous pourrez m'être utile, après tout.

Elle lui lança un regard d'incrédulité mêlée de mépris.

— Une affaire... vous être utile ? Je ne crois pas que vous soyez en mesure de faire des projets d'avenir, monsieur Claybourne.

— Je suis encore vivant, mademoiselle.

— Plus pour longtemps.

Il regarda dans la faible lumière du soupirail son visage aux pommettes hautes, fermé, hostile.

— Je vais bel et bien vous proposer un marché, reprit-il sans daigner relever sa cinglante réplique. Si vous le refusez, il n'y aura pas de mariage, c'est à prendre ou à laisser. Mais j'ai cru comprendre que la chose était vitale pour vous.

— J'écoute. Que voulez-vous ?

— D'abord, il devra s'agir d'un mariage légal, reconnu par les autorités et valable pour le temps qu'il me reste à vivre, avec des papiers prouvant que vous êtes bien mon épouse.

Ensuite, il vous faudra jurer, si je… parviens à survivre, que vous me reconnaîtrez comme tel, accepterez de demeurer ma femme et de remplir tous vos devoirs d'épouse.

Amanda eut l'impression désagréable qu'un piège était en train de se refermer sur elle.

Si sa situation avait été moins désespérée, elle eût certainement tourné les talons, révulsée de devoir traiter avec un tel gibier de potence. Mais elle ne pouvait guère se permettre le luxe d'une telle attitude.

— Mais… je ne comprends pas, bredouilla-t-elle. Y a-t-il une chance que la sentence ne soit pas exécutée ? Avez-vous un recours ?

Son interlocuteur eut un rire bref.

— N'ayez donc pas l'air si inquiet, ma chère, j'ai bel et bien déjà la corde au cou. La seconde partie de notre accord n'est guère pour l'instant qu'une hypothèse. Mais il y a bien quelque chose que vous pouvez faire pour moi de mon vivant. Quelque chose grâce à quoi j'aurai l'esprit en paix, lorsque mon corps se balancera sur la potence.

Elle n'aimait guère ces allusions prosaïques à la réalité de la peine de mort.

— Quelle chose ? demanda-t-elle sèchement.

Claybourne se détourna un instant et se passa nerveusement la main dans les cheveux. Quand il revint vers elle, son expression était indéfinissable, mais elle pouvait voir toutefois qu'il luttait contre une violente émotion.

— Si c'est tellement difficile à dire, remarqua-t-elle, vous feriez mieux de vous en débarrasser tout de suite.

— Je ne disais pas la vérité quand je prétendais que tous les membres de ma famille pouvaient se débrouiller seuls. Quelqu'un ne le peut pas. Quelqu'un de trop jeune et de trop vulnérable pour se prendre en charge…

L'expression de chagrin qui passait sur le visage du prisonnier était si douloureuse qu'elle comprit que cette personne-là devait compter pour lui plus que tout au monde.

— Qui est-ce ? demanda-t-elle plus doucement.

Il parvint étonnamment vite à se reprendre, et c'est avec un grand calme qu'il répondit :

— J'ai une enfant, mademoiselle O'Connell. Une fillette de trois ans. Accepteriez-vous… de l'emmener avec vous en Angleterre lorsque vous partirez ?

Elle le regarda bouche bée, le souffle coupé.

Une fillette ? Mme Hewitt n'avait pas dit un mot de cela. Et s'il y avait une enfant, c'est qu'il y avait une femme… une épouse, peut-être ? Soudain, elle avait l'impression que de gigantesques obstacles se dressaient sur sa route.

— Une… fillette ? Mais je n'ai aucune idée de la façon dont on doit s'occuper d'une enfant.

Claybourne eut un sourire triste.

— Ce n'est pas bien compliqué, vous pouvez me croire. Et puis, je suppose que vous avez une gouvernante qui pourra vous aider. Vous avez l'air d'une jeune femme posée et intelligente. Il vous faudra seulement vous occuper d'elle durant le voyage. Ensuite, vous la remettrez à la garde de ma cousine, à Londres. Est-ce trop vous demander ?

Il la scrutait, guettant sa moindre réaction.

— Mais… que lui arrivera-t-il si je refuse ? Où est-elle, et où est sa mère ? Qui s'occupe d'elle en ce moment ?

— Sa mère, ma femme, était une Indienne cherokee. Elle est morte en lui donnant le jour. La petite s'appelle Ciel. Une famille très gentille s'occupe d'elle. La mère, Agatha, a un cœur d'or, mais elle a déjà cinq enfants et peu d'argent…

— Je pourrais lui en donner, proposa précipitamment Amanda.

Tout plutôt que d'accepter de s'occuper de cet enfant !

Comment expliquerait-elle à son père ce que cette petite faisait auprès d'elle ?

— Non, s'exclama Christopher, ce n'est pas ce que je vous demande !

Il s'interrompit brusquement. Il avait l'impression qu'il ne parviendrait pas à prononcer un mot de plus, tant il était bouleversé. Il fit un violent effort et continua finalement, en cherchant ses mots.

— Je ne parviens pas à trouver le sommeil quand je pense à ce qui pourrait lui arriver quand je ne serai plus là pour veiller sur elle. Et voilà que vous apparaissez, comme si vous étiez une réponse à mes prières. Alors, répondez-moi, bon Dieu ! Acceptez-vous, oui ou non, de vous occuper de ma fille et de la remettre à ma cousine, en Angleterre ?

Dans le regard d'Amanda, il vit que la jeune femme entendait l'appel désespéré derrière ses mots rageurs. Elle comprenait combien il pouvait être inquiet pour l'avenir de l'enfant et à quel point elle lui manquait. Mais, apparemment, elle ne parvenait pas encore à lui donner une réponse.

— L'avez-vous vue depuis votre arrestation ?

Il secoua la tête.

Il ne se passait pas un jour, une heure, une minute sans qu'il ne pensât à sa fille. Il s'émerveillait encore de ce que la petite aux cheveux plus noirs que l'aile d'un corbeau pût, d'un simple sourire, faire ainsi bondir son cœur de père. C'était un sentiment plus fort, plus profond que tout ce qu'il avait connu auparavant.

— Je l'aime plus que tout au monde, et elle le sait bien. Je ne veux pas qu'elle me voit comme cela. Il ne faut pas que l'image qu'elle gardera de moi soit… celle-ci.

D'un geste vague et dégoûté, il désigna son apparence.

Il pouvait à présent lire dans les yeux d'Amanda la pitié

qu'elle éprouvait pour lui. A moins que ce ne fût de la sympathie, ou bien les deux ensemble ?

— Je suis désolée, murmura-t-elle. Je comprends combien ce doit être terrible pour vous.

— Je préfère qu'elle conserve le souvenir de quand nous étions ensemble… des jours heureux. Je voudrais lui épargner tout ceci, qu'elle souffre le moins possible de ce qui m'arrive. Elle ne sera pas toujours une enfant et entendra bien assez vite les saletés qu'on ne manquera pas de colporter sur moi. Voilà, mademoiselle O'Connell, à vous de décider. Est-ce une affaire faite, ou bien un mariage avec moi n'était-il pas une si bonne idée que cela, après tout ?

— Un marché est un marché, non ?

— Vous engagez-vous à honorer celui-ci ? Promettez-vous de vous occuper de ma fille jusqu'à ce que vous l'ayez remise aux soins de ma cousine ?

Amanda hésitait devant l'énormité de l'engagement à prendre. Troublée par les sentiments confus et contradictoires qui se bousculaient dans son cœur et son esprit, elle ressentait la nécessité d'aider et de protéger cette pauvre enfant, mais elle se sentait mue aussi par quelque chose de plus secret et de plus inexplicable. Qu'il accepte ou non de l'épouser, elle ne pouvait pas — ne voulait pas — lui refuser cela.

— Je me charge de votre fille. Vous pouvez avoir toute confiance.

— Je vous remercie. Vous n'imaginez pas à quel point cela peut compter pour moi !

Elle hocha la tête. Après tout, cette décision ne serait peut-être pas si difficile à assumer ?

La culpabilité de Christopher Claybourne était établie et il allait être pendu sous peu. La semaine prochaine, elle serait à bord d'un vaisseau en partance pour Bristol ou

Liverpool, en deuil d'un mari qui ne serait plus qu'un nom pour elle, mais avec l'enfant de cet homme auprès d'elle pour le lui rappeler.

— Lorsque nous aurons procédé à la cérémonie, vous me direz où je puis trouver votre fille. Voulez-vous la voir avant que… ?

— Non !

La réponse était sans réplique.

— Très bien. Je vais vous laisser. M. Hennesey vous tiendra au courant de la suite de nos arrangements. Etes-vous catholique, monsieur Claybourne ?

— Pourquoi ?

— Parce que cela pourrait compliquer les choses.

Il sourit.

— Avec un nom aussi irlandais que le vôtre, mademoiselle O'Connell, vous ne l'êtes donc pas vous-même ?

— Non, mon père est un protestant de l'Ulster.

— Eh bien, rassurez-vous, j'ai moi aussi été élevé dans la religion réformée, même si cela n'a pas bouleversé ma vie.

Amanda allait partir. Mais sur le seuil de la cellule, sur une impulsion, elle se retourna vers le prisonnier.

— Il y a une chose que j'aimerais savoir, lui dit-elle, et j'apprécierais que vous me disiez la vérité.

— Oui ?

— Avez-vous tué Carmen Rider ?

Claybourne soutint son regard sans ciller.

— Non, répondit-il tranquillement, et j'apprécierais que vous pensiez qu'il est possible, après tout, que je dise la vérité.

— Si vous êtes innocent, quelqu'un devrait pouvoir vous aider, quelqu'un qui aurait une certaine influence, un pouvoir…

— Si vous suggérez qu'une intervention extérieure pourrait redresser le tort que l'on m'a fait, je crains que cette possibilité ne soit plus d'actualité. Mais je suis sincèrement touché de votre sollicitude envers moi, mademoiselle O'Connell.

La voix du condamné était tranquille, son visage impénétrable, mais il y avait une très chaleureuse lueur dans ses yeux sombres. Peut-être un brin de moquerie, aussi. Sans doute ne croyait-il pas qu'elle pût s'intéresser à ce qui allait lui arriver ?

— Mais si vous n'avez pas tué cette femme, où étiez-vous donc, cette nuit-là ?

— A la pêche.

— Ah ? Je vois. Eh bien, bonne journée, monsieur Claybourne.

Amanda suivit le gardien Hennesey en sentant croître ses doutes quant à la culpabilité de Claybourne. C'était comme une graine qu'il avait semée en elle, et le temps de rejoindre l'entrée principale de la prison, cette semence avait germé et pris racine, nourrie par l'horreur qui la saisissait à l'idée qu'un innocent allait être pendu.

Sa raison lui disait bien qu'elle était folle de tenir ce genre de raisonnement, mais tout en elle lui criait que Kit Claybourne n'était pas coupable du crime pour lequel on allait l'exécuter. Et même s'il l'était, elle ne pouvait supporter la pensée de ce qui allait lui arriver.

Toutefois, si par miracle il était gracié et libéré, elle se retrouverait dans une situation fort compromettante…

Mais si chacune de ces deux possibilités lui faisait horreur, elle ne pouvait qu'admirer le courage dont le condamné faisait preuve face à sa mort imminente. Il l'avait fortement impressionnée, et l'idée que l'on allait exécuter d'une horrible façon cet homme si plein de vie, en pleine force, privant ainsi une malheureuse enfant de son père, la révulsait.

Elle s'aperçut avec surprise que ses yeux étaient pleins de larmes et les essuya d'un geste nerveux.

— Monsieur Hennesey, puis-je vous dire un mot en particulier, s'il vous plaît ?

Le gardien se tourna vers elle et lui adressa un sourire narquois mais presque chaleureux.

— Un mot ? Je parierais que c'est au sujet de Claybourne. Je me trompe ?

Ainsi encouragée, elle s'enhardit, bien qu'elle ne sût pas si l'homme avait écouté ou non leur conversation derrière la porte.

— Non, c'est bien ça, lui répondit-elle à voix basse. Lui et moi, nous voudrions nous marier avant…

— Avant qu'on le pende ?

— Oui.

Hennesey siffla entre ses dents.

— Hé ben… C'est pas ordinaire !

— Non, en effet, mais c'est ce que nous désirons tous les deux. Et il faut que ce soit fait dans le plus grand secret. M'aiderez-vous ?

Le gardien se frotta le menton d'un air dubitatif.

— C'est que… le directeur doit être prévenu, c'est sa prison…

L'ingérence du directeur de la prison dans l'affaire n'allait pas manquer de produire des contretemps sans nombre, ou du moins d'embarrassantes questions. Et si ce fonctionnaire était une connaissance des Cummings et allait tout raconter à Mark et à Charlotte ?

— Est-ce bien nécessaire, monsieur Hennesey ? Ne pouvons-nous garder tout cela confidentiel ?

Hennesey se frottait le menton de plus belle.

— Je dis pas que c'est impossible… mais ça va coûter !

— L'argent n'est pas un problème.

Elle était si soulagée qu'elle aurait pu tomber à genoux pour remercier le ciel.

— Connaissez-vous un pasteur qui accepterait de se charger de la cérémonie ? demanda-t-elle.

— Mouais... Bien que la prison ait un aumônier, y a toujours des pasteurs et des curés qui vont et viennent pour faire des visites. Surtout aux condamnés à mort, pour sauver leur âme, expliqua-t-il en ricanant.

Une méfiance instinctive poussa Amanda à se montrer prudente.

— Vous aurez la moitié de l'argent avant la cérémonie et le reste ensuite, le prévint-elle. J'exige le secret absolu. Personne ne doit savoir. Personne ! C'est bien compris, monsieur Hennesey ? Et nous devons faire vite. Je vous laisse arranger tout ça... Oh, une chose encore. Veillez à ce que M. Claybourne soit décent. Qu'il puisse se laver et changer de vêtements, ce ne sera pas du luxe !

En rejoignant la calèche, elle dévoila immédiatement ses projets à Nan, en précisant à sa gouvernante qu'elle serait heureuse que celle-ci acceptât d'être l'un des témoins du mariage, l'autre étant Amos.

Nan était si surprise de la tirade d'Amanda qu'elle demeura un moment bouche bée.

Quand elle eut retrouvé l'usage de la parole, elle ne perdit pas une seconde pour dire à la jeune fille tout le mal qu'elle pensait de ce mariage, mais ses reproches, comme à l'accoutumée, glissèrent sur celle-ci comme l'eau sur les plumes d'un canard.

— Ce n'est pas bien de me faire part de cela, martela-t-elle néanmoins, et pire encore de me demander d'être ta complice ! Ce que tu te prépares à faire est mal, et ton père n'y souscrira pas...

Toutefois, elle voyait bien le menton volontaire de sa chère Amanda levé en signe de défi au monde entier et sa mâchoire serrée. Elle ne le savait que trop, rien ne pouvait empêcher la jeune demoiselle O'Connell d'entreprendre ce qu'elle désirait. Or, Amanda cherchait une échappatoire aux ordres de son père, depuis que celui-ci lui avait enjoint de rentrer en Angleterre pour épouser l'homme choisi pour elle.

On attendit la première absence du directeur de la prison, et quand on fut certain que ce digne fonctionnaire ne risquerait pas de venir troubler la cérémonie, Amanda, impatiente de conclure l'affaire, vint célébrer son étrange mariage avec Kit Claybourne, accompagnée de ses témoins Nan et Amos.

Elle avait cherché à se persuader que, la prochaine fois qu'elle le verrait, celui-ci lui paraîtrait moins attirant et que l'image qu'elle garderait ensuite de lui s'en verrait au moins un peu estompée. Mais cette représentation était toujours aussi flamboyante dans son souvenir, et il était probable qu'elle le demeurerait toujours.

Le soleil était brûlant au-dehors, mais il faisait frais entre les murs de la prison. En attendant l'instant où elle deviendrait la femme de Christopher Claybourne, elle ressentait un délicieux frisson d'excitation en songeant à la folie qu'elle allait commettre.

Elle fut heureuse de constater que le gardien Hennesey avait accompli ce pourquoi il avait été payé : Kit portait des vêtements décents, une chemise blanche et un pantalon bleu sombre. Il avait pu se laver et se raser.

Tandis qu'il se tenait près d'elle, elle put constater qu'il était plus séduisant que jamais. Quand il se tourna vers elle, la regardant de ses yeux sombres, insondables derrière ses longs cils, elle ressentit le besoin presque irrépressible de s'approcher plus encore et de le toucher.

Elle sut alors que lorsqu'elle quitterait cette cellule, sa vie serait plus inutile qu'elle ne l'avait jamais été, sa solitude plus profonde, et que ses bras resteraient désespérément vides.

Comme l'exigeaient les rites, elle répondit aux questions du pasteur, et la voix grave de Kit résonna sous la voûte en écho, prononçant les vœux sacrés du mariage.

La regardant droit dans les yeux, semblant plonger jusqu'au fond de son âme, il promit de l'aimer et de la chérir. Le célébrant lui tendit l'anneau qu'elle avait acheté et lui avait remis dès son arrivée. Prenant sa main dans la sienne qui, bientôt, très bientôt, serait à tout jamais inerte, il lui passa l'alliance.

Voilà, c'était déjà fini. Ils étaient devenus M. et Mme Christopher Claybourne. Jusqu'à ce que la mort les sépare.

Sans lâcher sa main, Kit se pencha et baisa doucement sa bouche.

Quelque chose la prévint qu'il ne serait pas convenable qu'elle répondît trop ardemment à ce baiser. Cela compliquerait tout, et elle n'avait pas besoin de complications. Mais l'envie de goûter sa bouche fut la plus forte. Sans vouloir entendre Nan qui poussait un soupir indigné, elle ouvrit les lèvres et entrelaça ses doigts aux siens.

Elle sentit son souffle chaud qui s'accélérait, et tout devint différent tandis qu'il approfondissait son baiser.

Ce mariage n'était qu'une formalité par laquelle il lui fallait passer, elle le savait bien, mais, si c'était le cas, d'où venait que son cœur battait si vite, et pourquoi ne parvenait-elle pas encore à rouvrir les yeux ?

Kit releva à peine la tête, seulement assez pour que leurs lèvres se séparent.

— Vous voilà devenue ma femme jusqu'à ce que la mort nous sépare, chuchota-t-il, la voix rauque, et je suppose qu'il me faudra me contenter de cela.

Il fallut un effort à Amanda pour esquisser ne fût-ce qu'un geste, mais elle lâcha nerveusement sa main, paniquée par l'espèce de léthargie qui s'était emparée d'elle, et elle recula, des larmes plein les yeux.

Surpris, Kit regarda le visage baigné de larmes de la jeune femme avec une soif d'elle presque incontrôlable.

L'exquise douceur de ses lèvres, le fait de la sentir si proche, ses doigts entrelacés aux siens, tout cela lui avait fait croire l'espace d'un instant que l'amour pouvait exister jusque dans l'espace confiné de sa cellule.

Mais c'était un espoir qu'Amanda fit voler en éclats lorsqu'il tenta de reprendre sa main.

Elle le repoussa sèchement.

— Ne croyez pas que vous pouvez vous permettre de m'embrasser une deuxième fois en profitant des circonstances ! lui lança-t-elle, indignée.

Kit ne releva pas cette réaction de colère destinée à masquer sa vulnérabilité. En fait, sa jeune épousée était surtout furieuse contre elle-même, honteuse d'avoir pris plaisir à son baiser. Même s'il protestait de son innocence, il n'était qu'un condamné, un forçat, et elle ne pouvait pas se permettre de l'oublier.

Mais qu'elle était donc belle avec ses joues qui se teintaient de rose et ses yeux furibonds !

Les documents qui établissaient la légalité du mariage furent promptement signés et remis à Amanda. Puis le pasteur, sans doute embarrassé de ne pouvoir souhaiter au couple qu'ils formaient une longue vie de bonheur comme il le faisait d'habitude, s'éclipsa rapidement.

Le bruit de la porte qui se refermait résonna lugubrement dans la cellule.

— Pour l'amour du ciel, dépêchons-nous de filer aussi, chuchota fébrilement Nan en tirant Amos vers la sortie. Je hais cet endroit et ne veux pas y rester une minute de plus. Rien de bon ne sortira de tout ça. Que va dire M. Quinn… et ta cousine Charlotte ?

Christopher prit le bras d'Amanda pour attirer de nouveau son attention, et elle se tourna vers lui.

Malgré son mouvement de colère un instant auparavant, dirigé plus contre elle-même que contre lui, elle se sentait terrifiée à l'idée du sort affreux qui allait être le sien.

— Courage, lui dit-il doucement. Dans très peu de temps vous quitterez Charleston, et tout cela sera derrière vous. Vous allez être libre, Amanda, vous pourrez faire ce que vous voudrez de votre vie.

Amanda se mordit la lèvre. Des sentiments contradictoires s'agitaient en elle et la submergeaient. C'était comme si elle chutait dans le vide. Elle avait l'impression que tout ce qui restait de sa maîtrise de soi était en train de se fissurer sous le regard pénétrant qu'il plongeait dans le sien.

— Je ne sais pas si je pourrai jamais faire ce que vous dites, murmura-t-elle, une boule dans sa gorge.

Devant sa détresse, Kit prit délicatement son menton entre ses doigts et le souleva vers lui.

— Ne soyez pas triste, Amanda, lui dit-il doucement. Vous devriez vous réjouir, au contraire. Votre plan a parfaitement fonctionné. Lorsque vous serez de retour à Magnolia Grove, vous devriez porter un toast à votre succès.

— Je ne pourrai pas, en pensant à ce qui va vous arriver bientôt.

— Vous n'y pouvez rien. Ni vous ni personne. Tout ce que je vous demande, c'est de prendre soin de ma fille.

Il tira de sa poche deux enveloppes cachetées et les lui tendit avec un calme et une force d'âme qu'elle admira.

— Lorsque vous serez rentrée en Europe, allez voir ma cousine à Londres et remettez-lui cette lettre.

L'adresse était celle de Mme Victoria Hardy, à Chelsea.

— Je lui explique toute l'affaire. Victoria a elle-même des enfants et je sais qu'elle prendra bien soin de Ciel.

— Où pourrai-je trouver votre fille ?

— Prenez le vapeur ou louez une barque pour remonter la Cooper River. Demandez au marinier de vous emmener chez Samuel Blake et sa femme Agatha. Sam est pêcheur et bien connu de tous. Leur maison est sur la berge, vous n'aurez aucun mal à vous y faire déposer. Donnez cette lettre à Agatha, et elle vous remettra Ciel.

— Avez-vous un message pour elle ? l'interrogea encore Amanda, qui se demandait comment la fillette allait pouvoir supporter la perte de l'amour et de la protection paternels, puis le déracinement qui allait l'arracher à son univers familier.

— Dites-lui que… que je pense beaucoup à elle, répondit-il, la voix près de se briser d'émotion. Que je l'aime, que je prie pour elle… Maintenant, rentrez chez vous et soyez heureuse. Que Dieu vous bénisse pour ce que vous faites.

Comme une automate, Amanda marcha vers la porte.

Les mots d'adieu qu'elle aurait voulu prononcer restaient bloqués dans sa gorge. Le remords qui l'avait saisie était aussi soudain que puissant, elle se sentait accablée par l'injustice faite à Kit Claybourne.

Sur le seuil, elle se tourna de nouveau vers lui et vit qu'il la regardait avec une tristesse si profonde qu'elle en eut le cœur douloureusement serré.

— Adieu, Kit, murmura-t-elle, les yeux pleins de larmes.

— Adieu, Amanda.

Elle suivit Amos et Nan, sortit de la cellule, et un courant d'air la fit frissonner. Elle jeta un regard désespéré autour d'elle, sur les murs gris et lépreux de la prison.

Elle ne pouvait supporter que la mort de Kit fût désormais si proche. Il allait connaître le supplice atroce de la pendaison. Cela lui paraissait monstrueusement injuste. Elle en oubliait même qu'en échafaudant son plan elle n'avait guère pensé au sort de Kit, mais seulement à ce qu'il pouvait faire pour elle.

Pressant le pas, elle essuya ses larmes. Il lui fallait sortir de cette prison le plus vite possible. Peut-être se sentirait-elle mieux au-dehors ?

Elle essaya de se persuader que Christopher Claybourne avait lui-même scellé son sort en commettant un meurtre, mais une voix insistante au fond d'elle-même lui criait qu'il n'en était rien et que l'on allait pendre un innocent.

Dans la calèche qui la ramenait à Magnolia Grove, elle reposa sa tête sur le dossier capitonné de la banquette et ferma les yeux, se laissant envahir par le souvenir du baiser qu'elle avait échangé avec Kit. Doux, vibrant, passionné et sensuel... Elle n'avait pu y résister. Lorsqu'il s'était penché pour chercher ses lèvres, elle avait cru d'abord se plier à une simple tradition de mariage qu'il eût été ridicule de refuser, mais la violence de sa propre réaction l'avait stupéfaite et terrifiée. Elle en voulait encore, et bien plus. Elle voulait qu'il l'embrasse, éperdument, à en mourir, elle voulait sentir ses mains sur sa peau nue et son corps entrer en elle.

Doux Jésus, comment pouvait-elle penser cela ? Elle

en était révulsée. N'était-ce donc pas assez scandaleux, déjà, de s'être laissée embrasser par un quasi-inconnu, un condamné à mort ?

Elle croyait à l'innocence de Kit parce que cela l'arrangeait, mais la réalité cachée, nauséabonde, c'était qu'elle était vicieusement attirée par lui et qu'elle avait été séduite aussitôt qu'il lui était apparu au milieu des autres gibiers de potence, ses frères d'infortune.

Jamais elle ne s'était mise dans une situation aussi pénible ! Son plan avait peut-être réussi, mais elle avait le sentiment que son acte désespéré allait lui attirer bien des tracas. Toute tentative de dissimuler son mariage et ses conséquences serait une grave erreur. Elle s'était mise dans une situation délicate et ne pouvait plus l'ignorer.

Les traits de M. Quinn étaient de marbre, sans l'ombre d'un sourire, tandis qu'il scrutait Amanda, derrière le bureau qui les séparait.

Il la traitait toujours comme s'il était pour elle une sorte de précepteur et ne s'embarrassait pas de précautions oratoires. Elle s'en souciait d'ailleurs assez peu, pourvu qu'il lui laissât faire ce qu'elle voulait. Elle le respectait, car il était l'employé de son père depuis plus de vingt ans, avant même sa naissance, mais elle ne parvenait pas à l'apprécier. Son passé était d'ailleurs à peu près un mystère pour elle, et elle ne l'avait jamais interrogé à ce sujet. En tout cas, il était clair qu'il avait toute la confiance de son employeur.

Elle soutenait son regard, le menton levé par défi, se préparant à la réaction cinglante qui ne manquerait pas de s'abattre sur elle lorsqu'elle lui aurait dévoilé ce qu'elle venait de faire.

A affronter ainsi la colère de M. Quinn, elle avait peur,

pour l'une des très rares fois de son existence. Soudain, elle ne se sentait ni téméraire ni provocatrice, mais très inexpérimentée, avec la conscience d'avoir commis une énorme bêtise, et terrifiée à l'idée que son père pourrait apprendre qu'elle s'était jouée de lui. Toutefois, elle reprenait courage en songeant qu'un océan le séparait encore de lui et qu'il ne saurait jamais qui avait été réellement son mari. M. Quinn préférerait garder le silence plutôt que de devoir présenter sa démission. En tant que chaperon, il portait en effet une lourde responsabilité.

Se jetant à l'eau, elle lui exposa presque sans respirer toute l'histoire de son mariage avec Christopher Claybourne. Elle ne quitta pas un instant des yeux son visage, que la colère déformait peu à peu, le transformant en un masque révulsé et furieux. Son annonce terminée, elle se leva.

Il se mit debout lui aussi, mais avant qu'elle ait pu seulement ajouter un mot, il éclata.

— Par tous les saints, avez-vous perdu l'esprit ? C'est une folie, stupide et éhontée ! Vous venez d'attirer l'opprobre sur le nom respectable de votre père ! Cela lui brisera le cœur lorsqu'il le saura !

Elle ne bougea pas d'un pouce et lui tint tête, aussi furieuse que lui.

— Veuillez vous calmer, monsieur Quinn, je comprends votre surprise et votre indignation, mais…

— Vous vouliez peut-être que je porte un toast, que je vous souhaite joie et bonheur à vous et à ce… dresseur de chevaux, cet assassin ? Je ne vois que votre jeunesse et votre… déplorable absence de réflexion pour expliquer une telle conduite. Est-ce que votre cousine Charlotte était au courant de cette… escapade ?

— Non.

— J'en étais sûr ! Elle n'a rien d'une écervelée, elle. Voilà donc comment vous la remerciez de sa gentillesse à votre égard, comme de celle de feue votre tante Lucy !

Il ponctua cette déclaration d'un lourd regard de reproche.

— Votre père vous a placée sous ma garde, reprit-il. Quelle réaction aura-t-il, à votre avis, lorsqu'il aura eu vent de cette mascarade, de cette parodie de mariage ? Je puis vous dire, moi, que sa réplique sera sévère, pour vous comme pour moi. Il ne me reste plus qu'à lui présenter ma démission. Il ne méritait certainement pas que, vous et moi, nous trahissions sa confiance !

Elle blêmit et frémit, giflée par ces derniers mots.

Le choc et la colère de l'employé fidèle étaient visibles et sincères. M. Quinn ne tremblait pas devant la fureur prévisible de son employeur, c'était plutôt comme s'il prenait fait et cause pour lui et tremblait de rage de l'avoir trompé, ou du moins d'avoir participé involontairement à une trahison dirigée contre le puissant industriel.

Mais il n'y avait plus rien qu'il pût faire. Elle était devenue Mme Christopher Claybourne et avait en sa possession tous les papiers qui le prouvaient sans conteste.

— Raison de plus pour ne rien lui dire, répliqua-t-elle fermement. Nous pouvons lui épargner les détails. Ce sera notre secret.

Il la regarda, abasourdi, comme s'il n'en croyait pas ses oreilles.

— Vous me demandez de devenir votre *complice* ? C'est à cela que vous a menée toute l'éducation que vous avez reçue ? A duper les vôtres ?

— Il est trop tard pour les sarcasmes, monsieur Quinn. Le mal est fait. Je suis Mme Claybourne, que vous le vouliez ou non. Mais il n'est pas nécessaire que mon père sache que mon mari était un meurtrier, ni qu'il a été pendu pour son crime. Nous n'aurons qu'à lui dire qu'il est mort de maladie durant la traversée.

— Je n'aime guère les mensonges et les tromperies.

— Pourquoi ajouter à sa colère et à sa déception ? Vous devriez y penser… Moi, je ne ferais rien pour lui faire du mal, je vous l'assure.

— C'est un peu tard pour y songer ! Toutes mes félicitations, à propos, pour vos rares talents de dissimulatrice… Vos prétendues courses en ville m'ont complètement abusé. Vous êtes la jeune personne la plus rouée des deux côtés de l'Atlantique ! Ce que je me demande, c'est pourquoi vous n'êtes pas venue m'en parler avant de commettre cette folie.

— C'est bien simple, parce que vous m'en auriez empêchée.

— Ça, vous pouvez en être sûre ! Mettre au point ce plan, vous introduire en prison pour vous unir à une sorte de maquignon, c'est plus qu'un outrage, je le répète, c'est un véritable scandale ! Quant à utiliser le nom de cet homme, laissez-moi rire ! Vous est-il seulement venu un instant à l'esprit que votre père va vous questionner sur la famille en question ? Qu'il voudra savoir à quelle branche des Claybourne votre mari appartenait et qu'il souhaitera très vraisemblablement présenter ses condoléances à ces gens pour la perte cruelle de leur parent ?

Elle blêmit, une terreur glacée s'insinuant dans ses veines.

— Non, murmura-t-elle, je n'y avais pas pensé. Je vous confesse que je n'ai pas pris le temps de beaucoup réfléchir, mais je suis prête à assumer toutes les conséquences de mon acte. De toute manière, comme je serai veuve, il faudra bien que père respecte le délai de deuil, et d'ici la fin de cette période, je serai majeure, libre de toute autorité. Je pourrai alors, si je le souhaite, me trouver un mari de mon choix. Pour l'instant, mon plus cher désir est de rentrer au plus vite en Angleterre. Je ne tiens pas à me trouver à Charleston quand on pendra Christopher Claybourne.

Prosper Quinn se mit à arpenter le tapis en continuant de maudire l'écervelée entre ses dents.

Il avait lui aussi toutes les raisons de souhaiter quitter l'Amérique au plus vite, et lorsque Henry O'Connell leur avait ordonné de rentrer, il avait accueilli la nouvelle comme s'il s'était agi d'un cadeau de la Providence. Et il n'avait guère d'autre choix que celui de fermer les yeux sur le petit subterfuge d'Amanda, voire d'y participer.

— Soyez-en sûre, vous avez semé la tempête, lui dit-il. Si ce que vous avez fait venait à se savoir, cela apporterait le déshonneur dans votre famille, tout cela à cause d'un moment de folie destructrice. Que Dieu vous aide… nous aide, si jamais votre père devait découvrir la vérité ! Vous avez commis l'irréparable, Amanda.

Elle remarqua l'enveloppe qu'il tenait à la main.

— Il y a-t-il un message pour moi, dans la lettre de père ? lui demanda-t-elle avec un léger défi dans la voix.

— Il annonce seulement qu'il vous a trouvé un très beau parti. Je suppose qu'il va falloir expliquer à ce gentleman que vous n'êtes plus libre…

— Quel gentleman ?

— C'est lord Prendergast que votre père avait en vue.

De surprise, la jeune fille ouvrit la bouche et son visage perdit encore un peu de couleur.

— Lord Prendergast ? répéta-t-elle, indignée. Cet homme n'est rien d'autre qu'un vieux sac d'os ! L'épouser eût été un sort pire que la mort !

— Priez pour que M. O'Connell n'apprenne jamais ce

que vous avez manigancé, petite sotte ! Rien n'existe d'autre au monde que ce que vous voulez, n'est-ce pas ?

— En tout cas, je ne veux certes pas épouser lord Prendergast !

— Il y a autre chose qui vous concerne, dit-il sur un ton hésitant. Votre père s'est remarié… avec une certaine lady Caroline Brockett. Cette dame vient d'une famille de petite noblesse de la région de Coventry. Elle a épousé un baronet, décédé après quinze ans de mariage. Ils n'ont pas eu d'enfants.

Amanda regarda l'homme de confiance de son père, stupéfaite.

— Marié ? Je ne peux pas le croire !

Jamais elle n'aurait imaginé que son père reconvolerait un jour, et jamais non plus elle n'avait entendu parler d'une lady Caroline Brockett.

— C'est pourtant la vérité. Il a également vendu la maison de Rochdale et va s'installer à la campagne, où il a acheté une vaste propriété : Eden Park. Il veut s'y retirer pour y élever des chevaux. Lady Brockett l'y encourage très chaleureusement. Le temps que nous parvenions en Angleterre, ils y auront emménagé.

M. Quinn observa ses sourcils froncés et ajouta, l'air réprobateur :

— Votre réaction à cette nouvelle semble indiquer que vous désapprouvez les décisions de votre père.

— Disons qu'elles me surprennent beaucoup. Père a toujours placé ses affaires au-dessus de tout. Il ne m'écoutait pas quand je lui disais qu'il travaillait trop. Cette… lady Brockett doit être une personne assez exceptionnelle pour avoir su trouver le défaut de sa cuirasse, quand tout le monde y avait échoué !

Elle ressentait déjà une sorte de dépit et de défiance instinctive envers cette inconnue.

— Et qui donc s'occupera de diriger la société, pendant qu'il jouera au gentleman-farmer ?

— Il ne manque pas d'adjoints pour le remplacer.

— Cela va faire l'effet d'une révolution…

— Le changement l'est toujours. Soyez donc heureuse pour lui. Ainsi, asséna son interlocuteur, féroce, peut-être ne sera-t-il pas trop dur envers vous quand il découvrira votre sordide mariage…

3.

La glaciale entrevue avec M. Quinn avait été particulièrement désagréable, mais la réaction de Charlotte à l'annonce de la nouvelle fut plus pénible encore à supporter pour Amanda.

Sa cousine fut terriblement choquée et peinée par sa « trahison ». Ses réprimandes émues ébranlèrent Amanda mieux que ne l'aurait fait la plus violente colère. Mortifiée, en larmes, elle supplia Charlotte de lui pardonner. Elle crut bien alors que tout était dit et que, puisqu'elle exprimait sa repentance, l'échange ne pouvait aller plus loin, mais sa cousine n'en avait pas encore terminé.

— Lorsque M. Quinn m'a rapporté ce que tu avais fait, Amanda, je ne pouvais le croire. Que te dire ? Je sais combien tu voulais éviter un mariage arrangé. Mais je n'aurais jamais cru que tu en arriverais pour cela à des extrémités pareilles. Quand je pense que tu es entrée, toi, dans cet endroit horrible ! J'en frémis. Mais le mal est fait. Il ne sert à rien de se lamenter ou de se laisser aller à des imprécations hystériques. Je dois dire pourtant que tu m'as terriblement déçue et je tremble à l'idée de ce que ton père va en penser.

Amanda le voyait bien, sa cousine était sincèrement choquée, mais elle voulait encore croire qu'après mûre réflexion Charlotte comprendrait que c'était le désespoir, et lui seul, qui l'avait conduite à agir comme elle l'avait fait.

— Je suis tellement désolée de t'avoir causé de la peine, soupira-t-elle.

Sa cousine lui lança un regard pénétrant.

— Tu es désolée, mais tu ne regrettes nullement d'avoir épousé ce M. Claybourne, c'est bien ça ?

— Non, il le fallait.

— Au moins, cela empêchera ton père de te marier en hâte.

Le visage d'Amanda s'éclaira.

— Oui, tout est changé, et tu ne sais pas tout : figure-toi qu'il vient de convoler lui aussi, et avec une lady ! Tu vois, de tout cela peut sortir du bien, après tout…

— Tu veux sans doute te rassurer en le pensant, lui répliqua Charlotte assez sèchement. Reste que tu seras très bientôt veuve, et ton père, je le sais, ne manquera pas de me tenir pour responsable de toute cette histoire. Ce que tu feras en Angleterre te regarde absolument, Amanda, mais en Amérique tu étais en quelque sorte sous la responsabilité morale de mère, et donc, depuis sa disparition, de la mienne.

Amanda baissa les yeux. Elle n'ignorait pas qu'en effet, depuis la mort de tante Lucy, Charlotte se sentait investie d'une charge nouvelle. Elle reprenait le flambeau de sa mère et, à ce titre, se sentait responsable, comptable, même, du comportement effronté de sa cousine, comme aussi de ses blessures et de son insatisfaction profonde.

— Je crois, conclut Charlotte, que je ferais mieux d'écrire à ton père et de tout lui expliquer.

— Non, je t'en prie ! répliqua précipitamment Amanda. Je le lui dirai moi-même, Charlotte, je te le promets…

— Il a le droit de savoir. Tu ne peux lui cacher que tu as épousé un meurtrier condamné à mort.

— Christopher est innocent, je le sais.

— Le juge qui a prononcé la sentence n'était pas de cet avis.

— Nombreux sont ceux qui lui font confiance et ne peuvent pas croire qu'il a tué cette femme.

— S'il est innocent, te consacreras-tu corps et âme à le sauver du châtiment qui l'attend ? Si c'est le cas, imagine un peu ce que cela va signifier pour toi… Oh, mon Dieu !

Charlotte porta les mains à ses joues rosissantes, où la contrariété faisait affluer le sang.

— Quel marécage inextricable que tout cela ! soupira-t-elle encore. Il faut que j'en parle avec M. Quinn. Peut-être se sera-t-il un peu calmé et pourra-t-il juger plus sereinement de la situation.

— Il y a autre chose, Charlotte.

Eberluée, sa cousine la regarda en silence et attendit la suite, tétanisée, comme si toute sa réactivité était réduite à néant par l'enchaînement des catastrophes.

— M. Claybourne a une enfant, une fillette. Je lui ai promis de l'emmener avec moi en Angleterre et de la remettre à sa cousine.

Toujours tétanisée, Charlotte l'écouta en silence lui expliquer la promesse qu'elle avait faite à Kit.

— Je suis sa femme, même si c'est seulement de nom. Il m'a demandé de prendre soin de son enfant, et je le ferai. Je dois aller la chercher dans la famille qui l'héberge provisoirement.

Il fallut un moment à la pauvre Charlotte pour prendre toute la mesure de la situation. Mais elle finit par pousser un soupir résigné.

— Très bien, dit-elle, je t'accompagne. Nous irons demain matin. Il faut empêcher à tout prix le scandale d'éclater. Peut-être vaut-il mieux, après tout, que tu rentres en Angleterre…

*
* *

C'était une belle journée, la nature étalait toute sa splendeur dans une lumière dorée que les deux cousines, au bastingage, admiraient sous leurs ombrelles.

La rivière s'étirait paresseusement comme un gros serpent endormi, ses eaux tranquilles seulement fendues et agitées par l'étrave. La haute cheminée du bateau à aubes crachait une fumée noire. Des mouettes tournoyaient autour, et de nombreux canards, échassiers et limicoles animaient les berges du large cours d'eau. On pouvait également voir, au passage, de belles maisons de planteurs. Certaines étaient encore habitées, mais beaucoup, en ruine, n'étaient plus que des carcasses vides. Les tristes cicatrices de la guerre de Sécession…

Comme le vapeur approchait d'un petit débarcadère, le sifflet retentit, faisant s'élever une compagnie d'aigrettes au-dessus des roseaux. Leur plumage neigeux se détacha sur l'eau sombre et le feuillage des arbres de la rive.

Un marinier montra à Amanda et Charlotte la maison où vivait Samuel Blake.

Une haie touffue ne laissait qu'à peine deviner le toit d'un chalet de bois. Elles débarquèrent et remontèrent un chemin de terre jusqu'à un porche-véranda où une femme à l'allure robuste, le visage avenant, les regardait s'approcher en s'essuyant les mains sur son tablier. Agatha Blake leur sourit, les salua aimablement et se présenta. Une petite fille vint se réfugier dans ses jupes et regarda les visiteuses avec curiosité.

Amanda se présenta sous le nom d'Amanda O'Connell. Elle avait décidé de ne révéler à personne son mariage avec Christopher Claybourne.

— J'espère que nous ne vous causons pas trop de dérangement, madame Blake, en venant ainsi vous voir sans nous être annoncées. C'est M. Claybourne qui m'a dit où vous habitiez. Nous… nous sommes venues vous voir à propos de la petite Ciel. Son père m'a donné une lettre pour vous.

Agatha Blake les regarda et son sourire s'élargit encore tandis qu'elle prenait l'enveloppe.

— Aucun dérangement, je vous assure. Mais entrez donc, vous prendrez bien une tasse de thé ? Je vous en prie, j'ai si peu de visites… Et appelez-moi donc Agatha, les amies de Kit sont nos amies aussi. Vous avez de la chance de me trouver seule avec Ciel. D'habitude, j'ai toujours plein d'enfants dans les jambes, mais là leur père les a emmenés à la pêche pour que je sois un peu tranquille.

Amanda sourit à l'enfant, comprenant enfin qu'il s'agissait de sa belle-fille.

Ciel était jolie et gracieuse, son ascendance cherokee se montrait dans ses traits et dans sa magnifique chevelure d'un noir de jais qui lui descendait dans le dos, retenue par un ruban. Tout de suite, Amanda fut fascinée par ses grands yeux noirs, vifs et éveillés, au-dessus de ses hautes pommettes.

L'enfant la regardait avec un grand intérêt, par-dessous ses longs cils. Ayant entendu prononcer le nom de son père, elle tira Agatha par la jupe pour attirer son attention.

— Est-ce que papa va venir me voir, Agie ?

— Non, ma belle, mais il nous envoie ces deux dames avec un message.

Comme elles allaient pénétrer dans la maison, Charlotte se tourna vers la fillette et lui tendit la main en souriant.

— Tu veux me montrer les fleurs du jardin, Ciel ? lui dit-elle gentiment. J'aimerais bien les voir.

La petite acquiesça et lui prit la main avec confiance.

Amanda lança à sa cousine un regard reconnaissant. Il serait beaucoup plus facile de parler avec Agatha hors de la présence de l'enfant. La gorge serrée, elle regarda les deux silhouettes s'éloigner vers le jardin.

La pauvre petite, n'était-ce pas assez dur de perdre son papa à un âge aussi tendre ? Il fallait encore qu'on vous enlevât à ceux qui vous aimaient pour vous emmener vivre au milieu d'étrangers.

Elle suivit Agatha dans la maison, qui sentait l'encaustique, la bonne cuisine et toutes ces odeurs diffuses qui sont celles d'un vrai foyer.

— Vous connaissez M. Claybourne depuis longtemps ? demanda-t-elle tandis que son hôtesse s'affairait, la bouilloire à la main.

— Sam et moi sommes ses amis depuis cinq ans. Je sais ce qu'on dit de lui, mais ce n'est pas vrai, vous savez… Nous l'aimons et avons confiance en lui. Je lui confierais ma vie sans la moindre hésitation, et nos cinq enfants l'adorent. Kit n'a pas pu tuer cette femme, j'en jurerais !

— Et Ciel ? Que dois-je lui dire ?

Agatha la regarda avec surprise.

— Lui dire ? Mais quoi donc ?

— M. Claybourne m'a demandé de l'emmener en Angleterre avec moi, pour qu'elle soit élevée par sa cousine. Elle sera bien, là-bas. Lisez la lettre, tout y est expliqué.

Agatha parcourut la missive et hocha la tête, son visage s'assombrissant et ses yeux se mouillant de larmes.

— Cela va me déchirer le cœur de la voir s'en aller, admit-elle, mais je sais que c'est pour son bien. C'est une enfant très intelligente, qui apprend vite. Oui, il vaut mieux qu'elle parte. Ici, tout ce qu'on peut raconter sur son père lui reviendrait fatalement aux oreilles et elle découvrirait trop vite ce qui… ce qui va arriver. Il ne le faut pas. Quand reprenez-vous le bateau pour l'Europe ?

— Après-demain.

Le chagrin tordit de nouveau le visage si aimable d'Agatha.

— Déjà ? Et vous voulez l'emmener aujourd'hui, bien sûr ?

— Oui... S'il vous plaît, répondit doucement Amanda, le cœur serré.

Agatha hocha la tête, résignée.

— Je vais rassembler ses affaires. Elle n'a jamais connu sa mère, vous savez, c'était une Cherokee belle comme le jour. J'ai essayé d'en tenir lieu pour elle, et nous l'aimons tendrement. Mais je savais qu'un jour viendrait où elle partirait et serait confiée à la famille de Kit en Europe. Dites-moi, comment va-t-il ?

— Je dirais... qu'il montre beaucoup de courage.

— Est-ce qu'ils vont vraiment le pendre ?

— Je ne vois vraiment pas comment cela pourrait être évité.

— Quelle sorte de justice est-ce là, de mettre à mort un homme tel que lui ? s'indigna Agatha après avoir essuyé ses yeux du coin de son tablier.

— Justement, quel homme est-il donc ? demanda doucement Amanda.

— Kit ? Eh bien, c'est un garçon très actif, qui aime la vie au grand air. Mon Dieu, lui qui déteste tant être enfermé, à présent... Que dire ? Kit, c'est Kit. Parfois, il disparaît dans les bois avec son fusil, sur des pistes que seuls les Indiens connaissent. Il reste absent pendant des jours, et soudain il est là, demandant que Sam vienne l'aider à aller chercher la viande d'un cerf qu'il a abattu et dépouillé pour nous. Il sait tout des montagnes, qu'il lit à livre ouvert. Il en déchiffre tous les signes, les Cherokees le lui ont appris. Il sait chasser, piéger, pêcher...

Amanda, rêveuse, imaginait Christopher... Kit Claybourne

arpentant les Smoky Mountains, aussi silencieux et furtif qu'un chat sauvage.

— Je peux comprendre alors combien l'emprisonnement doit être pénible pour lui, dit-elle pensivement.

— Jamais je ne croirai à sa culpabilité. Le procureur était un ami des Rider. Il a mis les jurés dans sa poche, et Kit n'a eu aucune chance. Mme Rider a été décrite comme une pauvre veuve sans défense, alors que la réalité était fort différente. Il n'a fallu que dix minutes de délibération au jury pour le déclarer coupable d'assassinat.

— Il m'a dit qu'il était à la pêche le soir du meurtre.

Agatha hocha la tête.

— C'est la vérité. Il était en mer avec Judd Freeman, ils partaient souvent ainsi pour la nuit ou pour plusieurs jours. Kit me confiait Ciel chaque fois. Le problème, c'est que quand ils sont rentrés à Charleston, Judd a repris le large et qu'on ne l'a pas revu depuis. Il peut être à peu près n'importe où entre la Floride et le Canada. Mais il n'est pas au courant de ce qui arrive, c'est sûr, sinon il serait revenu témoigner pour son ami.

— A-t-on essayé de le contacter ?

— Sam, oui, et d'autres aussi. Mais personne ne l'a seulement vu. Le problème, c'est qu'il vit sur son bateau. Le seul espoir, c'est qu'il touche terre quelque part et qu'il entende parler de l'affaire.

C'est à cet instant que Charlotte revint avec la petite Ciel. L'enfant tenait dans ses bras un gros bouquet de fleurs qu'elle tendit à Agatha.

— Qu'est-ce que dit papa, Agie ? demanda-t-elle.

La mère de famille posa les fleurs sur la table et caressa doucement les cheveux de la fillette.

— Je sais que cela va être une surprise pour toi, mon petit chat, lui dit-elle, mais papa veut que tu sois une grande fille, très courageuse. Tu vas faire un beau voyage sur la mer, avec cette dame.

L'expression insouciante de l'enfant disparut pour faire place à une inquiétude visible.

— Est-ce que tu viens aussi, Agie ? demanda-t-elle d'une toute petite voix.

Les larmes jaillirent des yeux de la malheureuse nourrice.

— Non, mon chou. Je dois rester pour m'occuper de Sam et des enfants, tu le sais bien. Que leur arriverait-il si je n'étais plus là pour leur faire à manger et les soigner ?

La gorge serrée, la fillette avala sa salive avec difficulté.

— Tu veux que je m'en aille ? murmura-t-elle.

— Oh non, mon cœur, protesta Agatha. C'est seulement que ton papa est absent pour un temps et… qu'il pense qu'il vaut mieux que tu ailles en Angleterre, dans sa famille.

— Mais papa me rejoindra là-bas, hein, dis, Agie ?

Le visage déjà baigné de larmes de la fillette s'illumina d'un peu d'espoir.

Amanda et Charlotte échangèrent un regard navré, chacune sachant bien ce que pensait l'autre. Il allait être bien difficile, le moment venu, d'annoncer à une petite fille de trois ans que son papa était parti pour toujours.

Découvrant combien Ciel allait avoir besoin d'elle au cours des semaines à venir, Amanda comprit qu'elle devait elle-même se montrer forte et raisonnable. Mais Dieu, que l'enfant était petite ! Il paraissait ridicule d'emmener une fillette de son âge dans un univers qui lui était totalement étranger. Elle s'accroupit pour se mettre à sa hauteur et lui prit la main.

— Je sais que ce sera dur de t'y habituer, Ciel, lui dit-elle, mais ton papa m'a vraiment demandé de m'occuper de toi. Je m'appelle Amanda et je suis sûre que nous allons devenir de grandes amies, toi et moi. Il m'a dit qu'il t'aimait très fort et qu'il fallait prier pour lui tous les soirs.

— Je prie toujours pour mon papa !

— Nous allons avoir beaucoup de temps pour nous connaître, et peut-être que je pourrai te montrer un peu Charleston et ses magasins avant que nous partions sur un très gros bateau. Y a-t-il quelque chose que tu voudrais emporter avec toi ?

— Non, répondit la fillette avec une sagesse étonnante pour son jeune âge, je voudrais seulement que mon papa vienne aussi, mais je sais que ce n'est pas possible maintenant. Mais j'aime beaucoup les poneys, comme papa. Il m'a dit qu'il m'en donnera un quand il reviendra.

— Tu sais, en Angleterre, là où je t'emmène, les jeunes demoiselles peuvent aussi avoir des poneys. Je suis sûre que tu en auras un. Mais comme nous ne pouvons pas le faire monter sur le bateau, y a-t-il autre chose dont tu aurais envie ?

Soudain, les yeux de la fillette se mirent à briller.

— J'aimerais bien une poupée à qui je pourrais mettre de beaux habits.

— Nous irons chercher la plus jolie de tout Charleston, dit doucement Amanda, soulagée de voir l'enfant se détendre un peu. Et maintenant, voudrais-tu aider Agie à faire tes bagages ?

— Vous savez vous y prendre, avec les enfants, lui dit Agatha lorsqu'elle se redressa.

— Je n'ai aucune expérience et encore beaucoup à apprendre.

C'était vrai. Bien des fois, au cours des deux jours qui avaient suivi, Amanda avait failli ramener l'enfant chez les Blake.

Ciel avait pleuré pendant tout le trajet jusqu'à Charleston.

Sa séparation d'avec Agatha et la rupture avec son univers familier lui causaient un très gros chagrin. Une fois arrivée à Magnolia Grove, entre toutes les découvertes qu'elle fit, la poupée et les autre jouets qu'Amanda lui avait achetés, ainsi que, plus généralement, grâce à l'attention dont elle était l'objet, elle avait retrouvé sa bonne humeur. Cependant, le soir, au moment de se mettre au lit, son chagrin resurgissait. Son papa et Agatha lui manquant alors terriblement, elle se remettait à pleurer.

Amanda, qui s'attachait à la fillette avec une rapidité qui la surprenait elle-même, la serrait alors dans ses bras, la berçait et lui chuchotait des mots de réconfort jusqu'à ce que Ciel, rassérénée, s'endorme enfin.

Maintenant, le bateau pour l'Angleterre, via New York, quittait le port de Charleston, escorté par une bande de dauphins bondissants et joueurs.

Laissant l'enfant s'ébaudir de leurs facéties, Amanda suivit mélancoliquement des yeux un petit cotre de pêche qui rentrait au port avec toute sa voile, son étrave effilée fendant les flots. Elle songeait que dans sa geôle obscure, là-bas tout au fond du port, un homme les accompagnait en pensée pour quelques jours encore.

Judd Freeman tenait la barre d'une main ferme en entrant dans la rade de Charleston. C'est en relâchant à Wilmington pour renouveler sa provision d'eau douce qu'il avait appris l'accusation qui pesait sur Kit et sa condamnation à mort pour un prétendu crime. Il avait immédiatement mis le cap sur Charleston, en priant pour ne pas arriver trop tard et pouvoir sauver son ami.

*
**

Quelques semaines plus tard, en Angleterre, dans le train qui filait vers le nord et sa nouvelle maison, Amanda eut tout le temps de repenser à la petite Ciel et à leur récente séparation.

Il avait été plus difficile de lui dire au revoir qu'elle ne l'avait imaginé.

Durant les deux semaines qu'avait duré la traversée, elle s'était beaucoup attachée à l'enfant et avait pris grand plaisir à sa compagnie. Une fois le bateau à quai dans le port de Southampton, laissant M. Quinn et Nan à l'hôtel — le train qui devait les emmener tous les trois vers le nord ne partait que le lendemain —, elles avaient toutes deux pris le train pour Londres, où Victoria Hardy vivait dans le joli quartier de Chelsea, avec son mari et ses deux enfants.

La cousine de Kit était une grande et belle femme aux cheveux sombres qui les accueillit avec chaleur. A la minute même où elle avait posé les yeux sur l'enfant, elle avait su qui elle était. Elle avait pris dans ses bras la fillette aux yeux immenses et l'avait serrée très fort. Cela avait été un moment d'émotion intense.

— Ainsi, tu es la fille de Kit ? avait dit Victoria en lui passant un doigt sur la joue, une fois qu'elle fut parvenue à reprendre son calme. Cela fait longtemps que j'attendais de te rencontrer. J'ai déjà l'impression de te connaître, car les lettres que ton cher papa m'envoyait d'Amérique m'ont beaucoup parlé de toi.

Ciel avait écouté sans ciller, avec un intérêt visible, cette belle dame à la voix douce.

En les regardant toutes deux, Amanda, pour sa part, avait pu reconnaître sur leurs visages comme un air de famille et le rappel de certains traits de Kit Claybourne. Elle avait été distraite dans son observation par l'arrivée d'une petite fille blonde pas plus grande que Ciel, qui avait demandé à celle-ci de lui montrer sa poupée, celle-là même qu'elle lui avait achetée à Charleston et dont l'enfant ne se séparait pas.

— Elle est adorable, avait dit Victoria Hardy, elle ressemble tellement à Kit, quoique son ascendance indienne soit évidente également.

— Elle est très gentille et a été bien courageuse, le pauvre chaton. Ces dernières semaines ont été un tel bouleversement pour elle…

Amanda avait tiré de son réticule la lettre que son mari éphémère lui avait confiée. Elle ignorait ce qu'elle contenait, mais il n'y avait pas de doute que sa lecture allait être un choc pour Victoria.

— Kit m'a demandé de vous remettre ceci, avait-elle expliqué d'un ton grave en la lui tendant. Je dois vous prévenir que ce sont de… terribles nouvelles.

Victoria l'avait regardée un instant sans comprendre, puis elle avait pris la lettre et fait quelques pas pour la lire à l'écart.

Amanda s'était alors tournée vers la bonne d'enfants qui était entrée dans la pièce avec la fillette blonde, lui expliquant que Mme Hardy venait de recevoir des informations particulièrement pénibles et lui recommandant d'emmener les deux petites jouer un moment dans la nursery.

Lorsque Victoria Hardy avait terminé sa lecture, elle était restée un instant les épaules voûtées, puis elle avait essuyé ses yeux baignés de larmes, avait plié lentement la missive et s'était tournée vers elle.

— Comment est-ce possible ? Kit n'a jamais fait de mal à personne. Et on l'accuse d'être un assassin ? Je ne puis le croire. Ciel sait-elle qu'elle ne reverra jamais son papa ?

Sa voix se fêlait de chagrin.

— N… non, avait répondu Amanda, tout aussi accablée. Lorsque nous avons quitté Charleston, la… l'exécution n'avait pas encore eu lieu. Cela a dû se passer depuis, mais il est impossible de le savoir. J'ai demandé à des amis de Kit, les Blake, Agatha et son mari, de vous écrire lorsque… enfin…

Victoria faisait de visibles efforts pour reprendre un peu contenance.

— Merci, avait-elle soupiré. Et vous, le croyez-vous coupable ?

— Non. Je suis sûre qu'il n'a rien fait, et je ne suis pas la seule à le croire. Malheureusement, prouver son innocence n'est pas une mince affaire. Il n'y a pas l'ombre d'une preuve ou d'un témoignage pour venir à l'appui de ses dires. Le seul homme qui pouvait témoigner pour lui a disparu, il s'est littéralement évaporé dans la nature.

— Mon Dieu, avait dit doucement Victoria, comment annoncer à Ciel qu'elle ne reverra jamais son papa ? Mais je ne lui en dirai rien avant d'être certaine qu'il est bien mort. Pauvre Kit, il ne méritait pas cela ! S'il a été exécuté, alors qu'il repose au moins en paix. J'élèverai sa fille comme si c'était la mienne.

Amanda ne s'était pas attardée.

Elle avait beaucoup appréhendé cette rencontre avec Victoria Hardy, ainsi que la façon dont Ciel réagirait à leur séparation. Mais à présent qu'elle avait rencontré la cousine de Kit, elle se sentait plutôt rasséréné à cet égard. Le fait que la maisonnée comptât déjà deux enfants aiderait la fillette à s'y sentir rapidement chez elle. D'ailleurs, lorsqu'elle s'en était discrètement allée, les deux petites jouaient tranquillement dans leur chambre.

A présent, dans ce train qui filait vers le nord, elle pensait à Kit, à la colère et à l'angoisse qui avaient dû être les siennes lorsqu'il se demandait encore qui pourrait se charger de la petite. Avait-elle bien fait tout ce qui était en son pouvoir ? Elle avait beau chercher, elle ne voyait pas par quel moyen elle eût pu l'aider davantage. Tout ce que Kit lui avait demandé, elle l'avait accompli.

Il lui fallait désormais tourner la page et se tourner vers l'avenir, plutôt que de remâcher le passé. Son année de deuil passerait vite, et ensuite elle pourrait faire ce qui lui plairait.

Elle regarda défiler le paysage derrière la vitre, se demandant pourquoi son cœur était si lourd et pourquoi elle se sentait si abattue, alors qu'elle avait finalement obtenu tout ce qu'elle souhaitait. Elle voyait bien, à présent, qu'elle n'avait agi que par orgueil, par un désir puéril de tenir tête à son père et de lui damer le pion.

Quelle sotte elle avait été, et comme elle allait le payer cher, à présent ! Elle avait voulu s'offrir un mari temporaire et, maintenant qu'il n'était plus, elle était rongée par le remords. En outre, la petite Ciel lui manquait plus qu'elle ne l'aurait jamais imaginé.

Elle regarda sa gouvernante qui somnolait, assise en face d'elle. A Nan aussi, l'enfant manquait, elle le savait. Avec ses rires et son pépiement constant, celle-ci avait illuminé leur voyage. Quant à M. Quinn, les yeux fermés comme la gouvernante, il n'avait pas ouvert la bouche depuis le départ de Londres et rien n'avait pu le tirer de son humeur maussade.

Lorsqu'ils atteignirent leur destination, Sheffield, elle constata que son père leur avait envoyé sa voiture à la gare. Elle s'y engouffra avec Nan tandis que M. Quinn, aidé du cocher, s'occupait des bagages.

C'était une belle journée d'été, les champs portaient encore toutes leurs récoltes. Au bout de quelques kilomètres, la berline laissa derrière elle les faubourgs industriels de la ville, et Amanda prit plaisir à voir le riche canevas de prés, de champs et de bois, qui s'étendait sur le moutonnement des collines.

Ses pensées se tournèrent vers son père. Malgré les circonstances, il lui avait beaucoup manqué, et elle était impatiente de le retrouver.

Henry O'Connell était le fils d'un manœuvre irlandais venu en Angleterre pour travailler sur la voie ferrée Liverpool-Manchester. Lorsqu'il avait atteint l'âge requis, il avait été embauché sur le même chantier que son père, mais s'était vite aperçu que le métier de poseur de rails n'était pas pour lui et que le monde des affaires l'attirait. Il avait commencé tout en bas de l'échelle, comme garçon de bureau. Il avait travaillé dur, su saisir des opportunités et tenter sa chance. L'ambition ne lui manquait pas, et l'argent avait afflué. Aujourd'hui, bien des années après ses débuts difficiles, il était l'un des hommes les plus riches du royaume.

Amanda était très fière de lui et de son ascension prodigieuse. Ils avaient toujours été très proches l'un de l'autre, et cette maudite histoire de mariage était le seul désaccord de leur relation. Elle était sa fille unique, il avait fait de grands projets pour elle. La richesse, le pouvoir et le prestige social, tout cela devait lui revenir, il l'exigeait pour elle. Cependant, il fallait plus que de l'argent pour pénétrer les cercles très exclusifs de la véritable respectabilité victorienne. Il n'était ni fanfaron ni hâbleur, n'offensait jamais personne, bref il était tout à fait présentable, mais, de fait, c'était un parvenu. Malgré sa fortune, il avait mis longtemps à se faire accepter de ce que l'on appelait la « bonne société ».

Après avoir laissé derrière eux le village de Thurlow et longé la rive d'un lac, ils abordèrent une belle allée gravillonnée, et Eden Park surgit soudain derrière les arbres.

Amanda poussa une expression de surprise émerveillée. Le château dévoilait son opulente splendeur. C'était un pur joyau architectural posé sur l'écrin verdoyant du Derbyshire. L'immense parc boisé enchâssait un vaste jardin paysager en terrasses que rafraîchissaient des fontaines et que structuraient des haies de buis. Les perspectives s'ouvraient sur des statues, des massifs, d'impeccables pelouses. Au-delà, de vastes bâtiments agricoles et des champs cultivés offraient à la propriété une quasi-autarcie. A l'ouest s'élevaient les hautes collines du Derbyshire et, à l'est, les frondaisons de la légendaire forêt de Sherwood. Au-delà des collines se dérobait aux regards l'industrieuse ville de Manchester où elle avait vécu depuis sa naissance.

Son père devait guetter la voiture, car il se précipita dès que les chevaux s'immobilisèrent dans la cour. Il dévala les marches du perron avec son énergie habituelle, toujours surprenante chez cet homme à la silhouette courtaude dont le torse évoquait irrésistiblement un tonneau. On s'en moquait bien, tant ce quinquagénaire à l'esprit vif irradiait de charme et d'entrain.

Elle souleva son voile de deuil et, avec un grand sourire, bondit à sa rencontre, jeta ses bras autour de son cou et l'embrassa sur les deux joues. Emue, elle retrouva son odeur familière, celle de son eau de toilette mêlée d'une senteur de tabac blond.

— Laisse-moi un peu te regarder, lui dit-il en l'écartant à bout de bras et en l'examinant de ses yeux gris pétillants d'intelligence. Mais oui, tu es encore plus jolie qu'avant ton départ ! Tu me rappelles de plus en plus ta mère. Je sais que tu t'es bien amusée à Charleston, M. Quinn m'en a tenu informé. Bien que ta conduite n'ait pas toujours été de la plus parfaite discrétion, à ce qu'il m'a dit, je t'en félicite. Mais dis-moi, pourquoi avoir pris un bateau pour Southampton ? Pourquoi pas tout simplement Liverpool ?

Amanda eut un rire embarrassé.

— J'ai voulu passer un peu de temps à Londres pour faire des courses, expliqua-t-elle sans regarder son père dans les yeux. Tu sais comment sont les femmes, père.

— Je connais ça… Tu as donc dépensé mon argent jusqu'à la dernière minute, plaisanta-t-il en lui pinçant la joue. Mais je ne vois pas ce que tu reproches aux boutiques de Manchester.

Elle eut de nouveau un petit rire forcé.

— Tu ne connais vraiment rien à la mode, père, sans quoi tu ne parlerais pas ainsi.

— Et ces lettres que tu devais m'écrire ? Il faut croire que tu devais être occupée à de grandes choses pour ignorer les courriers de ton vieux père, auxquels il était bien sûr trop ennuyeux de répondre…

Henry O'Connell parlait sur le ton de la moquerie affectueuse et ses yeux pétillaient.

Elle rit plus franchement cette fois et regarda avec tendresse le visage rond aux traits ouverts, la moustache grisonnante qui rejoignait les favoris.

— D'abord tu n'es pas vieux, et ensuite je les ai lus même si, c'est vrai, je n'y ai pas toujours répondu.

Il devint grave, soudain.

— J'ai été désolé d'apprendre, pour Lucy. Il est bien triste que je n'aie pas pu la revoir et lui dire adieu, dit-il sombrement.

Dans les moments d'émotion comme à présent, un reste d'accent irlandais lui revenait, malgré plus de trente années passées en Angleterre.

— Mais qu'est ceci ?

Il lui prit le menton et le releva pour examiner ses yeux.

— Où donc est passé l'éclat de ces jolies prunelles ? Et d'où vient tout ce noir ?

— Eh bien, de la mort de tante Lucy…

Elle venait de décider qu'il n'était pas encore temps de parler de son veuvage. Mal à l'aise sous le regard perçant de son père, elle sourit pour le rassurer.

— Ne t'inquiète pas, père, je vais très bien. Mais cela a été un long voyage, et je crois que je sens encore le mouvement du bateau. Je n'ai jamais tellement eu le pied marin. Il y a beaucoup de choses qu'il faut que je te dise, mais cela peut attendre…

— Cela attendra donc ! Bienvenue chez toi, ma fille. Avec toutes les fêtes que nous allons donner ici, tu auras oublié Charleston en un mois !

Amanda leva les yeux pour contempler le château.

Bâti tout en pierre de taille dorée et enrichi de frontispices sculptés, haut de trois étages au-dessus de son long porche ionique, Eden Park était décidément un édifice remarquable.

— Je n'aurais jamais cru que tu achèterais un jour un tel monument, dit-elle à son père, ébahie. Il doit y avoir assez de pièces là-dedans pour loger une armée !

— Tout à fait, reconnut-il, satisfait, en regardant son acquisition avec fierté. J'avais écrit à Quinn à quoi cela ressemblait. Ai-je exagéré ?

— Non, pas du tout. Je suis très impressionnée ! C'est seulement que je suis triste à l'idée d'avoir perdu Rochdale. Cela a toujours été ma maison.

— Ah, oui, fillette, je sais. Mais tu verras, cet endroit va te revigorer. Tu oublieras Rochdale et tu conviendras qu'Eden Park est un havre de paix, loin du bruit et des fumées d'usines de Manchester.

— Un havre, certes, dit-elle en levant un sourcil ironique,

mais pas assez éloigné pour que tu ne puisses pas garder un œil sur tes affaires, n'est-ce pas ?

Henry O'Connell eut un sourire bref et lui passa un doigt sur la joue.

— Tu me connais trop bien, soupira-t-il.

— Je ne crois pas que la retraite puisse te convenir, même à la campagne, et même dans un château.

— Bah, la société est plus prospère que jamais…

Amanda lui sourit à son tour.

— Grâce à ton discernement bien connu dans le choix de tes collaborateurs…

— Ma foi, ils n'ont pas trop à se plaindre de moi, je les paie assez cher ! Ah, j'aurais dû acheter cette propriété bien plus tôt ! Attends un peu de voir les écuries, elles sont splendides. Je compte bien les remplir des meilleurs chevaux du pays. Le summum, je te le garantis. Ce qu'il me manque, c'est un expert, quelqu'un qui sache reconnaître un bon cheval et révéler ses qualités. Mais viens donc faire la connaissance de ta belle-mère… et ne t'avise pas de me reprocher cela aussi ! ajouta-t-il en la voyant s'assombrir. Il y a longtemps que ta maman nous a quittés, et je sais bien que tu ne seras pas toujours avec moi.

— Donc, tu as considéré qu'il était temps de consolider ta position sociale et de te remarier ? demanda-t-elle, incapable de dissimuler plus longtemps son inquiétude à ce sujet.

— Oui, mais Caroline m'a épousé pour moi-même, et non pour mon argent, si c'est ce que tu veux dire. Elle en a assez par elle-même pour ne pas avoir besoin du mien. Et c'est une véritable lady.

Amanda se raidit au moment où une femme proche de la cinquantaine, encore très belle, vint se placer à côté de son père et glissa son bras sous le sien.

Un geste tout simple et bien naturel, pourtant.

Henry tapota gentiment la main de la nouvelle venue.

— Voici Caroline… Ma chère, voici ma fille Amanda.

— Oh, je le devine ! répliqua sa belle-mère, tout sourire. Votre père m'a tellement parlé de vous que j'ai l'impression de vous connaître depuis toujours. Je suis si heureuse de vous rencontrer enfin, Amanda ! J'espère que vous vous plairez à Eden Park.

Elle dégageait une telle impression de gentillesse qu'Amanda commença de se détendre un peu.

— Eh bien, dit-elle gauchement, c'est un changement, bien sûr, par rapport à l'endroit où nous vivions précédemment.

— Cela faisait des mois que je pressais votre père de déménager à la campagne. De quitter un peu son bureau, précisa-t-elle en regardant son mari d'un air de reproche.

Henry lui tapota de nouveau la main affectueusement.

— Caroline peut se montrer assez entêtée, parfois, expliqua-t-il.

— Je suis également égocentrique, exigeante et habituée à parler sans réfléchir ! Henry a beau me faire les gros yeux, je n'y puis rien ! dit la nouvelle Mme O'Connell avec un clin d'œil à son mari. Mais je vous en prie, entrons. Je vais vous faire visiter, mais je suis sûre que vous aurez plaisir à vous rafraîchir, après ce long voyage. J'espère que vous ne m'en voudrez pas, je vous ai déjà attribué une chambre. Si elle ne vous plaît pas, nous en changerons, bien sûr. Je vous y emmène tout de suite…

Déjà apprivoisée par cette nature si sympathique, Amanda décida finalement que Caroline serait une excellente épouse pour son père. Elle était indépendante et volontaire, à n'en pas douter. Une femme capable de persuader Henry O'Connell de consacrer un peu moins de temps à son travail ne devait pas être n'importe qui. Quant à l'amener à quitter Manchester, point névralgique et vital de son empire industriel, c'était plus qu'une gageure, un véritable exploit ! Finalement, l'accepter pour belle-mère ne serait peut-être pas trop difficile.

A l'intérieur du château, l'étonnement d'Amanda se mua en stupéfaction. Avait-elle pénétré dans quelque palais princier ?

Tout, dans ce joyau de l'architecture du XVIIIe siècle, respirait l'élégance, la grâce, la légèreté. Chaque pièce, chaque galerie, chaque corridor regorgeait de tableaux, de tapisseries et de tapis profonds et plus moelleux que la plus douce des pelouses. La chambre qui lui avait été réservée, un appartement, plutôt, était meublée avec un goût exquis et offrait un confort raffiné. Tout y était blanc et ivoire, relevé d'un peu de vert pâle et d'or, dans le motif des lourds doubles rideaux de brocart et du baldaquin. Caroline avait un goût très sûr, et son père n'avait pas regardé à la dépense.

C'est après le dîner, ce soir-là, qu'Henry amena lord Prendergast dans la conversation.

Assis dans son somptueux salon à côté de sa nouvelle épouse, il réchauffait un verre de cognac dans sa paume, en souriant à Amanda. Il arborait un air de confiance en soi et d'assurance qui l'inquiéta, lui rappelant que le temps était venu pour elle de lui révéler son mariage et de mettre les choses au point une fois pour toutes.

Elle prit une profonde inspiration et se jeta à l'eau.

— M. Quinn m'a dit, en effet, que tu souhaiterais me voir épouser ce monsieur, père. Mais c'est tout à fait hors de question, père. D'abord, c'est un vieil imbécile et il est ennuyeux comme la pluie. J'ai peine à croire que tu aies pu imaginer un instant qu'il soit un prétendant acceptable pour quiconque, et encore moins pour ta fille unique. Ensuite, je dois te révéler quelque chose qui va probablement te causer un choc. Si c'est le cas, je m'en excuse par avance, mais c'est chose faite et il n'y a plus à y revenir.

— Et qu'est-ce donc, je te prie ?

Le visage d'Henry O'Connell avait perdu toute son affabilité. Il sentait bien que la révélation qu'elle allait lui faire ne serait pas de son goût.

Elle soutint son regard interrogateur en s'efforçant intérieurement de ne pas céder à la panique, tandis qu'elle expliquait d'un ton calme et raisonnable :

— Avant de quitter Charleston, je… j'ai rencontré un homme et je l'ai épousé.

Le visage de son père devint rouge brique, et ses yeux jaillirent presque de leurs orbites.

— Tu as fait… quoi ? Est-ce que je t'ai bien entendue ? claironna-t-il, furieux. Qu'est-ce que cela veut dire ?

— Eh bien, que je suis mariée, voilà ! répliqua-t-elle, tout autant intimidée qu'autrefois par les colères de son père, aussi violentes que subites.

Mais à quoi d'autre pouvait-elle s'attendre, en prenant la décision d'épouser clandestinement Christopher Claybourne ?

— Tu te souviens, ajouta-t-elle précipitamment, que j'avais ton autorisation si un candidat acceptable se présentait ?

— En effet, mais je me souviens aussi d'avoir insisté sur le fait que je voulais être informé de tout *projet* — il insista sur le mot — de mariage. Mais en dépit de cela, tu n'as pas cru bon de me faire part de ta décision, à moi ton père, avant de te lancer dans cette aventure !

Sentant que la colère de son mari menaçait de prendre des proportions difficilement contrôlables et qu'elle était la seule à pouvoir la tempérer un peu, Caroline posa une main apaisante sur le bras d'Henry, puis elle lui prit son verre et le posa sur un guéridon.

— Ecoutez donc ce qu'Amanda a à vous dire, mon ami, lui conseilla-t-elle doucement.

Quelque chose dans l'attitude de sa belle-fille l'alarmait, lui faisant pressentir qu'il y avait peut-être derrière tout cela quelque chose de plus grave qu'une simple désobéissance. Elle lui sourit pour la rassurer, et Amanda, heureuse de ce soutien, lui rendit immédiatement son sourire.

Henry se leva du canapé.

— Comment s'appelle-t-il ? demanda-t-il en regardant toujours sa fille droit dans les yeux.

— Christopher Claybourne.

— Je le connais ?

— Non, je ne le pense pas.

— Quel genre d'homme est-ce, alors ? Un shérif, un Indien peau-rouge ? Ou ne serait-ce pas plutôt un chercheur d'or transformé pour l'occasion en coureur de dot ?

Henry O'Connell ne savait guère brider ses impulsions, mais sa fille n'avait pas beaucoup plus de sang-froid que lui. Elle bondit sur ses pieds à son tour, la colère flamboyant dans ses yeux, et lui répliqua sèchement :

— Rien de tout cela, et c'est une vile, une horrible accusation que tu te permets de porter à propos d'un homme dont tu ne sais rien ! Christopher se moque bien de ton argent. Et si tu l'offenses avant même de m'entendre, père, alors je n'ai plus rien à te dire !

Amanda était prête à quitter la pièce, mais Henry l'arrêta en la prenant par le bras.

— Tu voulais me mettre devant le fait accompli, c'est ça ? lui demanda-t-il, plus calmement cette fois.

Ils se firent face une seconde comme deux ennemis résolus à s'affronter, puis Amanda baissa les yeux.

— Oui, reconnut-elle, sachant que son père ne se laisserait pas prendre à un mensonge. Mais ce n'était nullement pour te défier ou te faire de la peine, et je suis désolée si je t'ai blessé. Si tu m'avais seulement écoutée, tu aurais compris qu'au moment de choisir un mari, je ne me serais pas dérobée. Quand je suis partie en Amérique, tu m'as dit que tu espérais que j'y rencontrerais quelqu'un. Un homme que tu serais heureux d'avoir pour gendre. Christopher correspondait tout à fait à tes critères. Notre mariage a été décidé et conclu très rapidement, juste avant que je ne quitte Charleston. Tu l'aurais de toute façon appris trop tard.

Henri l'écouta, abasourdi, sans plus laisser échapper sa colère.

Caroline se leva et prit la main de son mari.

— Christopher était un homme de valeur, extrêmement capable, tu l'aurais apprécié, continuait la jeune fille. Il était, lui aussi, un grand amateur de chevaux, et il savait tout d'eux. Il les dressait et les entraînait d'une façon qui aurait fait ton admiration et ton envie.

Caroline ne surveillait plus son mari. Le visage du riche industriel était toujours un masque figé par la colère. Il aurait certainement voulu donner libre cours à sa fureur et proférer un chapelet de jurons, mais il savait qu'elle tenait à ce qu'il écoutât Amanda jusqu'au bout et se tenait coi.

Elle observa le visage fermé de cette belle-fille qu'elle ne connaissait que depuis quelques heures à peine. Celle-ci, lui sembla-t-il, dissimulait une grande douleur, contenue et comme enfermée en elle.

— Vous parlez de votre mari au passé, Amanda, remarqua-t-elle doucement. Que voulez-vous dire par là ? Et pourquoi n'est-il pas venu en Angleterre avec vous ?

La jeune femme se tourna vers elle et la regarda, les yeux secs, mais avec une détresse muette qui la bouleversa.

Enfin, elle parla, à peine plus haut qu'un murmure.

— Christopher est mort.

— Oh, mon Dieu, ma pauvre enfant ! Je suis tellement navrée ! Ainsi votre deuil n'est pas dû au seul souvenir de votre tante Lucy ?

— N… non.

Henry O'Connell secoua sa tête, prenant peu à peu toute la mesure de la situation et de la perte qu'avait subie sa fille. Sa colère disparut aussi vite qu'elle était venue.

— A peine t'étais-tu trouvé un mari qu'on te l'enlève, ma pauvre petite, soupira-t-il. J'en suis bien désolé pour toi.

Il semblait réfléchir.

— Tu dis que c'était un Claybourne ? Est-il apparenté aux Claybourne du sud de l'Angleterre ? Non que je connaisse aucun d'eux, d'ailleurs…

— Je… je crois, mais c'est une grande famille, et je ne sais pas au juste à quelle branche il appartenait.

— Il avait le bon pedigree et c'est bien là ce qui importe. Quand est-il… décédé ?

Amanda baissa les yeux.

— Une semaine après que nous avons quitté Charleston, dit-elle d'une voix neutre.

De cette manière, elle sous-entendait que Kit était mort en mer, sans réellement proférer un mensonge.

L'espace d'un instant, encouragée par l'attitude compréhensive de Caroline, elle avait failli avouer la vérité, mais elle y avait vite renoncé. Si son père était généreux et tendre, la compréhension n'était pas son fort.

— T'a-t-il laissé un capital ?

Elle soupira. On pouvait faire confiance à Henry O'Connell pour penser à l'aspect financier des choses. Il pouvait bien entretenir des rêves de sang bleu et d'ascension sociale, dès qu'il s'agissait d'argent, il gardait les pieds sur terre.

— Nous avons été mariés si peu de temps ! répondit-elle, un peu gênée. A présent qu'il est mort, je souhaiterais laisser tout cela derrière moi. Je n'attends ni ne veux rien de sa famille.

Son père fit une moue discrète. Il était plus que probable qu'il ne partageait pas cette opinion, mais devant sa détresse il remit à plus tard l'approfondissement de cet aspect particulier de la question.

— Oui, conclut-il, je suis bien désolé pour toi.

Elle accepta ces condoléances d'un signe de tête, mais au fond de son cœur elle se sentait pleine de remords et de dégoût d'elle-même de tromper ainsi son père.

— Tu es donc devenue une Claybourne… Je suppose que je vais mettre quelque temps à m'y habituer. Tu es aussi une veuve, et tu seras bientôt majeure. Je ne pourrai donc plus t'empêcher de faire ce que tu veux.

Amanda passa son bras autour du torse trapu de son père et posa la tête sur son épaule.

— Je ne te décevrai plus, mon petit papa, murmura-t-elle. Je te le promets.

Il la regarda avec une soudaine gravité.

— Tu ferais bien de songer à te remarier vite, lui dit-il doucement. Je ne suis plus tout jeune, et je voudrais savoir qui va prendre soin de toi quand je n'y serai plus.

— N'aie pas peur, lui répondit-elle avec un petit rire. Je suis sûre que tu vivras très, très vieux. Assez, en tout cas, pour faire sauter tes petits-enfants sur tes genoux.

Commença alors pour Amanda une période de grande activité.

On parlait peu de son mariage, et moins encore de son mari mort. Les curieux ne manquaient sûrement pas d'en faire des gorges chaudes, mais elle-même cherchait surtout à oublier. Elle se choisit des vêtements de grand deuil, favorisant le gris et les couleurs sombres plutôt que le noir, comme la reine Victoria en avait fait admettre l'usage après la perte de son cher prince consort Albert. Puis elle décida d'empêcher ses pensées de trop se focaliser sur la personne et sur le sort de Christopher Claybourne.

Elle n'y parvenait pas toujours, et bien souvent elle se remémorait, le cœur serré, comment les yeux insondables de ce dernier avaient plongé dans les siens lorsqu'ils avaient échangé leurs vœux. Comment il avait pris ses lèvres et comment elle lui avait rendu son baiser, avec une avidité qu'elle ne se connaissait pas et qui l'avait laissée interdite. Jamais elle n'avait rencontré quelqu'un comme Kit Claybourne. Il y avait dans son regard le reflet d'un monde qui n'était pas le sien, mais dont elle gardait pourtant la nostalgie, tout un univers qu'il lui avait laissé fugitivement entrevoir et dont elle aurait voulu profiter davantage.

Elle se sentait profondément frustrée et insatisfaite. Aucun des jeunes gens qu'elle rencontrait n'arrivait seulement à la cheville de Kit. Ils lui étaient indifférents, quand elle ne les méprisait pas. Chaque fois qu'elle songeait à Christopher Claybourne, elle avait l'impression poignante qu'il tentait encore de la séduire par-delà la tombe. Furieuse contre elle-même, contre sa faiblesse qu'elle jugeait coupable, elle essayait de verrouiller l'accès de son esprit au cher fantôme. C'était stupide de penser ainsi à un mort, et dangereux aussi, puisque chaque fois le souvenir de cet homme lui déchirait le cœur.

Pourtant, la vie était gaie à Eden Park, jamais on ne s'y ennuyait. Le château était vaste, et les importants communs permettaient d'y loger non seulement le personnel, mais également les domestiques des visiteurs. Caroline avait quantité de relations, et Amanda s'aperçut rapidement que l'incroyable énergie de sa belle-mère se focalisait sur des festivités fastueuses qui attiraient chez elle amis et voisins.

Si le temps le permettait, ce n'était que déjeuners sous les grands arbres du jardin ou pique-niques dans la campagne environnante, avec des paniers d'osier remplis de mets raffinés, de pâtés en croûte dorés, de homards et de bonnes bouteilles frappées à point. On jouait au croquet sur les magnifiques pelouses, ou au nouveau sport à la mode, le tennis. Les messieurs nageaient dans le lac, on courait les fêtes de villages aux alentours et l'on donnait le soir des soupers fins au son délicat d'un quatuor à cordes.

Séduite, Amanda se mit à chérir ce coin de campagne anglaise comme si elle y avait passé toute son enfance.

Les têtes se tournaient sur son passage et les jeunes hommes l'assiégeaient, avec retenue par égard pour son récent veuvage, mais avec conviction. Elle n'en laissait réellement approcher aucun, s'amusant volontiers à comparer la situation à un parcours d'obstacles. Son père avait raison, elle serait bientôt maîtresse de son destin et n'avait nulle envie de se remarier de sitôt.

4.

Le bel été s'en alla, l'automne lui succéda, puis l'hiver. Un joyeux Noël vint, puis s'en fut.

Eden Park demeurait un séjour enchanteur. Henry O'Connell se vouait chaque jour davantage à sa passion des chevaux. Il visitait foires et marchés dans tout le pays, désireux d'acheter les meilleurs pur-sang ou demi-sang. Sa quête d'un entraîneur digne de ce nom s'avérait difficile. Il y avait certes de nombreux bons connaisseurs de la race chevaline qui eussent pu se charger de cette tâche, mais l'industriel devenu éleveur s'entêtait à rechercher le meilleur d'entre tous.

Amanda, écuyère accomplie, partageait la passion de son père pour la chasse à courre et n'aimait rien tant que sauter haies et clôtures sur une monture nerveuse et endurante, ou galoper à bride abattue derrière la meute à la poursuite d'un renard. Dans cet exercice, la nécessité de démontrer son courage et son énergie était manifeste et évidente. Le plaisir et le frisson ressentis étaient à l'avenant. Des sentiments aussi variés qu'excitants s'y mêlaient.

Après la chasse, un buffet réparateur réunissait l'équipage. On y dévorait rôtis de bœuf et grillades de mouton, terrines et pâtés, venaisons, somptueux plateaux de fromages et gâteaux de toutes sortes.

Ce soir-là, comme d'habitude en pareil cas, le remue-ménage était grand au château, et le personnel s'activait sans relâche pour que chacun eût assez à boire et à manger. Amanda avait quitté assez tôt la joyeuse assemblée, le corps rompu par l'exercice et désireuse de retirer ses bottes et de sombrer dans le sommeil. Pourtant, elle se tourna et se retourna dans son lit sans y parvenir.

Finalement, vers 1 heure du matin, alors que tout était sombre et silencieux, elle ressortit de sa chambre et enfila les couloirs déserts en direction de la cuisine, dans l'espoir qu'un bol de lait chaud l'aiderait à se détendre.

Elle s'assit près de l'âtre immense dans lequel trônait l'énorme cuisinière dernier cri, véritable monument de fonte qui n'aurait pas déparé les cuisines d'un grand restaurant. La braise rougeoyait encore dans ses fours. Les lieux étaient étonnamment propres et nets, si l'on songeait à l'activité qui s'y était déroulée et au chaos qui avait dû s'ensuivre. Elle but son lait à petites gorgées, se laissant envahir par l'agréable sensation du liquide chaud, puis décida de remonter dans sa chambre par le chemin le plus court, en empruntant l'escalier de service. On y accédait par un corridor étroit qui desservait les chambres des domestiques. Peu d'entre eux y étaient logés, la plupart étant installés dans les communs ou rentrant chez eux, au village voisin de Thurlow, dès leur service terminé.

Attentive au moindre bruit indiquant que quelqu'un serait encore éveillé, elle se glissa dans le corridor. Il eût en effet été assez embarrassant d'être surprise, de nuit, dans un espace dévolu aux employés.

Mais alors qu'elle était presque au bas de l'escalier, elle entendit une sorte de gémissement étouffé, comme si quelqu'un souffrait tout en s'efforçant de ne pas faire trop de bruit. Cela venait d'une chambre sur sa droite.

Alarmée et sans plus réfléchir, elle s'avança vers la porte et tourna le bouton pour en avoir le cœur net.

Elle s'arrêta sur le seuil. Les seules sources de lumière étaient les braises rougeoyantes dans la petite cheminée, ainsi qu'une chandelle fichée dans un bougeoir sur la table de nuit. Mais elle discerna tout de même deux silhouettes emmêlées. Sourd à tout ce qui n'était pas son plaisir, le couple n'avait pas remarqué sa présence.

Interdite, elle distingua les formes nues, voluptueuses, d'une jeune femme extasiée, étendue sur les draps ouverts, tandis que le corps également nu d'un homme s'activait entre ses jambes.

Mon Dieu, c'était Sadie Jenkins ! constata-t-elle, ébahie de ce comportement dévergondé chez une petite bonne de dix-sept ans.

Elle avait sans doute laissé échapper une exclamation de surprise, car Sadie s'aperçut enfin qu'elle était là, eut un cri d'effroi et poussa son partenaire aux épaules pour s'en dégager.

Terriblement gênée, les joues en feu, Amanda voulut quitter les lieux, mais c'est alors qu'elle s'aperçut que le galant de Sadie n'était autre que M. Quinn, l'homme de confiance de son père. Son embarras se mua en colère et la cloua sur place.

Elle savait qu'elle n'avait rien à faire là et que ce à quoi s'occupaient les domestiques après leur journée de travail ne la regardait en rien, mais la nausée qui l'avait saisie l'empêchait d'esquisser le moindre mouvement.

Ce n'est que lentement que Quinn s'aperçut qu'il y avait quelqu'un sur le seuil. Son visage, lorsqu'il la reconnut, ne montra ni surprise ni honte. Il roula sur le côté du lit avec lenteur, comme s'il avait décidé de prendre tout son temps, laissant la pauvre fille nue et interdite auprès de lui. Sans paraître embarrassé le moins du monde, il saisit un peignoir sur une chaise et le passa sans hâte avant d'en nouer la ceinture autour de sa taille.

Amanda pouvait clairement voir de l'arrogance dans ses yeux. Il n'avait pas le moindre remords, seulement quelque dépit d'avoir été surpris.

La jeune bonne tira le drap pour s'en couvrir le corps et s'enroula dedans tout en se levant à son tour. Elle resta ensuite à regarder Amanda avec un air de défi.

— C'est votre chambre, Sadie ? demanda Amanda qui s'efforçait au calme.

— Non, mademoiselle, la mienne est un peu plus loin dans le couloir.

— Eh bien, allez-y, je vous prie. Je voudrais parler à M. Quinn en particulier.

La servante consulta son amant du regard, et celui-ci, d'un signe de tête, lui signifia d'obéir à cet ordre.

Elle se dirigeait vers la porte, le drap traînant sur le sol derrière elle, lorsque Amanda la rappela.

— Un instant, Sadie…

La servante se tourna de nouveau vers elle.

— Je croyais que vous rentriez chez vous, au village, lorsque votre service était terminé ?

— D'habitude oui, mademoiselle, mais parfois, comme ce soir, la cuisinière me demande de rester pour l'aider. C'est pour ça qu'on m'a tout de même donné une chambre. Et puis, m'man n'aime pas trop que je rentre la nuit par les bois et le lac.

— Je vois… Vous pouvez y aller.

— Depuis combien de temps êtes-vous là ? demanda Quinn d'un ton rogue lorsque la petite bonne eut refermé la porte sur elle. Et de quel droit m'espionnez-vous ?

Amanda le regarda d'un air de profond mépris.

— Assez longtemps pour avoir vu vos saletés. Vous devriez avoir honte ! Sadie pourrait être votre fille…

Quinn eut un ricanement.

— Quelle pruderie, pour une femme mariée ! ironisa-t-il. Elle a peut-être dix-sept ans, mais elle en paraît plutôt vingt-cinq. Elle vous a semblé avoir honte ?

A en juger par son attitude et ses regards provocants, il était clair en effet que la jeune servante n'avait ni regrets ni remords.

M. Quinn arbora un demi-sourire satisfait profondément irritant.

— Elle le voulait autant que moi. Ce n'était pas la première fois et ce ne sera pas la dernière. Mais si vous prenez l'habitude de vous promener dans les couloirs la nuit, alors il faudra que je vous prévienne de la prochaine, pour que vous restiez dans votre chambre. A moins, bien entendu, que vous ne cherchiez précisément à fourrer votre nez là où vous n'avez rien à faire…

Amanda enrageait. Comment ce débauché osait-il se montrer aussi arrogant, et surtout de quel droit se permettait-il d'essayer de reprendre l'avantage en l'accusant de fureter dans le château et d'espionner le personnel ?

— Vous vous oubliez, monsieur Quinn. Je ne crois pas que mon père vous félicitera lorsque je lui révélerai les agissements auxquels vous vous livrez sous son toit.

Prosper Quinn regarda fixement l'intruse qui le tançait en réfléchissant à toute vitesse.

Henry O'Connell était le seul homme sur terre qu'il respectait. Personne ne savait ce que son employeur avait fait pour lui et combien il lui était reconnaissant. Par ailleurs, il avait acquis grâce à son appui une solide position personnelle, tant dans la profession qu'auprès d'Henry lui-même. Oui, une position névralgique, influente, qu'il n'était pas prêt à abandonner simplement parce qu'une petite prude ne savait pas tenir sa langue…

— Ecoutez-moi bien, lui dit-il en s'approchant pour la dominer de toute sa taille. Votre père ne doit pas en entendre parler, et vous ne le lui direz pas.

— Il faut bien que je lui apprenne ce qui se passe sous son toit, surtout lorsque c'est aussi sordide ! Il ne doit pas laisser ce genre de choses se dérouler ici, et vous le premier ne devriez pas y être mêlé. Vous avez toute sa confiance, et vous l'avez trahie.

— Je n'en suis pas aussi sûr que vous ! Voyons les choses en face : quelqu'un a-t-il quelque chose à gagner à ce que cela soit ébruité ? Certainement pas Sadie et sa misérable famille de crève-la-faim, qui vivent tous sur le salaire qu'elle gagne ici. Si elle est renvoyée, ils devront retourner à l'usine. C'est cela que vous voulez ? Outre que tout le pays en fera des gorges chaudes. Allons, ma petite, pour le bien de la pauvre fille comme pour le vôtre, vous ne direz rien.

Amanda le regarda, de plus en plus stupéfaite.

— Comment cela, pour le mien ? demanda-t-elle, outrée.

Il eut un rire bref.

— Je me demande comment votre père réagirait s'il apprenait votre propre petit secret… ce qui s'est passé à Charleston.

L'observant d'un œil ironique, il la vit changer de visage, pâlir, puis se figer.

— Vous… vous n'allez pas lui dire…

— Pas si vous gardez le silence sur Sadie et moi. Vous savez, vous pouvez m'être reconnaissante : quand M. O'Connell m'a questionné, je lui ai répondu que votre Christopher Claybourne était un gentleman d'origine anglaise apparenté aux meilleures familles, avec suffisamment de moyens pour entretenir sa fille unique sur le grand pied auquel elle est habituée. Comme il n'a plus remis ensuite ce sujet sur le tapis, je suppose qu'il a décidé de vous laisser tranquille sur la question du mariage. Cela, vous me le devez... Vous voyez, nous avons tous les deux quelque chose à gagner de votre silence, alors que vous aussi avez tout à perdre si vous me trahissez.

Scrutant le visage de Quinn, Amanda surprit une lueur vicieuse dans son regard.

Elle ne l'avait jamais vu ainsi. Pourtant elle connaissait cet homme depuis sa plus tendre enfance ! Elle avait encore peine à croire à ce qu'il venait de lui affirmer avec cet air mauvais. Cependant, elle était prise au piège. Il lui fallait museler sa colère. Si tel était le prix du silence de Quinn, il fallait en passer par là.

L'homme de confiance de son père n'eut aucun mal à déchiffrer sur son visage les signes de sa reddition.

— Je pense que nous nous comprenons, n'est-ce pas ? demanda-t-il.

— Oui, nous nous comprenons parfaitement, lui répondit-elle sèchement.

— Parfait. Maintenant, si vous le voulez bien, vous allez regagner votre chambre. J'ai été suffisamment dérangé pour cette nuit. Mais un mot encore, avant que nous ne nous séparions : je n'ai nul besoin de votre avis dans la conduite de mes affaires, publiques ou privées. Souvenez-vous en à l'avenir...

— Mais bien sûr ! Pourtant, ne croyez-vous pas que c'est prendre beaucoup de risques pour les appâts d'une domestique de dix-sept ans ? Vous êtes amoureux d'elle ?

— J'ai toute ma tête, croyez-le, et je ne suis pas un sentimental. Sadie vous le confirmera...

— Je n'en doute pas, mais je n'ai pas l'intention de le lui demander. Bonne nuit !

M. Quinn lui répondit d'un geste désinvolte.

Amanda remonta dans sa chambre, soucieuse.

Elle avait eu tort de ne jamais chercher à savoir ce qui se cachait derrière l'apparence rassurante de Prosper Quinn. Sous ses dehors d'employé modèle, sérieux et même austère, toujours discret et attentif à demeurer à sa place, l'homme était un véritable goujat. Mais le temps d'arriver à sa porte, elle s'était déjà convaincue qu'il avait raison : porter cet incident à la connaissance de son père n'apporterait rien de bon. Il importait qu'il continuât d'ignorer les circonstances de son mariage avec Kit. Elle ne pouvait donc pas lui parler de cette scène sordide et devait même tenter d'en effacer le souvenir dans sa mémoire. Cependant, elle ne croyait guère y parvenir.

Jamais elle ne l'oublierait et, surtout, jamais elle ne pardonnerait à Quinn de l'avoir forcée ainsi à couvrir ses misérables agissements.

Par une froide journée de février, fatiguée de rester confinée dans le salon ou dans la bibliothèque, Amanda leva les yeux de son livre et observa le ciel. Il avait plu un peu plus tôt dans la journée, mais à présent un pâle soleil d'hiver semblait raviver les couleurs du paysage.

Elle s'emmitoufla dans une chaude pèlerine et se dirigea vers les écuries dans l'espoir d'y trouver son père.

La veille, deux nouveaux chevaux étaient arrivés de la foire de Doncaster, et avec eux leur entraîneur, un homme « qui en savait plus sur la race chevaline que n'importe qui au monde », proclamait Henry avec enthousiasme, tout heureux d'avoir enfin trouvé le spécialiste qu'il cherchait.

Sous les branches nues de deux vieux chênes, elle s'arrêta en découvrant l'auteur de ses jours, canne de marche à la main et casquette à carreaux sur la tête, appuyé à la clôture du paddock. Elle fronça les sourcils dans la lumière, pour mieux examiner ce qui retenait son attention.

C'étaient deux magnifiques chevaux : un alezan à la robe couleur de miel et un étalon d'un noir luisant, que montait un homme inconnu. L'étalon était une splendide et fière créature, qui encensait de sa noble tête et tenait haut sa queue. Se rebellant contre le mors, il rua des quatre fers puis se cabra vers le ciel.

Eblouie, elle vit alors son cavalier, un véritable centaure, accompagner souplement le mouvement et maîtriser avec sûreté et douceur la bête à demi sauvage. Il reprit le contrôle sans effort apparent, et l'étalon devint presque docile sous sa main et ses cuisses. Alors il lui flatta l'encolure et, mettant la main à sa poche, en tira une friandise que l'animal renifla avec délicatesse avant de retrousser ses lèvres pour mieux la saisir.

L'homme, sans aucun doute le nouvel entraîneur dont Henry avait parlé, se tourna sur sa selle pour parler à son père, et elle détourna les yeux pour ne pas paraître indiscrète, mais quelque chose de familier dans son attitude attira son attention. Elle le regarda encore, et ses yeux s'agrandirent alors de stupéfaction.

Dans le silence apocalyptique qui semblait tout à coup s'être abattu sur le monde, elle porta la main à sa gorge, incapable soudain de penser, de parler ou d'agir.

Son esprit s'emballait, ses pensées se bousculaient à une vitesse folle, et elle se crut victime d'une sorte d'hallucination : ce visage aux traits virils et anguleux, cette énergie, ce fier port de tête ne pouvaient appartenir qu'à un seul homme sur terre.

Inexplicablement, son cœur fit un bond de joie, et au même moment un cri de surprise lui échappa. Des ondes de choc la parcouraient tout entière, la bouleversant jusqu'à l'indicible.

Christopher Claybourne — Kit, son mari — était vivant.

Comment était-ce possible ?

Le choc ressenti lui fit oublier toutes les douceurs et les regrets qui l'agitaient, quand, si souvent, elle pensait à lui. Instantanément, son nom seul la mit en rage, et elle eût voulu crier son indignation. De tous les dresseurs de chevaux que son père pouvait engager, il avait fallu qu'il le choisisse, lui !

Déjà elle cherchait à s'éclipser discrètement, mais son père l'avait vue et l'appelait.

A regret, sa tension intérieure grandissant de seconde en seconde, elle s'avança vers le paddock.

Christopher mit pied à terre et escalada la clôture pour s'approcher avec ce sourire malicieux et cette mèche brune qui lui tombait sur le front, sa silhouette longiligne plus séduisante que jamais en culotte de cheval, veste de tweed et hautes bottes de cuir.

L'homme enchaîné, en haillons, qu'elle avait vu dans sa cellule n'était plus, en effet. Parti pour toujours. Il s'était métamorphosé en ce splendide spécimen de la gent masculine. Un être de légende, un rêve…

« Mon Dieu, mon Dieu, pria-t-elle frénétiquement, folle d'inquiétude, qu'il ne dise pas à père qui il est. »

Que voulait-il ? Que faisait-il ici ?

Parfaitement consciente, trop, même, de tout ce qu'impliquait la réapparition de cet homme dans sa vie, elle s'arrêta non loin d'eux. Les battements de son cœur s'accélérèrent encore quand elle leva les yeux vers le visage de son mari.

Quelque chose dans ce regard franc, cette physionomie ouverte, la rendait plus enragée encore.

Son père la prit par le bras pour, horreur ! la faire s'approcher plus près.

— Je voudrais te présenter Kit Benedict, lui dit-il avec enthousiasme. C'est l'entraîneur dont je t'ai parlé, pour mes chevaux... Beaucoup d'entre eux ont besoin d'un bon débourrage, et Kit va avoir du travail.

Amanda hocha la tête. Elle se souvenait. Son père avait annoncé avoir rencontré à la foire aux chevaux un homme très désireux de venir travailler pour lui. Mais elle avait écouté l'information d'une oreille distraite.

Elle regarda son mari droit dans les yeux, sous l'arcade sombre et bien dessinée de ses sourcils.

Il n'y avait rien de menaçant dans ce regard, qu'une sorte de force, de volonté pénétrante. Il sourit très légèrement et s'inclina sans la quitter des yeux.

— Je suis très honoré de faire votre connaissance, mademoiselle O'Connell.

— Euh... non, pas O'Connell, Kit, intervint Henry. Mme Claybourne. En fait, ma fille est veuve, malheureusement. Mais la vie doit continuer, n'est-ce pas, Amanda ? Le deuil ne dure pas toujours. Encore que tu ne sembles pas pressée de te trouver un nouveau mari...

Elle se tourna vers son père, ses yeux lançant des éclairs.

— Je ne suis pas pressée, en effet, répondit-elle assez sèchement. Je ne suis pas opposée à l'institution du mariage, mais rien ne presse.

Pas du tout impressionné, Henry O'Connell se mit à glousser et cligna de l'œil en direction de Kit, son nez rouge de froid comiquement froncé.

— Là, je crois que tu fais une erreur profonde. Qu'est-ce que vous en dites, Kit ?

L'entraîneur parut réfléchir un instant. Il était clair que la situation l'amusait. On voyait se creuser les fossettes au coin de ses lèvres. Il la regarda d'un air gouailleur.

— Peut-être la première expérience maritale de votre fille n'a-t-elle pas été ce qu'elle en attendait, dit-il d'un ton léger. Et elle n'a pas envie de recommencer.

— Ma première expérience du mariage n'a pas duré assez longtemps pour me permettre de me faire une opinion, monsieur… Benedict, répondit-elle avec un demi-sourire.

Henry O'Connell tira de son gilet sa grosse montre de gousset et fronça les sourcils.

— Il faut que je retourne au château, soupira-t-il, mon avoué vient tout spécialement de Manchester pour parler affaires, et il est peut-être déjà là… Reste donc, Amanda, Kit va te montrer mes dernières acquisitions.

Il marchait déjà vers le bâtiment principal.

— Tu me diras ce que tu en penses au dîner, ajouta-t-il par-dessus son épaule.

Amanda regarda à regret son père s'éloigner. C'était la première fois qu'elle était seule avec son mari depuis sept mois. De quoi se sentir plus que nerveuse, bouleversée !

Elle était déterminée à parler à Kit avec calme, sans se laisser submerger par la colère ou par toutes ces émotions confuses qui risquaient de lui faire perdre sa maîtrise de soi. Il était très important qu'il comprenne qu'elle ne voulait rien de lui et qu'il n'avait aucune responsabilité à assumer envers elle.

— Je vous en prie, dites-moi que je ne rêve pas ! lâcha-t-elle dans un souffle. J'ai vraiment cru que je ne vous reverrais jamais.

Un sourcil ironiquement levé, il l'examinait des pieds à la

tête avec un demi-sourire, ses lèvres s'étirant sur ses dents étincelantes.

— Comme vous le voyez, ma chère épouse, je suis bien vivant. Même les destins les mieux scellés peuvent basculer soudain dans un sens ou dans l'autre. Le mien a pris la forme de mon ami Judd Freeman, qui est opportunément revenu à Charleston pour me fournir un alibi.

Son expression redevint sérieuse.

— Je voudrais vous remercier d'avoir pris soin de Ciel. Elle parle toujours de vous avec beaucoup d'affection.

En l'entendant mentionner la fillette qui lui avait tant manqué depuis leur séparation, Amanda eut un douloureux pincement au cœur.

— Oh ! Je suis surprise qu'elle se souvienne encore de moi, après tout ce temps. Comment va-t-elle ? Mieux, je suppose, depuis qu'elle a retrouvé son papa…

— Elle va bien, je vous remercie, et elle est heureuse auprès de Victoria. Cette enfant a une étonnante force de caractère. Si notre séparation l'a bien sûr affectée, son déracinement ne semble pas lui avoir laissé trop de séquelles.

— Je suis heureuse de l'entendre. Et maintenant, quels sont vos projets ?

— Je suis revenu en Angleterre vivre la vie pour laquelle je suis fait et… retrouver mon épouse. Je ne m'attendais pas vraiment à ce que vous me sautiez dans les bras en pleurant de joie, mais disons que j'aurais aimé entendre que vous étiez heureuse de me revoir…

Elle se raidit.

— Vous parlez comme si vous aviez déjà décidé de notre avenir.

Les yeux noisette de Christopher brillaient toujours d'une lueur moqueuse. Il semblait tout à fait conscient de sa colère.

— Vous êtes ma femme, après tout.

Sa voix était toujours nonchalamment amusée, avec une nuance d'ironie réprobatrice.

Amanda se mordit la lèvre. Bien qu'elle eût aimé apporter un démenti cinglant à cette affirmation, elle ne le pouvait pas. C'était une vérité plus que dérangeante, mais c'en était bel et bien une. Elle était toutefois bien décidée à ne pas en tenir compte.

— De nom, seulement, rétorqua-t-elle. Vous m'avez rendu un grand service en m'épousant et m'avez permis d'échapper à une situation intolérable. Je vous suis extrêmement reconnaissante pour cela, mais tout a une fin. J'ai fait ce que vous me demandiez et ai amené votre fille en Angleterre avec moi. Contentez-vous de cela et ne prétendez pas à un quelconque autre lien entre nous.

Il y eut un froid soudain dans les yeux sombres de Kit.

— Ce n'est nullement de la prétention, Amanda. Souvenez-vous, nous avons fait un pacte. Ce mariage devait être valable pour tout le temps qu'il me restait à vivre. J'ai bien l'intention, si je le puis et si je conserve un peu de mes capacités physiques et mentales, d'atteindre les quatre-vingt-dix ans, voire de les dépasser. Je ne vous ai pas trompée, et vous m'avez fait l'effet d'une femme qui sait ce qu'est un marché, qui tient ses promesses et pour qui la parole donnée a quelque valeur, tout comme les vœux de mariage. En m'embarquant pour l'Angleterre, je pensais à vous et à Ciel, qui m'attendiez ici, et c'était comme si je rentrais à la maison. Souvenez-vous, vous m'avez bel et bien promis en échange de mon nom de famille que si, par miracle, je survivais et recouvrais ma liberté, vous m'accepteriez comme compagnon et deviendriez réellement ma femme.

— Faites-vous donc si peu de cas de l'honneur de votre

famille, justement, pour me forcer à honorer une promesse faite par désespoir ?

Kit eut un rire bref et sans joie.

— L'honneur de ma famille ? Vous ne savez pas de quoi vous parlez, Amanda, sans quoi vous ne poseriez pas cette question !

Elle fut momentanément prise de court par l'amertume de cette réponse. Qu'est-ce qui pouvait bien la motiver ? Mais elle chassa cette idée de son esprit.

— Je ne sais rien des vôtres et ne veux rien en savoir, dit-elle. Je veux seulement mettre un terme raisonnable à cet… arrangement que nous avons fait.

— Vous ne niez pas que nous avions un accord ?

— Non, comment le pourrais-je ? répliqua-t-elle avec colère. Je sais que je suis liée par ma parole, mais je ne suis pas pour autant prête à tout accepter.

— Nous sommes indissociablement liés, vous et moi.

— C'est une opinion, rétorqua-t-elle, de plus en plus mal à l'aise. Nous avions un accord, certes, dont nous avons tous deux tiré profit. Mais je ne puis me lier davantage avec un homme qui n'est, somme toute, qu'un étranger pour moi.

— Eh bien, je ne souhaite pas le demeurer, répondit Kit très calmement. J'ai rempli ma part de notre marché et vous trouve réticente à respecter nos vœux. Ne croyez pas que vous allez pouvoir réécrire les règles à votre guise ! Que ressentez-vous, maintenant que vous pouvez constater que je suis bien vivant ?

— Je me sens trahie, cracha-t-elle, et flouée. Je ne veux plus jamais avoir affaire à vous !

— Voyons, Amanda, pourquoi cette hostilité ? Nous avons tant à nous dire…

Elle le fusilla du regard.

— Je n'ai rien à ajouter. Rien du tout. Vous deviez être

pendu et me laisser veuve. Ce qui s'est passé ne faisait pas partie du plan, et je ne veux pas en être affectée.

La lueur malicieuse reparut dans les yeux sombres.

— Vous vouliez donc que je meure ?

— Oui ! Enfin, non, bien sûr. Mon Dieu, je suis tellement confuse que je ne sais plus ce que je dis ! Je veux que vous partiez et que vous me laissiez tranquille. Je ne veux pas d'un mari !

— C'est bien ce qu'il me semble, en effet, mais vous en avez un, Amanda, répliqua-t-il tranquillement. Et ce mari n'a pas l'intention de s'en aller.

— Il le faudra bien, si j'ai mon mot à dire. Que faites-vous ici, d'ailleurs ? Qu'est-ce qui a bien pu vous attirer la faveur de mon père ?

— Notre amour commun des chevaux.

— Faites bien attention, il vous traitera avec la même courtoisie qu'il montre à ses autres employés aussi longtemps qu'il ne soupçonnera pas qu'il existe un lien particulier entre nous. Si, par contre, il a l'impression qu'il y a autre chose, il deviendra dédaigneux, méprisant, glacial...

— Je prends le risque.

Il passa en revue son élégante pèlerine bleu sombre et le tailleur que l'on devinait par l'entrebâillement et son regard s'y attarda un instant.

— Je me suis laissé dire qu'un deuil d'un an était de rigueur en Angleterre, après le décès d'un être cher, remarqua-t-il, goguenard. Sont-ce là tous vos voiles de veuve ?

— Je suis en demi-deuil. J'essaie d'observer les règles sans exagération ni ostentation. Après tout, mon mariage a été très bref, et mon mari ne m'a laissé aucun regret. Revenons à nos moutons : comment osez-vous vous montrer ici ? Vous devez partir, et vite !

— Votre père m'a engagé pour débourrer et dresser ses

chevaux, Amanda. J'ai pour habitude d'honorer mes contrats. Je n'ai pas d'autre projet.

Elle n'en croyait rien. Il avait sciemment approché son père pour se faire engager, elle en était certaine. Que voulait-il ? Comment le convaincre de s'en aller ?

Le visage de Kit se durcit comme s'il pouvait lire dans ses pensées.

— Ne croyez pas que vous pourrez m'acheter, dit-il sèchement. Aucune somme d'argent ne me convaincra de m'en aller maintenant que je vous ai retrouvée.

— Pourquoi cela ? Votre promesse de ne plus jamais chercher à me revoir contre quelques milliers de livres, ce n'est pas un si mauvais marché, il me semble !

— Je ne m'en irai pas, et vous allez devoir vous habituer à me voir souvent. Il vous sera impossible de m'ignorer. Partout où vous irez, vous sentirez ma présence. Je serai là, quelque part, à vous observer.

— Comme un chat guette une souris ? Ne pensez-vous pas que c'est un peu ridicule ?

Il rit légèrement.

— Qui vous dit que je redoute le ridicule ?

— Vous êtes entêté, arrogant et insupportablement vaniteux, Kit Benedict, éclata-t-elle. Je ne serai jamais votre femme.

— Pardonnez-moi de vous contredire : je suis sans doute entêté, mais vous êtes bel et bien *déjà* mon épouse.

— Vous semblez prendre un plaisir particulier à me le rappeler, mais je ne le suis que de nom.

— Une nuance que je compte bien annuler dès que j'en aurai l'occasion, répondit Kit suavement, ses lèvres s'étirant en un sourire un peu canaille.

La regardant droit dans les yeux, il continua :

— Je m'y emploierai avec grand plaisir. L'idée d'être votre mari est particulièrement séduisante à mes yeux. Je trouve que nous faisons un couple délicieux. Vous êtes très belle, Amanda. Exactement comme je me le rappelais.

— Et vous, vous êtes arrogant et présomptueux !

S'adossant à la clôture du paddock, Kit croisa ses bras sur sa poitrine, ses lèvres s'étirant en un lent sourire, tandis que son regard s'attardait sur sa silhouette comme s'il voulait la déshabiller.

— Hélas, soupira-t-il, souriant toujours, je ne suis qu'un homme, Amanda. Avec tous les désirs, tous les besoins d'un homme.

Instantanément toute sa gaieté parut disparaître, et il plongea ses yeux dans les siens avec gravité.

— Lorsque vous êtes venue dans ma cellule et que je vous ai vue pour la deuxième fois, après vous avoir admirée la veille comme un rêve dans cette rue de Charleston, vous étiez si belle que ce fut une véritable torture. Tout de suite, vous avez occupé toutes mes pensées et tous mes désirs. Quand vous m'avez quitté, j'étais pris au piège, foudroyé. Je voulais que vous soyiez à moi, mais c'était impossible. Or ça ne l'est plus. Je vous veux.

Amanda resta coite, désarçonnée par cette brutale franchise.

— Je... suis surprise, balbutia-t-elle. Je ne pensais pas vous avoir fait une... telle impression.

— Et je suis absolument déterminé à faire tomber les barrières que vous avez vous-même dressées autour de votre cœur !

Elle ferma un instant les yeux, prise d'un subit vertige.

— Je ne veux pas que mon père découvre qui vous êtes, attaqua-t-elle. Il ne se doute de rien. Savoir la vérité le bouleverserait terriblement.

Les yeux de Kit se réchauffèrent et son sourire revint.

— Je ne suis ni un traître ni une brute, et j'admets qu'il

vaut parfois mieux dissimuler la vérité, au moins pour un temps. Cependant, vous, ma chère Amanda…

Elle se rebella.

— Je ne suis pas votre chère quoi-que-ce-soit !

— Ma chère Amanda, disais-je, vous semblez avoir un certain penchant pour l'autodestruction. Il aurait mieux valu dire la vérité à votre père, car il l'apprendra un jour ou l'autre, je vous l'affirme : nous sommes mari et femme et nous vivrons comme tels !

Il était effectivement son mari, songea Kit, et pouvait exiger qu'elle exécutât sa part du contrat. Pourtant, une sorte d'esprit chevaleresque l'en empêchait. Et puis, il ne voulait pas qu'Amanda vînt à lui à contrecœur. L'idée même lui en était insupportable.

— Je comprends, expliqua-t-il, que ma réapparition soit un choc pour vous et que vous vous sentiez confuse. Je ne veux pas vous mettre dans l'embarras. C'est la raison pour laquelle je n'ai pas donné mon vrai nom à votre père.

— Comme c'est aimable à vous ! Mais ce n'est pas tout à fait exact. C'est plutôt une omission. Vous avez omis de préciser votre patronyme.

Il haussa les épaules avec agacement.

— Que je vous ai donné… Cela me semble pourtant parfaitement logique, conclut-il, mais apparemment cela n'est pas votre avis. Vous ne me céderez pas facilement, n'est-ce pas ?

— Jamais.

Il sourit, pas le moins du monde découragé.

— Je crois que nous allons prendre un grand plaisir à faire plus ample connaissance. Quand le temps sera venu, je vous demanderai de devenir réellement ma femme.

— Et si je refuse ?

— Alors, je devrai m'adresser à votre père.

Il y avait un avertissement sans équivoque dans ses paroles, qu'il ne chercha pas le moins du monde à atténuer.

Se redressant de toute sa taille, Amanda le fusilla de son regard vert.

— Pour l'instant, dit-elle sèchement, ne vous faites aucune illusion. Vous ne valez pas mieux, pour moi, que n'importe quel autre employé du château.

Elle commençait de tourner les talons, mais il la saisit par le bras et la força à s'immobiliser.

— J'essaie de me montrer patient avec vous, Amanda, lui dit-il très calmement, mais vous me traitez bien mal. Maintenant, écoutez-moi sans vous mettre en colère. Pour le moment, je suis heureux de travailler pour votre père. Je vais dresser et éduquer ses chevaux de mon mieux, mais je ne veux pas être traité comme un domestique. Croyez bien qu'en dépit du temps que j'ai pu passer dans les Smoky Mountains avec les Cherokees, je suis un homme civilisé. Personne ne me dicte ma conduite, pas même mon épouse, dont l'éducation, au chapitre des bonnes manières, semble d'ailleurs avoir été singulièrement négligée. Me fais-je bien comprendre ?

Amanda lui retira vivement son bras, ses yeux lançant des éclairs.

— Parfaitement ! Bonne journée à vous, monsieur Benedict.

— Bonne journée, ma tendre épouse. J'attends avec impatience l'occasion de notre prochaine rencontre.

Il rit de bon cœur en la regardant s'éloigner, très raide, s'amusant de l'indignation de la jeune femme, à ses yeux la plus excitante des provocations.

Ses souvenirs ne mentaient pas, cette femme, qui, ironiquement, était la sienne, était la plus extraordinaire beauté qu'il eût jamais vue. Malgré ses traits délicats, ses prunelles d'un vert d'eau et ses lèvres roses, elle conservait cet air franc et direct qui l'avait tant troublé dans sa cellule et auquel il avait tellement pensé depuis. Ses cheveux longs étaient aussi drus qu'une queue de cheval, et c'était merveilleux de voir tous les reflets que la lumière d'hiver y faisait briller. Des centaines, à n'en pas douter, qui changeaient d'un instant à l'autre. Des raisins mûrs gorgés de soleil, la robe somptueuse des plus grands crus de Bourgogne…

Il était clair qu'Amanda ne serait pas une épouse douce et patiente. Elle était comme une bête fauve, prête à se battre, et il l'admirait pour cela. Pour cette volonté indomptable de lui tenir tête d'égale à égal. Elle ne le décevait certes pas, mais il lui prouverait qu'elle était bien sa femme, dût-il combattre pied à pied.

Même si cela pouvait passer pour arrogant, il était certain d'obtenir ce qu'il voulait.

Le rire de Kit hanta Amanda jusqu'à ce qu'elle eût rejoint le château, et encore longtemps après. Elle entretenait les feux de sa colère en fulminant, les poings serrés.

Qu'elle soit damnée si elle se laissait encore entraîner à parler de ce maudit mariage ! Du moins jusqu'à ce qu'elle ait suffisamment repris le contrôle de ses émotions pour trouver le moyen de se tirer de ce mauvais pas. Cela s'annonçait compliqué, mais elle devait y parvenir, coûte que coûte.

Le problème, c'était que ce mariage lui avait donné son indépendance. Grâce à cela, elle s'était en quelque sorte retrouvée, et il lui était difficile d'y renoncer. Il fallait admettre que c'était plutôt injuste envers Kit. Mais la vie n'était pas toujours simple et, comme le disait son père, il fallait parfois savoir mettre ses scrupules dans sa poche pour réussir. Sans doute parlait-il du monde des affaires, mais elle n'hésitait pas à appliquer ce précepte à sa vie personnelle.

Fulminant toujours à part elle et luttant contre des émotions contradictoires, elle trouva son père dans le grand hall, qui attendait toujours son avoué. Il dut remarquer, comme l'aurait fait n'importe qui à cet instant, qu'elle avait l'air de vouloir commettre un meurtre et, pour le moins, de se livrer à quelque inconséquence.

— Je suis désolée, père, dit-elle comme il lui demandait pourquoi elle faisait cette tête, mais je trouve ce M. Benedict suffisant et insupportablement arrogant. Je me demande bien quelles qualités tu lui trouves, tu ferais bien de le renvoyer pour recruter quelqu'un d'autre.

Henry O'Connell la regarda comme si elle avait perdu l'esprit. Elle paraissait en proie à la fureur et au-delà même de toute raison.

— C'est absurde, Amanda, protesta-t-il. Kit n'est en fonction que depuis aujourd'hui, et tu le condamnes déjà. Que s'est-il passé ? Est-ce qu'il… t'a manqué de respect ?

Bien qu'elle sentît toujours la fureur bouillonner en elle, elle comprit qu'elle ne devait pas se laisser entraîner trop loin.

— Non, non, pas du tout, se hâta-t-elle de répondre.

Elle reprit d'un ton plus calme, peu désireuse de devoir expliquer ses relations exactes avec le dresseur, mais voulant malgré tout convaincre.

— Je n'ai rien de tel à lui reprocher. C'est seulement que… Enfin, tu n'as pas vraiment besoin de lui, tu ne crois pas ? Tu connais suffisamment les chevaux pour les dresser toi-même. Tu t'en tirais très bien, avant son arrivée…

— Mais pas du tout ! protesta son père avec reproche. Kit est un homme très capable. Je lui trouve l'esprit très ouvert et il connaît mieux la race équine que je ne la connaîtrai jamais. Il ne lui a pas fallu longtemps pour me démontrer ses capacités. Et tu sais quoi ? Il m'a dit que l'étalon pouvait être capable, bien entraîné, de remporter la Gold Cup d'Ascot !

Il se frotta vigoureusement les mains d'un air réjoui.

— Non, mais tu te rends compte ? Un de mes chevaux à la Gold Cup ?

Il paraissait ébloui comme un enfant à cette seule idée.

— Sans doute, père, sans doute, mais… Et où M. Benedict va-t-il loger ?

— J'y ai pensé, figure-toi. On n'installe pas un spécialiste de son acabit dans les communs. Je me propose de mettre à sa disposition le petit cottage qui est à côté des écuries. Il y sera bien, tu ne crois pas ?

Oh, pour cela, oui, songea-t-elle avec ironie. Il serait pratiquement à sa porte…

— Je continue de penser, s'entêta-t-elle, que tu peux amener tes chevaux à l'excellence sans l'aide de ce type.

Henry O'Connell la regarda attentivement, de l'air de vouloir percer un mystère qu'il ne comprenait pas.

— Tu ne sais pas ce que tu dis, laissa-t-il échapper enfin. Kit est un expert dans l'achat, la vente et l'entretien des chevaux. C'est aussi un dresseur émérite. Je veux développer un élevage de tout premier ordre, et c'est pour cela que j'ai besoin de lui. C'est aussi un homme qui a beaucoup souffert : sa femme est morte il y a peu, et il a une enfant en bas âge qu'il a dû confier à une cousine. Il ira la voir de temps en temps. Bref, c'est un type très bien. Pourquoi donc as-tu une telle aversion pour lui ?

Amanda sentit monter en elle l'envie presque irrépressible de lui jeter toute la vérité au visage, de se libérer du poids qui lui écrasait la poitrine en démontrant au naïf Henry O'Connell qu'il avait été trompé. Mais elle n'en fit rien et enfouit cette pulsion au plus profond de son cœur.

— Mais non, c'est seulement…

— Donc, il reste ! Et tu m'obligeras en te montrant aimable envers lui. Je le considère plus comme un invité que comme un employé. Cet homme est un véritable artiste dans son domaine et il m'honore en mettant son talent à ma disposition. Ce qui me fait penser qu'il dînera avec nous ce soir. Demande donc à Caroline de prévoir son couvert. Je ne vois pas pourquoi nous le laisserions tout seul dans son coin…

Ayant délivré son message, son père se dirigea vers la porte pour accueillir son avoué, dont la voiture venait de pénétrer dans la cour.

Quant à Amanda, qui avait reçu comme une gifle la nouvelle de la présence de Christopher au dîner, elle en fut réduite à se diriger vers les appartements réservés au maître et à la maîtresse de maison, cherchant toujours un exutoire à sa colère.

Elle trouva Caroline dans son boudoir, une délicieuse bonbonnière rose et blanche parfaitement accordée à sa personnalité enjouée et chaleureuse.

Assise à son secrétaire pour rédiger sa correspondance, Caroline leva les yeux à l'entrée de sa belle-fille et lui sourit, mais son sourire s'éteignit pour faire place à une expression inquiète lorsqu'elle vit le visage furieux de la jeune femme et ses yeux flamboyants de colère.

Déjà habituée aux soudaines altercations entre Henry et sa fille, qui se terminaient toutefois le plus souvent par des éclats de rires, elle se montrait indulgente envers l'un comme envers l'autre.

— Mon Dieu, ma chérie, s'exclama-t-elle, qu'a donc fait votre papa, cette fois-ci ?

— Il m'a envoyée vous prévenir qu'il a invité son nouveau dresseur de chevaux à dîner. Oh ! Caroline, ne voit-il pas qu'il est inconvenant qu'un simple employé soit invité à la table des maîtres ?

La véhémence d'Amanda la surprit.

— Comme vous voilà alarmée ! s'étonna-t-elle. Je n'aurais jamais pensé qu'une telle broutille pût vous indigner à ce point. Voyez-vous, votre père s'est entiché de ce M. Benedict. Aussi, je crains qu'il ne vous faille endurer ce dîner et faire bonne figure.

Amanda poussa un soupir à fendre l'âme.

— Il le faudra bien, conclut-elle avec aigreur, mais j'espère qu'il ne va pas lui prendre la fantaisie de nous faire dîner tous les soirs avec les domestiques.

Lorsqu'elle descendit dans le salon à 19 heures précises, Amanda eut la mauvaise surprise d'y trouver Kit seul.

Elle se sentit instantanément bouleversée dans toutes les fibres de son être par sa présence. Il était difficile, à voir ce très bel homme élégamment habillé, de se persuader qu'il avait été, il y a peu, Christopher Claybourne, un forçat condamné à mort.

Le frottement du taffetas de sa robe sur le plancher attira l'attention de Kit. Il se tourna vers elle et posa sur un guéridon le verre qu'il tenait à la main. Ses lèvres s'étirèrent en un sourire appréciateur, et il se leva pour venir à sa rencontre.

Sous son regard brûlant qui s'attardait sur ses formes, elle avait l'impression d'être entièrement nue.

— Quel plaisir de vous revoir, Amanda, lui dit-il de sa voix chaude. Le majordome vient de me prévenir que votre père et lady Caroline ont été retenus par un problème domestique. Me permettez-vous de vous dire que je vous trouve très belle ?

Elle leva les yeux, rencontra son regard et afficha un sourire contraint.

Jamais aucun homme ne l'avait autant attirée, jamais son

cœur n'avait battu si fort pour qui que ce soit. Elle devait à tout prix combattre cette attirance.

— Dites ce que vous voulez, mais cessez de me dévisager ainsi, je vous prie.

— Il faudrait que je sois bien stupide, pour ignorer votre beauté, lui répliqua-t-il en souriant sans se départir de son calme.

Puis, se penchant en avant, il lui prit le menton.

Elle recula comme si elle avait été mordue par un serpent, partagée entre l'envie de lui retourner une gifle et celle de lui lancer son escarpin dans le tibia.

— Vous n'avez vraiment aucune éducation, chuchota-t-elle, furieuse à l'idée que son père et Caroline eussent pu assister à la scène. Pourquoi a-t-il fallu que vous acceptiez cette invitation à dîner ?

— Ma chère épouse, murmura Kit en réponse, les inférieurs ne peuvent s'offrir le luxe de ce genre de fierté. Refuser l'invitation de son employeur est un camouflet que l'on ne saurait tolérer d'un subalterne comme votre serviteur.

Sa voix était douce et posée, son visage, impassible. Mais elle pouvait voir la lueur moqueuse qui brillait dans son œil sombre.

— Je suis sûre que vous auriez pu trouver une excuse, si vous l'aviez voulu. Mais vous avez accepté, uniquement pour m'ennuyer !

— Vous vous trompez. J'étais seulement ravi de pouvoir profiter d'une si agréable compagnie.

— Faut-il pour autant que vous vous montriez si suffisant et si satisfait de vous-même ? Ne vous y trompez pas, monsieur Benedict, c'est sur ordre de mon père, pas de mon plein gré, que je me vois obligée de tenir compagnie à l'un de ses employés.

— Je ne discuterai pas ce point avec vous, mais je ne pense

pas que ma présence à votre table contrarie les manigances que vous avez mises au point, si c'est cela qui vous inquiète. Rassurez-vous donc, mon chaton, ce n'est pas encore ce soir que je dévoilerai à M. votre père vos petits secrets. Je vous donne ma parole que je me tiendrai convenablement : ni vous ni moi n'aurons à rougir de mon attitude.

— Aussi longtemps que vous voudrez bien vous souvenir que ce dîner ne signifie rien de plus, et puisque vous avez la délicatesse de ne pas trop sentir l'écurie, je suppose que je puis le supporter. Je trouve difficile de m'accommoder de votre présence à Eden Park… Et aussi du fait qu'on ne vous ait pas pendu, ajouta-t-elle avec une sorte de délectation méchante. Vous devez avoir un ange gardien bien efficace !

— Il s'est surpassé en me faisant acquitter, répondit Kit, les yeux brillant d'une lueur malicieuse. Allons, mon tendre cœur, cessez donc de faire la grimace et souriez. Votre père va arriver, et vous savez que rien ne lui échappe.

Amanda s'exécuta à contrecœur.

— Je suppose, soupira-t-elle, que rien ne vaut un sourire pour désarmer un adversaire…

— … Ou pour attendrir un ami.

— Vous *n'êtes pas* mon ami.

— Je suis bien plus que cela, Amanda, alors pourquoi m'affronter ainsi ?

Sa voix était aussi douce qu'une caresse.

— Parce que je ne veux pas vous laisser avoir le dernier mot, rétorqua-t-elle avec véhémence. Je me battrai pied à pied s'il le faut !

Il sourit.

— Faites donc, mon amour. Tourmentez-moi autant que vous le voudrez, je pourrais même y trouver du plaisir. Mais vous finirez par être à moi. Et savez-vous pourquoi ? Parce que c'est notre destin.

C'était affirmé avec tant de certitude tranquille que, décontenancée, elle choisit de ne pas répliquer. Ce n'était ni l'endroit ni le moment de se quereller à propos de leur mariage. Elle changea de sujet.

— J'espère que vous trouvez votre logement agréable, le cottage est-il suffisamment confortable ? s'enquit-elle avec une cordialité forcée, cachant de son mieux son humeur batailleuse.

Kit lui sourit aimablement.

— Il est parfait, je vous remercie. J'espère que j'aurai bientôt le plaisir d'y recevoir votre visite.

Elle croisa son regard malicieux et se dit qu'à cet instant il ressemblait au joyeux petit garçon qu'il avait dû être. Mais elle chassa au plus vite cet attendrissement inopportun.

— C'est peu probable, répliqua-t-elle nettement. Vous ne manquez pas d'audace, monsieur Benedict. Il n'est pas facile de se gagner la faveur de mon père aussi rapidement que vous avez su le faire…

— Amanda !

Paraissant sur le seuil à cet instant précis, Caroline à son bras, Henry O'Connell avait entendu sa dernière phrase.

— Voudrais-tu tenir ta langue et être un peu plus aimable avec M. Benedict ? dit-il d'un ton de reproche. Souviens-toi qu'il est mon invité.

— Bien sûr. Pardonnez-moi si je vous ai offensé, monsieur, ce n'était pas mon intention.

Là encore, le ton de sa voix démentait ses paroles, mais Kit sourit encore et s'inclina légèrement.

— Je n'y ai vu nulle offense, madame Claybourne…

Avait-il très légèrement appuyé la prononciation de son nom d'épouse ? C'était presque imperceptible.

Le majordome vint annoncer que madame était servie

et l'on passa à la salle à manger, Caroline au bras de Kit et Amanda à celui de son père.

En s'asseyant, elle croisa de nouveau le regard malicieux de l'invité qui prit place en face d'elle tandis que Caroline faisait signe au majordome que l'on pouvait servir.

Soulagée de pouvoir laisser à sa belle-mère le soin d'animer la conversation, tâche dont celle-ci s'acquittait avec une élégance et un entrain tout à fait dignes d'éloges, Amanda traita Kit avec froideur. Elle fut distante et l'ignora autant qu'elle le put, ce qui devint rapidement assez déplacé, car celui-ci conversait et se conduisait avec toute l'élégance nonchalante d'un aristocrate-né. Tandis qu'il discutait avec Henry et Caroline, elle dut admettre que son mari, puisqu'il fallait lui décerner ce titre, avait dû acquérir dans le passé un vernis mondain et une urbanité qui ne laissaient pas de l'étonner. Ses connaissances ne se limitaient nullement au monde équestre. C'était un invité parfait, dont elle ne pouvait que louer les manières et la conversation, fût-ce à contrecœur.

— Vous semblez informé sur de nombreux sujets, monsieur Benedict, ne put-elle s'empêcher de remarquer, alors que Kit venait d'achever de commenter avec pertinence le second mandat de M. Gladstone, le premier ministre en cours.

— Mon Dieu, disons que je me tiens au courant, madame Claybourne, lui répondit-il en souriant, comme tout homme un tant soit peu éduqué doit le faire… ou toute femme, d'ailleurs. Chacun doit se forger son libre arbitre, quoique dans le cas d'une femme, naturellement, elle doive un jour ou l'autre se plier à l'autorité d'un mari.

— Pas moi. Je ne l'accepterai jamais, dit-elle avec hauteur.

— Vraiment ?

L'air moqueur, Kit la regarda d'un air de défi tranquille tandis qu'il reposait son couvert à potage.

— Peut-être qu'un mari pourrait y trouver quelque chose à redire, dit-il doucement.

— Soyez certain qu'elle le pense, soupira ironiquement son père, ma fille est incontrôlable, rétive et querelleuse. Elle n'en fait qu'à sa tête, figurez-vous, et je me demande souvent ce que j'ai fait au ciel pour mériter une telle fille ! Je l'ai envoyée en Amérique chez sa tante, à Charleston, dans l'espoir qu'elle y trouverait un jeune homme convenable et ferait de moi, comme il se doit, un heureux grand-père… La première partie de ce vœu a été exaucée, mais malheureusement mon gendre est mort peu après leur mariage sans même que j'aie eu l'occasion de le rencontrer, ce que je regrette bien…

Les yeux baissés sur son assiette, Amanda jouait avec sa daube de chevreuil. Son vis-à-vis, elle le sentait bien, l'observait comme un chat guette une souris. Comme elle eût aimé pouvoir le renvoyer au fond de sa geôle, à Charleston !

— Votre mari est décédé il y a longtemps, madame Claybourne ? demanda Kit d'un ton de sollicitude attristée qui lui donna l'envie de lui planter sa fourchette en pleine poitrine.

— Sept mois, lui répondit-elle, toujours sans le regarder.

— Une tragédie, soupira Henry. Elle est bien trop jeune pour être veuve…

— Je suis sûre que cela n'intéresse pas M. Benedict, père, intervint-elle, excédée. Et puis, entendre parler de mon défunt mari me brise le cœur.

Elle contrefit un soupir douloureux et leva les yeux vers Kit.

— Je suis sûre que vous me comprenez, n'est-ce pas, monsieur Benedict ?

— Absolument, madame Claybourne, absolument… Il est si tragique de perdre un être cher, dit-il, suave et grave à la fois. Car, bien sûr, vous aimiez beaucoup votre défunt mari, n'est-ce pas ?

Elle blêmit sous la provocation. Une vague d'indignation l'envahit. Croyait-il donc qu'elle était tombée amoureuse de lui ?

— Mes sentiments envers mon époux sont mon affaire, monsieur Benedict, répliqua-t-elle.

Henry, à qui Caroline venait de faire comprendre par des regards appuyés qu'il était plus que temps de changer de conversation, reprit la balle au bond et se lança dans le sujet le plus cher à son cœur : l'élevage des chevaux.

Amanda se tint coite en dépit des efforts que déployait Kit pour l'impliquer dans la conversation.

Pris par sa passion, son père ne remarquait pas son mutisme, ou peut-être mit-il cette attitude sur le compte de la réserve et de la discrétion qui seyent à une dame.

Le dîner était délicieux et aurait fait honneur aux meilleurs chefs cuisiniers du royaume : un véritable festin, comme les semblables de Kit Benedict n'avaient pas souvent l'occasion d'en déguster dans leur vie, songea-t-elle fielleusement.

En terminant sa dernière bouchée de meringue aux framboises, elle rompit le silence qu'elle s'était imposé et se leva de table en prenant l'excuse de lettres à écrire qui ne pouvaient attendre.

Caroline surprit-elle le regard qu'elle échangea alors avec son vis-à-vis ? Elle parut frappée par la tension qui circulait entre eux. Mais comment dissimuler ce lien électrique, presque palpable.

Amanda passa la nuit à se retourner dans son lit sans trouver le sommeil, incapable qu'elle était de chasser Kit de ses pensées comme de comprendre la nature de l'émotion bouleversante qu'elle sentait bouillonner en elle.

Alors que sa situation évoluait favorablement et sans à-coups, cet homme arrogant, avec ses yeux rieurs si vifs, ses façons volontaires, son charme aussi, hélas, venait tout remettre en cause, prétendant lui imposer sa présence et même régenter sa vie.

Elle revoyait le moment où elle s'était levée de table et où son regard glacial s'était posé sur le visage ouvert, aux traits réguliers, de Kit.

Il était appuyé sur le dossier de sa chaise, son verre de vin entre les doigts. On eût dit un bel animal nonchalant, et son regard sur elle était celui d'un prédateur, avec sur ses lèvres ce sourire ironique, tellement irritant.

Son attitude, et plus encore le défi qui brillait dans les prunelles, disait clairement qu'il ne s'en irait pas.

5.

Durant les jours qui suivirent l'arrivée de Kit à Eden Park, Amanda décida que tout contact entre eux devait être aussi bref qu'impersonnel. Elle prit cette décision à froid, calmement et sans émotion.

Mais l'émotion la submergeait bel et bien chaque fois qu'elle posait les yeux sur lui. L'effet qu'il exerçait sur elle était aussi irrépressible que bouleversant. Elle était tellement préoccupée de lui qu'elle en perdait le sommeil.

Elle commençait à se sentir dans la peau d'un renard poursuivi par la meute, persuadée que Kit cherchait à la soumettre et que, avec une parfaite arrogance, il était certain d'y réussir. Il semblait se trouver partout à la fois sur le domaine et, avec une perspicacité diabolique, il apparaissait toujours au moment où elle l'attendait le moins, appuyé contre un arbre ou une clôture, aussi à l'aise en ces lieux que s'il en était le légitime propriétaire, semblant éternellement prêt à la défier et à saper toutes ses défenses.

Le moindre de ses regards était lourd de sensualité, et elle ne pouvait plus se dissimuler que le désir bouillonnait entre eux sous la surface de leurs manières policées, prêt à éclater au grand jour dans un déchaînement de passion.

Il n'y avait rien qu'elle pût faire pour l'empêcher, non plus qu'elle ne pouvait nier le pouvoir qu'il avait pris sur elle.

Et tout cela, au moment même où elle avait cru pouvoir enfin profiter d'une liberté chèrement acquise ! Depuis qu'il était là, l'avenir était devenu précaire, sa vie perpétuellement cahotée entre la tension et l'appréhension, un peu comme une tempête menaçante par une journée d'été chaude et humide.

Nan, la fidèle Nan, ne lui facilita pas les choses quand elle apprit que Christopher Claybourne était revenu d'entre les morts. Choquée et effrayée, elle ne la plaignit pas pour autant, mais lui fit observer qu'il ne lui fallait s'en prendre qu'à elle-même. Elle le lui avait bien prédit, rien de bon ne pourrait sortir de là.

— Mais que puis-je faire, à présent ?

— Cela, personne ne peut le dire. Du reste, tu feras bien ce que tu voudras.

— Père ne doit rien savoir pour le moment. Tu ne vas pas te mettre en tête de le lui apprendre, n'est-ce pas ? demanda Amanda avec sévérité.

Nan prit un air de dignité offusquée.

— Moi ? Certainement pas ! Mais je te conseille de faire attention. Ton père t'a toujours laissé la bride sur le cou, mais il n'est pas pour autant faible et prêt à tout accepter.

— Moi non plus ! répliqua Amanda avec un sourire.

Nan préféra ne pas répondre.

Amanda lui soutira du moins la promesse qu'elle ne dirait rien, pas même à M. Quinn. Elle tremblait en effet à la pensée que l'homme de confiance de son père avait très bien pu croiser le chemin de Kit à Charleston. Si tel était le cas, il le reconnaîtrait immédiatement et son secret volerait en éclats.

*
* *

Les sentiments que Kit éprouvait envers Amanda à présent qu'il l'avait revue le poussaient plus que jamais à tout faire pour l'amener à honorer sa promesse.

Belle, intelligente, avec beaucoup d'esprit et de hardiesse, elle était pour lui la femme rêvée, le plus beau trophée qu'un homme pût conquérir.

Il essayait parfois de se persuader que sa fascination croissante pour celle qui était devenue son épouse n'était que le résultat de la bouleversante apparition d'Amanda dans sa cellule de la prison de Charleston et du désir fou qu'elle avait fait naître en lui ce jour-là. Mais il savait bien, en fait, qu'il n'en était rien. Le mal, ce mal délicieux, était bien plus profond.

Il voulait tellement la faire sienne que passer ses journées auprès d'elle, la voir à tout moment, représentait une frustration quasi insoutenable. Au fil des jours, sa résolution grandissait, irrépressible. Il voulait non seulement qu'elle soit à lui, mais que ce fût de son plein gré, qu'elle acceptât comme une évidence ce lien qui existait entre eux. Toutefois, il devait se montrer patient, autrement Amanda pourrait subodorer, avec raison, qu'elle n'était pas sa seule raison de demeurer à Eden Park.

En attendant, il souffrait de voir les invités masculins d'Henry O'Connell parader autour d'elle : une réaction viscérale, primitive, à l'encontre de tout homme qui pourrait la lui ravir.

Kit ne revint plus dîner au château.

Amanda dit bien haut qu'il n'était pas mauvais qu'un employé demeurât à sa place, mais elle en était secrètement déçue. Il la hantait du fait même de son absence. Durant des jours, elle l'évita soigneusement, sans cesser de penser à lui et en laissant son imagination la tourmenter. L'image de Kit la quittait rarement : ses yeux noisette pailletés d'or, ses épais cheveux sombres, son sourire nonchalant… Chaque fois que son fantôme réapparaissait, elle réagissait avec un mélange de désir et de culpabilité, cocktail explosif qui devait beaucoup à sa frustration. C'était pire encore si elle fermait les yeux. L'image fantasmée n'en devenant alors que plus précise.

Oui, Kit la hantait.

Peut-être n'était-ce dû qu'à la préoccupation de voir de retour dans sa vie l'homme qu'elle avait si imprudemment pris pour mari ?

Aussi n'était-ce pas forcément une bonne idée de chercher à tout prix à l'éviter ! Peut-être, après tout, se sentirait-elle mieux si elle pouvait lui parler ? C'est pourquoi elle se rendit aux écuries, espérant au moins l'apercevoir pour la première fois depuis des jours. De toute façon, elle avait envie d'une promenade à cheval pour se détendre.

Avec tous ces chevaux que son père avait acquis, ce qui signifiait aussi toujours plus de palefreniers pour s'occuper d'eux, les écuries d'Eden Park ressemblaient à une ruche bourdonnante.

Elle parcourut du regard les stalles et le paddock, espérant y découvrir la haute silhouette de Kit, mais celui-ci n'était nulle part en vue. Lorsqu'elle interrogea un palefrenier à son sujet, en prenant bien garde d'avoir l'air le plus détaché possible, l'homme lui répondit que M. Benedict avait fait seller un cheval pour aller l'exercer à l'extérieur du domaine, dans les collines.

La déception qu'elle ressentit la surprit très désagréablement.

Elle demanda qu'on lui selle une monture à son tour, et peu de temps après elle trottait vers le portail.

Le paysage changeait lorsque l'on abordait les collines. On ne croisait plus que de paisibles troupeaux de moutons paissant sur la lande. De loin en loin, on apercevait une ferme isolée dont la cheminée fumait.

Se tournant sur sa selle dans toutes les directions, Amanda examina les alentours aussi loin que sa vue pouvait porter, abritant ses yeux en visière. Mais pas de trace d'un cavalier solitaire, jusqu'aux plus hautes crêtes encore couvertes de neiges hivernales.

Avec un soupir de frustration, elle poussa sa jument en avant.

Le soleil, qui venait de se lever, baignait déjà le versant de vallée que parcourait Kit, les sabots ferrés de son cheval tintant à chaque pas sur la roche. Son étalon s'ébrouait, heureux de se retrouver dans la nature.

Il ne l'était pas moins. Il prenait plaisir à l'air cristallin et à l'odeur des fougères et de la mousse. Il se sentait chez lui dans ces hautes collines au relief usé, dont toutefois les crêtes touchaient presque les nuages. Ces monts du Derbyshire étaient d'une beauté à couper le souffle. A perte de vue, pas une clôture. Seulement la lande, entrecoupée de bois et de lacs.

Ici, il se sentait en paix.

Bien sûr, il n'y avait là rien d'étonnant. Un homme qui, comme lui, avait connu la prison, en garderait toujours la cicatrice : une sensation d'étouffement, l'angoisse des lieux clos. Il lui fallait fuir alors, sortir des murs et se retrouver au plus large, au plus haut, là où plus rien ne vous enfermait. Là où le ciel était le plus vaste, où plus rien n'arrêtait le vent. Là-haut…

On s'y sentait comme sur le toit du monde, et l'éternité de ces roches sans âge vous remettait à votre juste place dans l'univers, vous redonnant confiance en vous.

Quand il se sentait mieux, il pouvait faire travailler son cheval sans qu'aucun élément extérieur vînt rompre la communication qu'il avait avec l'animal. D'autres fois…

D'autres fois, caché par un repli du terrain, il attendait le passage d'Amanda.

Dès le premier jour, il avait repéré l'itinéraire de ses promenades solitaires. Elle aussi aimait les collines.

Dissimulé comme les Indiens le lui avaient appris, il la regardait galoper, sanglée dans sa veste d'écuyère en tweed, avec cette témérité des cavaliers qui n'ont encore jamais fait une chute ailleurs que dans la paille ou la sciure des manèges. Chaque fois qu'il la voyait ainsi, une émotion indicible l'étreignait, la faim qu'il avait d'elle lui gonflait le cœur, et il devait lutter contre l'envie furieuse de lancer son cheval à sa poursuite et de la rejoindre.

Il essayait de se comporter honnêtement, de garder ses distances, pour qu'elle pût s'habituer doucement à sa présence auprès d'elle. Il savait depuis longtemps se plier aux contraintes de toutes sortes. Celles de la vie en société lui avaient été inculquées très tôt, entre des grands-parents anormalement autoritaires et une mère qui lui imposait une discipline de fer. Cet entraînement lui était fort utile à présent, mais le destin lui jouait des tours, et l'adorable créature qu'il avait épousée menaçait à chaque instant de faire éclater la carapace de rigueur dont il s'était corseté.

Combien de temps encore pourrait-il jouer le rôle de l'homme civilisé, élégant et magnanime, alors qu'Amanda réveillait en lui les instincts les plus primitifs ?

Aujourd'hui, c'en était trop. La voyant passer au galop le long de la crête, il céda à son impulsion et galopa à sa rencontre.

Amanda venait de repasser au pas et de rendre la main à sa monture, permettant à l'animal de choisir le meilleur passage entre les rochers épars, quand elle entendit broncher un cheval et cliqueter son mors.

Elle immobilisa le sien, en alerte. Avant même de le voir, elle savait d'instinct que c'était Kit.

Se tournant sur sa selle, elle vit qu'elle ne s'était pas trompée. Il montait un robuste cheval de chasse tout en muscles, un alezan à la crinière et à la queue d'un noir de jais dont la robe brune luisait au soleil.

Elle connaissait bien l'animal, car il occupait le box voisin de celui qu'elle choisissait toujours pour ses promenades. L'énorme alezan avait une mauvaise réputation : on le disait vicieux, mordeur et habitué des ruades. Aucun des palefreniers ne voulait le monter. Pourtant, à le voir approcher le long de la crête sous la main à la fois douce et précise qui le menait, on l'aurait pris pour la monture la plus douce qui soit.

L'homme et le cheval se fondaient dans l'environnement. Kit semblait un élément de ce décor sauvage, comme s'il y était né et en faisait partie intégrante. La lumière du soleil jouait dans ses cheveux sombres et y révélait des reflets d'or. Il exhalait une virilité tranquille et sûre d'elle-même, sans ostentation. Vêtu d'une culotte de cheval en gros velours beige, d'un veston en tweed vert et brun, chaussé de hautes bottes en cuir marron, il était svelte, élancé, incroyablement désirable.

En rencontrant son regard, elle éprouva comme un étrange pincement au cœur, un vif plaisir mélangé d'inquiétude. Quelle sensation éprouverait-elle à poser ses lèvres sur ces lèvres fermes et à laisser ses doigts jouer dans cette épaisse chevelure agitée par le vent ?

En dépit de ses efforts, elle ne put s'empêcher de rougir à cette idée. Elle ne voulait pas de ce genre de faiblesses, et surtout pas à propos de lui !

Ignorant tout de ces pensées répréhensibles, le dresseur maintint l'imprévisible étalon à distance respectueuse de sa tranquille jument. Mais il se plaça néanmoins, quoique à plusieurs mètres, en travers du sentier.

— Bonté divine, dit-elle, se réfugiant dans un agacement qu'elle n'éprouvait pas vraiment, vous, on peut dire que vous adorez surprendre les gens ! Est-ce que vous me cherchiez ?

Dit de cette manière et sur ce ton, cela valait une injonction à la laisser tranquille et à passer son chemin, mais Kit considéra sans s'émouvoir ses joues rougissantes et ses lèvres tremblantes, le sourcil levé.

Que le diable l'emporte, il pouvait lire en elle comme dans un livre ouvert !

— Votre jument était encore dans sa stalle lorsque j'ai quitté l'écurie, répondit-il froidement, je pourrais donc vous en dire autant. On dirait que nous sommes voués à nous rencontrer dans les lieux les plus inattendus, n'est-ce pas ? Mes excuses si je vous ai surprise.

— Vous êtes bien loin des écuries du château, fit-elle remarquer, cela vous arrive souvent de venir jusqu'ici ?

Il acquiesça.

— Oui, j'aime avoir de l'espace et de la distance pour entraîner les chevaux. Et, aujourd'hui, j'ai voulu y ajouter le bonheur de votre rencontre. Quel plaisir de vous voir, Amanda, surtout ici où nous sommes seuls et loin de tout !

Ses yeux sombres brillaient sous l'arcade nette et bien dessinée de ses sourcils. Impossible de ne pas s'attarder sur eux. Il y avait une sorte de force contenue en lui, une force impressionnante autant qu'irritante. Quel sorte d'homme était donc ce Kit Claybourne ? Au fond, elle ne le savait pas vraiment.

— Comme le temps passe ! dit doucement Kit en admirant l'impeccable tenue d'écuyère d'Amanda, la jupe longue, la veste bleue parfaitement ajustée, la cravate d'un blanc de neige et le joli petit chapeau. Déjà huit mois que nous sommes mariés… J'ai à vous parler. Ici, vous ne pouvez pas m'éviter, et à quoi bon, d'ailleurs ? Cela ne changerait rien à ce qui s'est passé et vous le savez.

La colère flamboya dans les yeux verts de la jeune femme. Elle le toisa d'un air hautain.

— Pas maintenant, laissa-t-elle tomber. Je vous prie de me laisser le passage, vous gâchez ma promenade.

Kit se rembrunit, mais il n'avait pas la moindre intention de la laisser passer.

— Vous m'en voyez navré, répliqua-t-il d'une voix ferme. Mais à ce sujet je voudrais vous donner quelques conseils de prudence. D'abord, votre allure est trop rapide, surtout ici, sur la crête. Si jamais vous tombiez, ce pourrait être de très haut… Ensuite, vous ne devriez pas y venir seule. Il n'est peut-être pas très amusant de se faire escorter par un palefrenier, mais c'est indispensable dans ces rochers. Songez que s'il vous arrivait un accident, on risquerait de ne pas vous retrouver avant longtemps, plusieurs jours peut-être. Je m'étonne que votre père ne vous en ait pas fait la remarque.

Il savait pertinemment qu'il ne serait pas écouté. S'il y avait une chose qu'il avait appris sur son épouse, tant en l'observant qu'en écoutant les éternelles récriminations d'Henry au sujet de sa fille chérie, c'est qu'elle refusait toute contrainte, qu'elle n'était ni souple ni ouverte à la critique, qu'elle n'admettait d'autre loi que la sienne, et qu'elle n'hésitait pas, le cas échéant, à bousculer les convenances.

Et, en effet, les beaux yeux verts flamboyèrent de colère devant l'audace qu'il montrait de la sermonner.

— Je suis touchée de votre sollicitude, lui répliqua-t-elle avec ironie, mais je pense pouvoir aisément me passer de vos avis. Je suis capable de parcourir quelques kilomètres à cheval sans incident, et donc sans avoir besoin d'une escorte.

Surtout de la sienne ! semblait signifier l'expression de défi que son visage arborait.

— Je suis bien certain que vous le pouvez. Je comprends que courir ainsi des risques dans les rochers vous donne d'agréables frissons, mais, à mon avis, vous les mesurez mal. Et je continue de penser que vous devriez cesser de vous promener seule sur ces crêtes.

— Kit Benedict, répondit-elle, indignée, je vous serais reconnaissante de vous mêler de vos affaires, qui sont de dresser les chevaux de mon père !

— Mais il s'agit bel et bien de mes affaires, Amanda. Vous êtes mon épouse et je me sens concerné par votre sécurité. Lorsque je vous vois agir imprudemment et vous mettre en danger, j'ai le droit et le devoir d'intervenir. Venez, je vous raccompagne au château.

— N'en faites rien, s'il vous plaît ! Je suis venue rechercher la solitude, et si vous étiez le moins du monde un gentleman, vous me laisseriez en paix. D'ailleurs, je n'ai pas l'intention de rentrer tout de suite.

— Très bien, mais j'insiste pour vous accompagner et je suggère que nous ne restions pas sur les crêtes.

Il lui lança un regard de côté.

— Cela ne vous ennuie pas, j'espère ?

Amanda haussa les épaules.

— Je n'ai guère le choix de toute façon, lança-t-elle tomber en poussant sa jument en avant.

— En effet.

Ils suivirent un sentier qui descendait vers une combe, où un torrent courait et bondissait sur les rochers. Le site était ravissant, verdoyant, sauvage à souhait. On n'y entendait que le tumulte du torrent qui grondait sur les roches et les galets.

Kit fit halte un instant pour permettre à son alezan de boire dans une retenue d'eau. Tandis qu'Amanda faisait de même pour sa jument, il sauta souplement de sa selle pour aller lui aussi étancher sa soif à une cascatelle.

L'eau était cristalline et délicieusement glacée.

— Quel bel endroit ! s'exclama-t-il. Si nous faisions quelques pas ?

— Seulement si vous promettez de vous tenir tranquille et de ne pas me sermonner, répondit sa compagne, de l'air de douter qu'il pût y parvenir.

— Je serai aussi discret et charmant que ma nature me le permettra, assura-t-il en l'aidant à mettre pied à terre à son tour.

Il la tint un instant dans ses bras. Très brièvement, car tout de suite elle se dégagea.

Tandis qu'il entravait les chevaux, elle enleva son petit « lampion » qu'elle accrocha au pommeau de sa selle, puis elle alla s'asseoir sur un rocher au bord de l'eau.

Il resta debout. En la regardant, il sentait monter en lui l'envie féroce de l'embrasser jusqu'à en perdre le souffle.

— Etes-vous toujours fâchée contre moi, pour ce que je vous ai dit sur la crête ? demanda-t-il.

Il y eut un moment de silence.

Amanda considéra à son tour l'homme qui la regardait, appuyé contre un rocher à quelques pas d'elle. Sa voix était chaude, profonde et séductrice. Un timbre qui vous rendait rêveuse et évoquait les coins sombres, les baisers volés et bien d'autres choses moins avouables encore.

Bien peu de femmes, songea-t-elle, pourraient résister à cette voix-là, et moins encore à l'homme magnifique qui en était le propriétaire. Ce timbre enchanteur, ces superbes yeux noisette mêlés de vert et d'or, cette haute stature et cette silhouette qui évoquait davantage une statue grecque qu'un être de chair et de sang… Kit Claybourne était réellement stupéfiant, et elle n'était pas aussi insensible qu'elle l'aurait voulu à son charme viril.

— Oui, répondit-elle, bien que son animosité envers lui fût en train de fondre comme neige au soleil. Mais je ne puis vous reprocher de vous inquiéter à mon sujet. Dites-moi : cela vous plaît-il de travailler pour mon père ?

— Bien sûr ! M. O'Connell est un homme chaleureux avec qui il est facile de s'entendre, et son amour des chevaux est au moins égal au mien.

— Des chevaux qu'il a achetés sur vos conseils pour la plus grande partie d'entre eux. Il paraît que vous avez un don spécial avec eux. Père dit que le plus féroce, le plus vicieux des étalons viendrait vous manger dans la main.

— Il est bien dommage, soupira-t-il, que ce pouvoir dont vous parlez se limite aux chevaux ! Il ne m'est apparemment d'aucune utilité pour amadouer mon épouse. Vous savez, enchaîna-t-il sans marquer de pause, vous avez les plus jolis yeux verts que j'aie jamais vus. J'aime comme ils brillent quand vous riez, et aussi lorsqu'ils s'assombrissent sous l'effet du désir. Car je les ai vus ainsi lors de notre mariage, quand vous étiez tout contre moi. Je ne puis oublier l'insoutenable douceur de vos lèvres. Ni leur feu, qui brûle en moi depuis, sans relâche…

Kit s'interrompit encore pour la contempler en silence un instant, puis son sourire s'élargit.

— Vous êtes belle à en mourir dans votre tenue d'écuyère, reprit-il d'un air étrangement attendri, et si vous continuez à me regarder comme cela, je vais venir m'asseoir auprès de vous, sur ce rocher. Depuis que je vous ai retrouvée, j'ai souvent vu du défi et de la colère dans vos yeux. Mais là, c'est différent…

Amanda frissonna. Elle sentait toute l'infinie douceur de la voix de Kit, la séduction de ses mots et de toute sa personne. Mais la pensée qu'il allait se rapprocher, s'asseoir à quelques centimètres d'elle, fut la plus puissante des sonnettes d'alarme.

Une réponse calme et raisonnable éloignerait peut-être le danger mieux qu'une nouvelle protestation furieuse.

— Vous êtes très éloquent, Kit, mais restez où vous êtes, s'il vous plaît.

Il ne se troubla pas. Une lueur ironique passa dans ses prunelles.

— Je suis un homme déterminé et volontaire, vous devriez le savoir, Amanda. Je suis tout disposé à ne pas brusquer les choses dans notre relation, mais je n'ai pas de raison de vous dissimuler mes sentiments, qui ne changeront pas…

Avant qu'elle ait pu formuler la moindre objection, il changea brusquement de sujet.

— J'aime beaucoup m'occuper de chevaux. Ils ont toujours occupé une grande place dans ma vie. Ils en sont même une part nécessaire. Henry passe beaucoup de son temps aux écuries à les regarder travailler, et il les monte également. J'en déduis qu'il a la chance d'avoir une épouse très compréhensive.

— Elle l'est en effet. Elle l'encourage même à assouvir

sa passion, et elle a du mérite car elle ne la partage pas. Ma belle-mère déteste monter à cheval.

— Cela ne les empêche pas d'être heureux, semble-t-il, et davantage que beaucoup de couples que j'ai pu connaître. Il est vrai qu'ils sont jeunes mariés…

Au ton de reproche qu'elle perçut dans ces paroles, elle se tourna de nouveau vers Kit. Le message qu'il continuait de lui adresser par son regard accusateur, le pli ironique de sa bouche et toute son attitude nonchalante, était clair : après tout, eux aussi étaient des jeunes mariés.

Mais leur relation n'avait rien de celle qui unissait Henry et Caroline.

— C'est possible, répondit-elle évasivement en détournant le regard. Je n'en sais rien.

Elle était bien déterminée à ne pas se laisser entraîner dans une discussion à propos de leur propre mariage.

— Il n'est qu'à les regarder pour le savoir, fit observer Kit.

— Sans doute.

Comme elle levait de nouveau les yeux vers lui, il sourit, et ce fut quelque chose d'extraordinaire, comme un soleil qui lui éclaira soudain le visage. Il eût fait fondre le cœur de n'importe quelle femme. Pour peu, évidemment, que la malheureuse ignorât quel homme arrogant et imbu de lui-même était en réalité Kit Claybourne alias Benedict !

Soudain, elle prit conscience de l'isolement où ils se trouvaient et se sentit devenir nerveuse. Exactement comme une chèvre attachée à un piquet pour attirer un tigre affamé, songea-t-elle. Mais elle ne pouvait songer à fuir, pas devant ce merveilleux demi-sourire qu'avait Kit tandis qu'il la regardait. Elle ne pouvait que rester à sa place et garder ses émotions pour elle.

— Jusqu'ici, observa-t-elle, heureuse de pouvoir articuler

trois mots sans que sa voix ne se mît à trembler, père s'est toujours voué entièrement à son travail. Je n'aurais jamais cru qu'il se remarierait après le chagrin qu'il a eu de la mort de maman. On dirait qu'il a fait le bon choix. Caroline est ce qu'il lui est arrivé de mieux depuis bien longtemps.

— Et votre mère ?

— Elle est morte lorsque j'étais enfant.

— Cela a dû être terrible pour vous.

Elle n'était pas bien sûre qu'elle devait accepter sa sympathie, mais celle-ci lui faisait du bien.

— Oui, et pour mon père aussi.

— Votre père n'a acquis Eden Park que récemment, je crois ?

— Oui, pendant que j'étais en Amérique.

— Vous aimez vivre ici ?

— C'est un grand changement. Notre maison de Rochdale était belle et confortable, mais sans commune mesure avec un tel palais. Et puis, elle était en ville et non à la campagne. Bref, rien à voir, vraiment…

— Je comprends. Cela a dû être un grand changement pour votre père, également.

— Caroline est déterminée à lui faire prendre un peu de repos et profiter enfin de l'existence, mais je puis vous affirmer qu'il garde la haute main sur ses affaires, même à distance. Et vous, demanda-t-elle, piquée de curiosité quant au passé de son interlocuteur, votre mère est-elle toujours en vie ?

— Non, elle est morte lorsque j'étais encore adolescent. Une chute de cheval… Une histoire stupide.

— Je suis désolée, répondit-elle sincèrement, satisfaite malgré tout que le bel homme qui prétendait être son époux levât un coin du voile de mystère dans lequel il s'enveloppait assez volontiers.

— Merci, cela a d'autant plus de prix venant de vous, qui savez ce que c'est que de perdre sa mère.

— Cela a dû être terrible pour vous et pour votre père.

Kit hocha la tête, et son visage devint encore plus sombre et tendu.

— Certes, il a beaucoup souffert et ne s'en est en fait jamais remis. Je ne suffisais pas à adoucir sa peine.

Il y avait dans sa voix une amertume intense, particulière. Quelle en était la cause ?

— N'avez-vous aucun frère et sœur ?

— Non, aucun.

— Et votre père ? Est-il toujours vivant ?

— Non.

Le ton brusque, presque coupant, semblait l'avertir de ne pas chercher à en savoir plus. Elle avait remarqué cette même amertume chez Kit lorsqu'elle avait fait allusion à l'honneur de sa famille, le jour de son arrivée à Eden Park, et cette réaction renouvelée l'intriguait.

— Vous ne voulez pas m'en parler, Kit ? insista-t-elle.

— Si vous permettez, Amanda, je souhaiterais en rester là sur ce sujet.

— Mais pourquoi ?

— Je n'ai pas l'intention de vous raconter par le menu ce qu'a été ma vie avant mon départ pour l'Amérique. Qu'il vous suffise de savoir que c'est par haine des ragots et besoin de préserver ma liberté que j'ai quitté l'Europe. Je vous l'ai dit, je ne souhaite pas en parler.

Il marcha brusquement vers le bord du torrent, où il resta un moment à regarder bouillonner l'eau, comme s'il désirait chasser de son esprit certaines pensées déplaisantes.

— Je suis désolée d'avoir insisté, si cela vous embarrasse de parler de votre famille et de votre père, dit-elle doucement.

Quand il se retourna vers elle, étrangement, toute dureté avait de nouveau disparu de son visage.

— Mais non, c'est moi qui m'excuse. Vos questions étaient tout à fait naturelles, seulement je vous serais reconnaissant de ne plus mentionner mon père à l'avenir.

— Je me le tiendrai pour dit. C'est votre affaire, après tout.

Elle ne s'en posait pas moins des questions. Quel était le rapport entre le père de Kit et le départ de celui-ci pour l'Amérique ?

Certes, le chagrin d'un homme n'était qu'à lui seul, et Kit s'enorgueillissait visiblement de contrôler ses émotions. Mais si, comme il l'exigeait à cor et à cri, il y avait un jour une véritable relation entre eux, il faudrait bien qu'elle en prenne sa part.

Kit reprit sa position initiale, adossé au même rocher.

— Parlez-moi de M. Quinn. Pourquoi vous accompagnait-il à Charleston ?

Elle eut un léger sursaut de surprise. Qu'est-ce que l'homme de confiance de son père venait faire dans cette conversation ? Elle avait l'impression diffuse que, loin d'être en rupture avec le sujet précédent, ce n'en était en fait que la continuité.

Mais le visage fermé, impénétrable, de Kit ne lui fournit aucune réponse.

— M. Quinn ? Pourquoi me parlez-vous de lui ?

— Parce qu'il était avec vous en Amérique.

— Eh bien soit, il l'était. Et alors ?

— Que savez-vous de lui ?

— Peu de choses, en fait. Il travaille pour nous depuis des années, mais je n'ai aucune idée de ce qu'il a pu faire avant.

Elle regarda Kit droit dans les yeux.

— Mais pourquoi me demandez-vous cela ?

Il haussa nonchalamment les épaules.

— Aucune raison particulière. Je suis curieux, c'est tout… Vous l'appréciez ?

— Non, pas particulièrement. C'est un homme froid et sévère. Dur, même. Il est difficile de le cerner et encore moins de s'attacher à lui, quoique père y soit apparemment parvenu. Il préfère d'ailleurs rester dans l'ombre. Il est employé à plusieurs tâches au siège de la société, à Manchester principalement, mais parfois il effectue des missions à Londres. Avez-vous déjà eu affaire à lui ?

— Non. En ce moment, il n'est pas à Eden Park. Votre père, justement, l'a envoyé le représenter quelque part. De toute façon, comme il n'a à faire qu'au château et que, pour ma part, mon travail me retient aux écuries près des chevaux, j'ai peu de chances de le rencontrer.

— Effectivement.

Elle n'avait guère envie de continuer sur ce sujet. En fait, depuis la scène sordide qu'elle avait surprise l'autre nuit, elle préférait oublier tout ce qui avait trait à l'odieux personnage.

Elle se leva et tira sur sa jupe d'écuyère, mal à l'aise.

— Je crois que je ferais bien de rentrer, murmura-t-elle. J'ai promis à Caroline de l'aider à rédiger des cartons d'invitation pour ses prochaines fêtes. Elle va croire que je l'ai oubliée…

Kit suivit Amanda auprès des chevaux, malheureux à l'idée d'interrompre leur tête-à-tête dans cet endroit retiré. Il ne pouvait pas la laisser partir. Pas encore…

— Attendez, Amanda. Il faut nous revoir. J'ai tant de choses à vous dire… Demain, je vous accompagnerai à votre promenade, nous parlerons.

La jeune femme se détourna.

— Je ne pense pas que ce soit convenable, rétorqua-t-elle, le dos tourné. Je préfère ne pas… pas encore.

Il s'approcha, submergé par la tentation de la toucher. Tant pis si elle lui résistait, mais il fallait qu'elle sache, qu'elle ressente cette faim qu'il avait d'elle.

Il la saisit par l'épaule et l'attira par surprise contre lui, le dos contre sa poitrine.

Amanda voulut repousser sa main, mais son geste resta comme suspendu, et une chose incroyable se produisit : elle laissa reposer sa tête contre sa poitrine.

L'intimité de ce contact atteignit Kit dans une région inconnue de lui-même, retirée et mystérieuse. Cela ne dura qu'un bref instant et disparut lorsque, rapidement, il la lâcha.

Mais elle ne s'était pas dérobée !

Il ne bougeait plus, près d'elle à la toucher, regardant fixement les quelques centimètres de peau nue du cou d'Amanda et s'émerveillant aussi des rayons du soleil qui illuminaient ses cheveux roux d'une multitude de taches d'or. Elle était sagement ordonnée, cette chevelure, en bandeaux maintenus en place par des peignes en écaille. Il aurait tant voulu défaire ces peignes, laisser courir librement ses doigts dans la lourde masse cuivrée…

Il posa ses deux mains juste sous ses épaules et l'attira de nouveau contre lui.

Pour Amanda, ce fut comme si de tendres chaînes l'enserraient soudain, la pressant contre le corps dur de Kit, ses cuisses d'acier contre les siennes. Son souffle chaud lui caressait la nuque, et lorsque ses lèvres vinrent frôler la chair sensible de son oreille, elle se sentit se liquéfier.

— Non, haleta-t-elle, tremblante. Je vous en prie, Kit, ne faites pas ça.

Il glissa son bras autour de sa taille et l'attira plus près encore.

— Vous êtes sûre que vous voulez que j'arrête ? murmura-t-il, soufflant son haleine chaude sur le lobe de son oreille qu'il titillait de sa langue.

Elle sentait son corps devenir étonnamment vivant, vibrant de plaisir, comme une fleur qui s'ouvre au soleil. Jamais, de toute sa vie, elle n'avait ressenti cela. Tous ses sens semblaient accaparés par cet homme et par ce qu'il lui faisait. Plus rien d'autre n'importait. Mais elle n'osait toujours pas, cependant, se retourner pour lui faire face et l'embrasser à pleine bouche. Ni le laisser continuer son délicieux manège.

Alors, elle se tourna à demi et lui déposa un baiser timide sur la joue.

— Oui, dit-elle en secouant gauchement la tête. Je vous demande d'arrêter. N'allez pas plus loin, s'il vous plaît.

Elle ne pensait pas un seul mot de ce qu'elle venait de prononcer. Bien au contraire, elle brûlait de le voir continuer.

— Il y aura de nombreuses fois dans l'avenir, murmura-t-il, la voix rauque, où je vous tiendrai ainsi, ma douce… Et bien plus longtemps. Chaque fois, je vous le promets, vous m'accueillerez avec bonheur.

Kit sourit, apparemment satisfait d'avoir mesuré le pouvoir qu'il avait sur elle, et surtout qu'elle non plus ne pût plus l'ignorer. Il souriait toujours lorsqu'il la relâcha.

Choquée, ébranlée au plus profond d'elle-même, elle se mit à réfléchir à toute vitesse, n'osant pas même se tourner pour affronter son regard. Elle avait l'impression qu'il tissait autour d'elle une véritable toile d'araignée, impalpable et inextricable.

Ce fut lui qui vint lui faire face, caressant des yeux ses

traits et ses courbes, une lueur moqueuse au fond de ses yeux sombres.

Elle resta immobile à le regarder, prise au piège de son propre désir. Rien de ce qu'elle aurait pu dire ne pouvait effacer l'émotion de son visage ni amoindrir les battements de son cœur.

Il la prit par le menton, lui souleva la tête et plongea ses yeux dans les siens.

— Amanda, lui dit-il, vous pouvez ou bien vous satisfaire d'une chasteté que vous ne désirez pas vraiment, ou bien décider d'affronter la réalité de vos désirs. Mais, moi, je sais que vous brûlez d'être mienne. Nous appartenons l'un à l'autre depuis toujours, depuis la nuit des temps peut-être. Je vais essayer de me contrôler jusqu'à ce que vous veniez à moi de votre plein gré. Car vous viendrez. Cela aussi, je vous le promets.

Confuse, troublée et se sentant infiniment vulnérable, un sentiment très nouveau pour elle, elle regarda dans une sorte de brouillard Kit Claybourne tourner les talons, se diriger vers les chevaux et tendre ses mains jointes afin qu'elle y posât son pied botté.

Elle le rejoignit, assura son chapeau sur sa tête, puis Kit l'aida à se hisser sur sa jument.

En déployant sa longue jupe sur la selle d'amazone, elle le regarda.

Sa seule présence masculine semblait emplir tout le vallon, imprégnant toute chose. Le désir était presque palpable entre eux. Il la regardait en souriant d'un air de défi, une lueur malicieuse au fond de ses yeux sombres.

— Vous êtes décidément impossible, soupira-t-elle. Et arrogant au-delà du supportable.

— Sans doute, et il y a fort à parier que je le resterai,

tant que vous n'aurez pas franchi ce pas si important pour nous deux.

Ils se remirent en route.

Troublée de sentir la présence de Kit à côté d'elle, elle se força à regarder droit devant elle, assise sur sa selle, raide comme la justice. Le souvenir de ce qui venait de se passer entre eux était cuisant, insupportable. Elle avait hâte qu'il la laissât seule, d'être enfin débarrassée de lui. Elle ne se reconnaissait plus quand cet homme était auprès d'elle. Doux Jésus, quelle étrange sorcellerie employait-il pour la bouleverser ainsi ?

Elle qui se flattait tant de garder toujours la maîtrise de ses nerfs et de ses instincts ! Elle aurait aimé pouvoir affirmer n'avoir pris aucun plaisir à se retrouver dans ses bras, mais c'était faux, bien sûr. Elle se souviendrait sûrement de son étreinte, et, pire, elle brûlait déjà de le voir recommencer.

Kit salua son employeur d'un signe de tête.

D'excellente humeur comme à son habitude, Henry O'Connell souriait en les regardant, sa fille et lui, regagner ensemble les écuries.

— Je vois que vous vous occupez d'Amanda, mon garçon, dit-il d'un air moqueur.

— Je veille surtout à sa sécurité, répliqua Kit en sautant à bas de sa selle.

Il s'approcha du cheval d'Amanda pour l'aider à mettre pied à terre, mais celle-ci dédaigna la main qu'il lui tendait pour glisser seule au sol, et il ne put retenir une grimace agacée.

— Vous ne devriez pas permettre à votre fille de partir seule dans les collines, reprit-il. Elle y court pas mal de dangers, les sentiers y sont escarpés et glissants. La moindre chute là-haut peut avoir de graves conséquences.

Henry lança à sa fille un regard lourd de reproches.

— J'avoue que je n'y avais pas encore pensé, mais c'est évident. Dorénavant, tu demanderas à un palefrenier de t'accompagner là-haut. A moins que Kit ne veuille y entraîner l'un ou l'autre des chevaux. Auquel cas, tu peux y aller avec lui.

Amanda les regarda l'un et l'autre tour à tour, ses yeux verts plus acérés que des poignards. Pour Kit, la lueur déterminée de ses prunelles disait sans ambages qu'elle préférerait chevaucher en compagnie du diable plutôt que de revivre la scène qui s'était déroulée entre eux près du torrent.

Lui ayant souhaité une bonne journée sur un ton hautain, elle fit virevolter sa jupe d'écuyère et tourna les talons, ce qui amena un demi-sourire attendri sur les lèvres de Kit. Il y avait quelque chose de délicieusement provocant dans toute l'attitude de la jeune femme, dans ses mouvements et dans sa grâce animale.

— Merci, une bonne journée à vous également, madame Claybourne.

Il se tourna vers Henry.

— Quel tempérament que celui de votre fille, dit-il, amusé. Dieu, quel feu !

— A qui le dites-vous ! Il faut l'excuser, Kit. Si elle a mauvais caractère et déteste s'entendre dire ce qu'elle doit faire, c'est que je l'ai certainement très mal élevée… Je vais aller lui parler. Quelques mots bien choisis la convaincront peut-être.

Amanda ralentit en entendant derrière elle les pas de son père qui se hâtait pour la rejoindre.

— Je suis content de te voir monter avec Kit, lui dit-il en

arrivant à sa hauteur. Tu verras que quand tu le connaîtras mieux, tu l'apprécieras toi aussi.

— Nous nous sommes rencontrés dans les collines et il m'a raccompagnée, père, c'est tout. Cela ne change rien à mon opinion sur lui.

— Tu reconnaîtras ton erreur, j'en suis sûr. C'est un type très bien. Un bel homme, aussi, ajouta-t-il avec un regard malicieux, et cela, ne me dis pas que tu ne l'as pas remarqué…

— Tu t'es entiché de lui parce qu'il est expert en chevaux, c'est tout, lui rétorqua-t-elle avec aigreur.

Henry lui lança un coup d'œil soupçonneux.

— Tu ne t'es pas encore disputée avec lui ?

— Non, bien sûr que non, pourquoi dis-tu ça ?

— Une idée. Je sens une gêne entre vous, comme si vous vous étiez querellés.

— Pas du tout. J'admire beaucoup ses talents d'homme de cheval. Mais tu as raison, il y a toujours de l'électricité entre nous. Je suppose que nous nous ressemblons trop. Quand je suis auprès de lui, je me mets à grincer comme une vieille serrure…

— Il me semble que n'importe quelle jeune femme prendrait plaisir à être accompagnée par Kit Benedict, remarqua encore son père. Crois-moi, ce veuf-là ne le restera pas longtemps.

Il lui lança un regard entendu. Cette allusion transparente à son propre prétendu veuvage arracha un soupir à Amanda. Son père était si imprévisible, si prompt à changer d'opinion qu'elle avait depuis longtemps renoncé à le suivre.

— Ne t'inquiète pas, père, tu me reverras mariée, je te le promets, même si tu n'y crois guère. Mais, pour l'instant, je préfère me conduire comme il sied à une veuve, c'est-à-dire dignement.

Elle lui lança un regard de côté.

— Dis-moi, demanda-t-elle prudemment, serais-tu en train de me dire que tu approuverais un mariage avec un homme de la classe sociale d'un Kit Benedict ? Après tout ce que tu m'as expliqué depuis des années sur la respectabilité, les titres, et combien il est important pour un homme d'avoir de solides relations ?

— Euh... Eh bien, fillette, je... Ah, il n'est pas aisé pour un père d'admettre qu'il a fait fausse route ! Ces derniers mois, depuis que j'ai épousé Caroline, m'ont appris ce qu'un mariage devait être. Je veux que tu sois heureuse avec l'époux qui te convient. Tu es ma fille chérie et je ne désire que ton bien, tu le sais. Lorsque tu auras rencontré celui qui sera le bon, je sais que tu ne te tromperas pas. Et alors, celui-là, accepte-le pour ce qu'il est, et tant pis s'il n'appartient pas à notre monde !

Cette déclaration réchauffa le cœur d'Amanda. Elle eut un rire joyeux et glissa son bras sous celui de son père en se serrant contre lui, l'esprit libéré.

— Que ferais-je d'un mari, mon petit papa ? lui murmura-elle. Ne t'ai-je pas dit bien des fois que tu étais le seul homme de ma vie et que je n'en voulais pas d'autre ? D'ailleurs, qui pourrait être aussi merveilleux que toi ?

Rayonnant de fierté paternelle, Henry lui tapota affectueusement la main.

— Ma chérie, mon trésor, tu es aussi belle qu'intelligente, vive, enjouée. Chacun t'aime et tu aimes la vie. Je ne doute pas que tu auras un jour un mari et des enfants.

Après l'incident des collines, Amanda se tint aussi loin qu'elle le pût du chemin de Kit, mais elle ne réussit pas à le chasser de ses pensées. Elle le désirait avec une force qui la laissait interdite. C'était une émotion si puissante, si inattendue aussi, qu'elle essayait d'éviter tout contact avec lui.

Lors d'un week-end de mars, elle rejoignit la grande bibliothèque où une trentaine d'invités buvaient un verre au son d'un orchestre à cordes en attendant le dîner, et elle vit Kit près de la cheminée, un peu à l'écart de la joyeuse assemblée, qu'il regardait avec un air nonchalant d'indulgence amusée.

Son attitude avait quelque chose d'étrange. Il semblait se tenir à l'écart, mais aussi dominer toute la scène qui se déroulait autour de lui. Mince, les hanches étroites, les épaules larges, il était extraordinairement attirant et si sûr de lui, si évidemment détendu qu'il ne détonnait nullement parmi les membres de la bonne société campagnarde des alentours. On l'eût pris pour l'un des leurs.

Toutes les émotions qu'Amanda avait cherché à enfouir resurgirent soudain à la surface. Elle sentit la colère l'envahir à le voir se mêler ainsi aux invités de son père. Bien sûr, elle se doutait bien qu'il avait été convié à les rejoindre, mais s'il avait eu la moindre délicatesse, il eût dû refuser sous un prétexte ou un autre !

Pour tenter de se donner une contenance, elle prit une profonde inspiration et se saisit d'un verre de sherry sur le plateau que lui tendait un domestique, avant de s'avancer dans la pièce, saluant tel ou telle au passage.

Caroline, resplendissante dans une robe de satin rose, vint la rejoindre. En hôtesse accomplie, elle rayonnait de bonheur à voir la soirée s'annoncer sous d'heureux auspices.

— Tout se déroule très bien, n'est-ce pas ? lui chuchota-t-elle.

— Parfaitement. Vous vous êtes surpassée, Caroline.

— Avec votre aide, ma chérie. Avec votre aide...

— Je n'ai fait que quelques suggestions, rien de plus, répondit Amanda en souriant. Et puis, vous êtes ravissante, l'hôtesse parfaite. Père est certainement très fier de vous ce soir…

Caroline lui rendit son sourire avec tendresse.

— Merci, Amanda. Je vous retourne le compliment quant à votre toilette. Cette couleur vous va si bien !

Elle détailla avec approbation la robe de soie crème que portait Amanda, avec sa coupe moderne qui s'ajustait à la taille pour s'évaser sur l'arrière en une tournure ou « crinolette » ornée de volants cascadant jusqu'au sol. Le tissu prenait magnifiquement la lumière et s'accordait divinement au feu cuivré de ses cheveux.

— Je suis si heureuse que vous ayez finalement décidé d'abandonner les tenues de deuil ! Et je sais qu'Henry en est soulagé aussi. Vous êtes bien trop jeune et jolie pour porter des couleurs tristes ! Allons, amusez-vous, ne restez pas ainsi dans votre coin…

Elle lui prit le bras d'autorité et jeta un regard circulaire autour de la pièce, s'arrêtant sur Kit, près de la cheminée.

— Je crois que notre ami apprécierait un peu de compagnie, lui souffla-t-elle à l'oreille. Il ne connaît personne parmi les autres invités. Si vous alliez un peu lui parler ?

Sans bouger, Amanda regarda la haute silhouette d'un œil sceptique.

— Croyez-vous ? répliqua-t-elle. Je me demande pourquoi il a été convié à cette soirée…

— Mais pourquoi pas ? Tout le monde est très intrigué par sa réputation d'entraîneur. Aussi votre père a-t-il pensé qu'il devait être là ce soir. On parle beaucoup de lui dans la région, plus que de n'importe qui d'autre, en fait. Sa discrétion et le fait qu'il ne cherche pas à se mêler à la vie sociale des alentours intriguent beaucoup. C'est un homme plein de mystère que ce M. Benedict...

— Etant donné qu'il passe le plus clair de son temps avec les chevaux, dit Amanda avec humeur, il ne doit lui en rester pour rien d'autre, je suppose ! Je continue à penser que vous n'auriez pas dû l'inviter.

Caroline la regarda un moment, l'œil rond de surprise.

— Kit se comporte avec autant de retenue et de discrétion que n'importe quel autre invité, fit-elle remarquer.

Et, se penchant à son oreille, elle ajouta :

— Outre qu'il est sans conteste le plus bel homme de l'assemblée ! Je vois ici quelques jeunes dames qui brûlent d'envie qu'il les remarque...

— Vous devriez les lui présenter, cela m'éviterait d'avoir à lui faire la conversation, répliqua Amanda avec aigreur.

Elle venait de vérifier les dires de Caroline : plusieurs jeunes femmes dévoraient Kit des yeux, prêtes à fondre sur place pour un seul de ses regards. Mais probablement y était-il habitué ?

Sa belle-mère n'en croyait pas ses oreilles, stupéfaite de cette détestation affichée.

— Je sais que vous n'avez pas une très haute opinion de Kit — quoique je me demande vraiment pourquoi — mais, la gourmanda-t-elle, j'aimerais vraiment que vous fassiez l'effort d'être aimable avec lui, ne serait-ce que pour faire plaisir à votre père, si ce n'est pour d'autres raisons.

— Je n'ai pas particulièrement d'opinion sur lui, Caroline, répondit Amanda avec un brin de nervosité. Je le connais mal, mais disons qu'il ne m'a pas fait une bonne impression à notre première rencontre.

Devant la prière muette que lui adressait sa belle-mère, elle hocha la tête.

— Oh, très bien, je vais aller lui parler, pour vous faire plaisir.

Kit regardait les membres de la bonne société du Derbyshire avec un certain dédain. Il constatait une fois de plus qu'il s'était tenu depuis trop longtemps à l'écart de ce genre de personnes pour prendre le moindre plaisir à leur compagnie. Au sein du joyeux groupe qu'ils formaient autour des O'Connell, il ne se sentait pas à sa place et regrettait sa solitude habituelle.

Il avait cependant remarqué Amanda dès qu'elle était entrée dans la bibliothèque. Brillant de tous ses feux à la lueur des chandeliers de cristal, elle lui était apparue, rayonnante et légère, comme le plus délicat et le mieux coloré des papillons de l'été. Ses épaules et ses bras nus étaient une invite lancinante aux baisers. Il l'avait vue s'arrêter sur le seuil, ses grands yeux faisant le tour de la pièce et ne se posant qu'un bref instant sur lui, pour s'avancer ensuite et échanger sourires et plaisanteries avec les invités. Son rire cristallin le bouleversait chaque fois qu'il l'entendait résonner. Le désir qu'il avait d'elle lui tordait le ventre et lui gonflait le cœur, le laissant abasourdi par la violence de ses sentiments.

Lorsqu'elle se dirigea vers lui après s'être entretenue quelques instants avec Caroline, il n'eut que le temps de recomposer son éternel masque de cynisme amusé.

— Merci de m'avoir pris en pitié, lui dit-il avec un sourire lorsqu'elle l'eut rejoint.

— Caroline me l'a demandé. Je ne pouvais pas le lui refuser. Que faites-vous ici ?

Il eut un ricanement bref.

— J'essaie de séduire ma femme… Rude tâche !

Sous le regard furieux qu'elle lui lança, il se remit à rire.

— Allons, ne craignez rien. Je ne suis ici que pour faire plaisir à votre père… et aussi pour avoir une chance de vous voir. Je ne goûte guère ce genre de réunions, mais vous apercevoir au milieu de tant de gens vaut mieux que de ne plus jamais vous avoir sous les yeux.

— Pourquoi faire ? demanda-t-elle sèchement. Pour mieux me rappeler notre marché ?

— Absolument, ma chère épouse. Mais cessez donc de fulminer ainsi, votre belle-mère nous regarde.

Immédiatement, Amanda plaqua sur ses lèvres un sourire contraint, sans cesser de le fusiller de l'éclat de ses yeux verts.

— Je *ne suis pas* votre chère épouse !

— Et modérez votre voix, je vous prie. On pourrait vous entendre.

— Si j'avais su que père vous avait invité, j'aurais prétexté une migraine et serais restée dans ma chambre, ragea-t-elle.

— Prétendriez-vous qu'à l'heure qu'il est vous n'êtes pas — pas encore — tombée follement amoureuse de moi ? lui susurra-t-il avec un grand sourire.

— Espèce de fat et d'arrogant personnage ! Jamais, vous m'entendez, jamais je ne le serai ! Nous sommes absolument incompatibles. En fait, je pense que vous n'existez que pour me contrarier. Pourquoi ne partez-vous pas et ne me laissez-vous pas tranquille ?

Loin d'avoir l'effet qu'elle en escomptait, ces rebuffades cinglantes ne firent qu'élargir davantage son sourire.

— Partir ? Et vous laisser à la merci de tous ces loups qui vous guettent à chaque détour du chemin ? chuchota-t-il en laissant errer son regard sur les célibataires qui les observaient à distance et paraissaient bien prêts, en effet, à se jeter sur la jeune femme comme sur une proie délicieuse, aussitôt qu'il aurait tourné le dos.

Amanda le dévisagea avec surprise.

— Que croyez-vous donc être ? Mon protecteur, comme vous le prétendiez dans les collines ?

— Non, votre mari. Vous êtes à moi, et gare à qui prétendrait vous approcher d'un peu trop près.

Les yeux de la jeune femme étincelèrent de colère.

— Votre entêtement n'a pas de bornes, laissa-t-elle tomber. Il me laisse sans voix.

— Vous êtes une femme mariée, conduisez-vous comme telle.

— Comment osez-vous... ?

— Une épouse merveilleuse, enchaîna-t-il en souriant. Et si belle... Je suis bien aise de vous voir abandonner ces tristes vêtements de deuil. Ils ne vous allaient pas du tout, mon cher amour.

— Taisez-vous !

— Je me tairai... pour le prix d'un baiser de vous.

— Jamais ! j'aimerais mieux embrasser un serpent à sonnette.

— Gardez-vous bien, car je vous promets qu'aucune armure ne vous protégera de moi. Je vous sais vulnérable, ne l'oubliez pas...

Un sourcil ironiquement levé, il regarda les traits délicats d'Amanda, puis son regard descendit plus bas, vers sa poitrine qui se soulevait de colère, avant de revenir à ses yeux verts.

— Je veux une véritable union, reprit-il avec une véhémence contenue. Un vrai mariage, et rien de moins ! Vous avez reçu mon nom comme vous le vouliez. Il vous faut maintenant remplir votre part du contrat. Vous ne pouvez effacer votre parole ni la renier, quelque désir que vous en ayez. Rappelez-vous bien une chose : c'est vous qui êtes venue me chercher dans ma cellule. La situation dans laquelle nous nous trouvons tous deux, c'est vous et vous seule qui l'avez créée, bien que j'en partage la responsabilité pour avoir accepté votre marché. Il faudra bien, un jour ou l'autre, que vous regardiez la réalité en face.

Amanda considéra Kit un instant, incertaine, et soudain elle se sentit stupide et vaine. Il disait la simple vérité. Il n'y avait pas lieu de s'en offusquer.

Elle le regarda avec un respect tout neuf.

— Vous avez raison, murmura-t-elle. Je regrette ce que je vous ai dit. J'ai bien conscience que je dois affronter mes responsabilités. Mais, à la vérité, je ne sais pas du tout comment, c'est là le problème. Je vous fais toutes mes excuses sur la façon dont je me suis conduite, et il n'est pas facile pour moi, croyez-le, de m'excuser. Mais je suis… j'étais… très confuse, ces derniers temps.

Les yeux de Kit disaient clairement combien il approuvait ce changement d'attitude aussi bienvenu que soudain. Il comprenait son trouble et sa confusion, en devinait les causes profondes.

— C'est compréhensible, dit-il doucement. Ce n'est pas si souvent qu'une femme voit son mari revenir d'entre les morts. Vous m'en voulez ?

— Je vous en veux, en effet. Mais pas pour cela.

— Je suppose que votre ressentiment vient du fait que je sème le désordre dans votre vie bien organisée. Mais vous compliquez inutilement les choses, Amanda.

— Vraiment ?

— Mais bien sûr, et vous le savez…

Les yeux sombres de Kit caressèrent un instant sa bouche avant de se fixer sur les siens pour ne plus les lâcher.

— Ce que je recherche, moi, est fort simple, comme vous n'avez pas pu manquer de le remarquer. Je joue ma partie avec calme et patience, mais je ne serai pas satisfait tant que vous ne serez pas à moi.

Il leva la main et lui caressa légèrement la joue.

— A moi, tout entière, murmura-t-il.

Sa voix douce et chaleureuse avait d'étranges effets sur le cœur d'Amanda et la délicatesse de son toucher produisait en elle une délicieuse émotion qui la faisait rougir. Dans cette pièce pleine de monde, c'était soudain comme si elle était seule avec lui. Toutes les autres personnes semblaient s'être fondues dans un brouillard indistinct. Elle n'était pas pour autant conquise, elle en voulait toujours à Kit de se moquer éperdument des airs supérieurs qu'elle lui opposait. Quant à l'attirance quasi magnétique qu'il suscitait en elle, elle avait de plus en plus de mal à la dissimuler.

Se composant tant bien que mal une contenance, elle recula d'un pas, regardant autour d'elle pour vérifier que personne n'avait vu l'entraîneur de son père lui caresser la joue.

— Kit, je vous en prie, souffla-t-elle, surveillez vos manières et tenez-vous !

Il sourit lentement avant de répondre.

— Mes manières ? Mais que voulez-vous qu'elles soient, mon cœur ? Celles d'un gentleman ? Alors que je ne suis qu'un employé peu au fait des règles du grand monde ?

— Si vous restiez aux écuries ou dans votre cottage, cela serait sans doute mieux, alors.

Ses prunelles parurent s'assombrir encore.

— Ah oui, mon cottage. Peut-être aimeriez-vous y faire un saut, un de ces jours ? Je vous le ferai visiter… Le lit vous plaira : profond et moelleux, avec un matelas de plume, et assez large pour deux.

Elle devint écarlate en imaginant ce qu'il sous-entendait.

— Je ne suis pas de celles qui entrent facilement dans le lit d'un homme, lui répliqua-t-elle sèchement. Pas sans amour, en tout cas.

— C'est bien d'amour justement qu'il s'agit, Amanda. Comment vous persuader de risquer dans une nuit de passion les défenses qui me barrent l'accès de votre cœur ? Peut-être y trouverez-vous de l'agrément et en voudrez-vous davantage ?

— Quelle arrogance de penser que vous pouvez m'amener par votre seule volonté à avoir envie de vous ! Le croyez-vous vraiment ?

Il s'approcha plus près, de nouveau, et son sourire se fit carnassier.

— Jugez-en par vous-même, jeune femme. Vous serez à moi, et de votre plein gré. Je n'ai aucun doute là-dessus.

La lueur dans les yeux de Kit, le ton rauque de sa voix, son sourire, tout cela sonnait comme un défi… et un avertissement.

— Cela n'aurait rien d'un crime.

— Cela pourrait s'avérer dangereux.

— Un peu de danger épice l'existence.

— Ma vie est suffisamment excitante, martela-t-elle avec agacement, pour que je ne ressente pas le besoin d'entretenir une liaison illicite avec l'entraîneur des chevaux de mon père.

Comme elle tournait les talons pour s'éloigner, Kit l'arrêta en la saisissant par le bras.

— Ce que je veux vivre avec vous, Amanda, ce n'est pas une simple aventure, lui dit-il, mais quelque chose de bien plus profond. Il faut que nous en parlions ensemble, mais pas ici. Je serai chez moi ce soir, viendrez-vous ?

Elle s'écarta vivement de lui, effrayée à l'idée de se trouver seule avec Kit dans son cottage, à sa merci. Mais la conversation qu'il souhaitait était nécessaire entre eux, elle en était bien d'accord. Il restait trop de choses à régler pour l'avenir.

— Si je puis, oui, acquiesça-t-elle.

6.

La nouvelle Mme O'Connell avait décidément tous les talents et mettait au service de son ménage une éducation de parfaite maîtresse de maison acquise depuis l'enfance. Sous ses ordres, le personnel s'était surpassé et le dîner fut splendide.

La longue table d'acajou avait été polie jusqu'à briller comme un miroir. Des bouquets colorés en occupaient le centre et égayaient le décor, évitant l'effet trop formel qu'auraient pu donner la nappe de dentelle immaculée et la somptueuse porcelaine anglaise, assortie à l'argent massif des couverts et aux verres en cristal taillé, le plus délicat que l'on pût trouver. Caroline avait concocté le menu avec soin, veillant à ce que les plats fussent parfaitement préparés sans que ce dîner entre amis et voisins eût la solennité d'un banquet d'apparat.

Amanda eut son mari — puisqu'il lui fallait lui donner ce nom — pour vis-à-vis durant le repas. Il était assis à la droite de son père, et il lui fut impossible de l'ignorer. Cent fois leurs regards se croisèrent, celui de Kit toujours plein de désir et de séduction. Les joues en feu, elle essaya sans grand succès de paraître détendue et sereine.

Quand le dîner fut terminé, les dames se levèrent et suivirent Caroline dans le salon, laissant les messieurs entre eux comme le voulait l'usage. En caquetant et gloussant comme des poules, elle s'abandonnèrent au confort douillet des fauteuils et des sofas en discutant de sujets frivoles. Lorsque les messieurs les rejoignirent, tout le monde reflua en direction de la bibliothèque, où les musiciens venaient d'attaquer une première valse.

Les couples de danseurs se formèrent alors au centre du parquet ciré.

Sans qu'elle l'eût prévu, Amanda chercha instinctivement Kit du regard. Ne le trouvant pas, elle se sentit envahie par une déception incongrue, mais il était juste derrière elle, à quelques centimètres à peine. Instantanément elle sentit sa présence, aussi palpable que s'il l'avait prise à bras-le-corps. Son cœur se mit à battre très fort. Quand il parla, elle sentit son souffle chaud sur sa nuque.

— Voulez-vous danser, Amanda ?

Avant qu'elle eût pu soulever la moindre protestation, il posa sa main au creux de ses reins et s'empara de la sienne pour la faire tournoyer en rythme. Le plaisir de se sentir entre ses bras la prit par surprise. Mais aussi légère que fût la prise de ses mains posées sur elle, elle était de fer : elle se demandait presque s'il voudrait la lâcher jamais.

Dans un brouillard, elle surprit le regard interrogateur de Caroline, étonnée mais ravie de la voir danser avec Kit, et se demanda ce qu'on allait penser d'elle à la voir ainsi valser au bras de l'entraîneur des chevaux de son père. Mais au bout d'un moment, elle n'y pensa plus, toute au plaisir de virevolter à l'unisson d'un excellent danseur, qui la menait avec beaucoup de grâce et d'élégance. Commençant à se détendre, elle s'abandonna au rythme avec un entrain que Kit ne put manquer d'apprécier.

— Regardez-moi, lui murmura-t-il.

Elle obéit, il plongea ses yeux dans les siens et demanda :

— Vous a-t-on déjà dit que vous dansez divinement, madame Claybourne ?

— Oui, assez fréquemment, merci pour le compliment. Que je vous retourne, monsieur Benedict, avec un peu de surprise…

Il leva un sourcil amusé.

— Pourquoi ? Est-ce un si étrange phénomène, qu'un entraîneur de chevaux sache danser ?

— Du tout, et c'était dit sans vouloir vous offenser… Est-ce que vous passez une bonne soirée ? ajouta-t-elle pour tenter de maintenir leur échange dans le cadre de la politesse mondaine, en essayant d'oublier un peu les battements de son cœur.

— Pas exactement. Je ne suis ici que pour vous, et vous le savez bien.

— Peut-être ne devriez-vous pas vous montrer si… sélectif, remarqua-t-elle, un brin provocatrice. Il y a ici nombre de dames tout à fait charmantes, qui meurent certainement d'envie que vous les fassiez danser. J'en connais qui sont des plus gracieuses… Je dirais même, si je l'osais, qu'à la vue d'une proie telle que vous, leur instinct de chasseresses a dû se réveiller.

Kit laissa distraitement errer son regard sur l'assistance. Il nota en effet de jolis sourires d'invite, des battements de cils et des joues qui rosissaient à sa vue. Mais il s'en moquait bien et revint poser ses yeux sur ceux d'Amanda, aux paupières mi-closes.

— J'ai bien peur de décevoir toutes ces blondes et toutes ces brunes, badina-t-il. Mon cœur est déjà pris, captif d'une très jolie rousse qui, je l'espère, éprouvera elle aussi bientôt de tendres sentiments pour moi. Ce que je veux, Amanda, c'est rester seul avec vous.

— Et vous obtenez toujours ce que vous voulez, sans doute ?

— Je vous aurai, vous, affirma-t-il, comme pour clore la discussion.

Il sourit avec satisfaction en voyant rosir les joues de la jeune femme.

— Détendez-vous, voyons, lui conseilla-t-il.

— Je suis tout à fait détendue.

— Ce n'est pas le message que m'envoie votre corps. Allons, abandonnez-vous à la musique et amusez-vous. Je suis sûr que vous survivrez à cette danse.

— Il est difficile d'être à ce que l'on fait, quand tout le monde vous observe et jase…

— Cela vous ennuie tant que cela ?

— Après tout, non.

— Je vois là plusieurs mâles qui vous couvent du regard et aimeraient attirer votre attention. Quelle déception lorsqu'ils apprendront que vous n'êtes plus disponible…

Amanda eut un soupir agacé.

— Comme je n'ai nul désir de discuter avec vous de ce point particulier sur une piste de danse bondée, je préfère ignorer votre remarque, dit-elle d'un air pincé. Je connais chacun des messieurs dont vous parlez, et la plupart sont tout à fait charmants.

Kit leur lança par-dessus l'épaule de sa cavalière un regard dépréciateur et dédaigneux.

— Je ne fais pas grand cas d'eux, lâcha-t-il avec mépris.

La jeune femme haussa les épaules.

— C'est la jalousie qui vous fait parler ainsi, ou plutôt, comme toujours, votre insupportable arrogance. Que voyez-vous donc, lorsque vous les regardez ? demanda-t-elle avec un air de défi.

— L'envie et la concupiscence.

De nouveau, il lança un regard dégoûté vers les visages masculins qui dévisageaient sa cavalière comme si on venait de la dresser sur un plat à quelque banquet de cannibales.

— La façon dont ces imbéciles vous regardent et toute la chiennerie qu'on peut lire dans leurs yeux devraient leur valoir le fouet, à tout le moins.

— Je crois que vous êtes tout simplement jaloux, remarqua Amanda d'une voix suave en le considérant du coin de l'œil. Et vous ? Ne croyez-vous pas que vous méritez le même châtiment, pour la manière dont vous me dévorez des yeux ?

— Non, un homme a le droit de regarder son épouse de la façon qui lui plaît.

— Dans l'espoir de me voir décrocher un mari, père exige que je sois aimable avec eux tous. Aussi, à moins que vous ne teniez absolument à vous donner en spectacle, je vous conseillerais de ne pas soulever d'objection lorsque je danserai avec chacun d'eux.

— Aussi longtemps que vous vous souviendrez que vous êtes à moi, conséquence, je vous le rappelle, d'une situation que vous avez vous-même créée.

Il lui sourit d'un air provocant.

— Eh oui, c'est vous qui êtes à blâmer, mon cher cœur, ajouta-t-il dans un soupir ironique. Et vous finirez par comprendre que, lorsque je jette mon dévolu sur quelque chose, on ne me fait pas aisément lâcher prise.

— Il semble en effet que vous soyez particulièrement obstiné.

— Buté, vous voulez dire. Je ne dévie jamais de mon but.

— Et, naturellement, vous obtenez toujours l'objet de vos… attentions ?

— Parfois après des efforts surhumains, mais toujours, conclut-il en la faisant virevolter sur le final de la valse.

— Si je suis l'objet en question, celui de tous vos désirs, alors ce sera la lutte de deux volontés : la vôtre contre la mienne.

— Je n'en ai jamais douté.

Les derniers accords de la valse s'éteignirent, et Amanda ne put rien ajouter, car son père choisit cet instant pour les rejoindre.

Profondément troublée par les derniers mots de Kit et n'ayant plus envie de danser avec quiconque ce soir-là, Amanda s'éclipsa et rejoignit sa chambre pour remettre ses idées en ordre et rafraîchir sa toilette. Elle s'y attarda quelque peu et, lorsqu'elle redescendit, elle préféra passer un moment sur la terrasse baignée par le clair de lune plutôt que de rejoindre les invités. Elle s'appuya à la balustrade de pierre, le regard perdu vers les silhouettes sombres et fantomatiques des arbres, faisant le vide en elle-même, lorsque quelque chose, pas vraiment un son, une impression plutôt, atteignit sa conscience et la fit se retourner.

Elle vit alors la braise incandescente d'un cigare, qui brillait dans l'obscurité.

Kit sortit de l'ombre et s'avança vers elle dans la lumière du clair de lune.

— La compagnie vous ennuie ? lui demanda-t-il d'un air détaché.

— Non, j'avais seulement envie d'un peu d'air. Et vous ?

— Moi aussi, et de quelque chose de plus…

— Quel est donc ce quelque chose ?

Il lança son mégot par-dessus la balustrade et la regarda un long moment avant de répondre :

— Attendez-vous de moi la vérité, ou bien quelque amabilité sans conséquence ?

— La vérité, bien entendu.

Il s'approcha plus près et la regarda bien en face.

— Lorsque vous êtes venue dans ma cellule, vous m'avez en quelque sorte pris au dépourvu, par surprise, ce qui n'est pas, je puis vous le dire, à la portée de la première venue. Voir entrer dans ce trou à rats une jeune et belle visiteuse aurait eu de quoi laisser bouche bée n'importe qui. Mais que dire d'une déesse de votre acabit, venue proposer un tel marché à un condamné ? Vous n'êtes pas la première femme que je rencontre, vous l'imaginez bien, ni même la première pour qui je... m'enflamme, mais vous avez quelque chose de plus...

— Quelque chose de plus ? répéta-t-elle en écho.

Kit hocha lentement la tête.

— Oui. Je vais être franc. Je n'ai jamais rencontré une femme avec plus d'assurance et de confiance en soi — jusqu'à la présomption, parfois — que vous. Auparavant, je croyais les femmes plus profondément semblables que différentes, avec une mentalité commune, mais vous m'avez démontré qu'il n'en était rien. Vous êtes extrêmement intelligente, et je crois que vous vous pardonnez à vous-même bien des travers que vous n'admettriez pas chez les autres. Votre père vous a placée sur un piédestal, c'est visible et je sais que vous le savez. Ce qui pourrait expliquer votre réserve, votre difficulté, voire votre répugnance à nouer une vraie relation avec l'un ou l'autre de ces jeunes mâles qui se traînent à vos pieds. Comme si vous craigniez de découvrir que vous aussi puissiez avoir du sang dans les veines et la passion au cœur.

Quelque peu offensée par ses remarques, elle le considéra froidement.

— Je suis flattée que vous ayez pris le temps de m'analyser ainsi, monsieur Benedict. Mais je me demande bien comment vous répondre. Peut-être suis-je ce que je suis parce que je n'ai pas pu bénéficier de l'amour d'une mère ? Vous avez raison, père m'a placée sur une sorte de piédestal. Mais je n'avais rien demandé. Je l'ai choqué bien des fois, et il va s'étrangler de colère le jour où il découvrira ma dernière frasque. Arranger ce mariage est en effet la chose la plus scandaleuse que j'aie jamais entreprise. Toutefois, et jusqu'à nouvel ordre, il nous faut de la discrétion.

— Et de l'honnêteté.

— Oui, sans doute. Mais je crains bien que père ne m'enferme au pain sec et à l'eau quand il saura…

Kit sourit.

— Il devra d'abord demander la permission à votre mari…

— Quoi qu'il en soit, il sera furieux contre moi. Je me demande parfois pourquoi je n'arrive ni à me comporter ni à m'exprimer comme une dame respectable doit le faire.

— En tout cas, Amanda, je vous conjure de vous exprimer de la façon qui vous plaît quand vous êtes en ma présence, dit-il, ses lèvres sensuelles s'élargissant en un sourire.

Son visage aux traits à présent détendus était d'une telle beauté virile qu'elle ne pouvait en détacher les yeux.

— Je peux être assez désagréablement franche, vous savez, lui confia-t-elle. Et même brutale…

Elle vit soudain flamboyer son regard dans la semi-obscurité.

— Moi aussi. En fait, si vous n'étiez pas ma femme, j'essaierais…

— De faire de moi votre maîtresse ?

Elle l'avait interrompu. Toujours son impulsivité ! C'était comme si la chaleur du corps de Kit, son énergie, vibrait déjà en elle. Pour sa sécurité, pour son bien même, elle devait essayer de se tenir toujours à un pas au moins de lui.

— Bien sûr ! Seul au clair de lune avec une femme à la beauté bouleversante, quel est l'homme sain de corps et d'esprit qui n'aurait pas derrière la tête des idées de séduction ?

— Non, s'il vous plaît, dit-elle en s'écartant prudemment. Si vous essayez, je devrai vous résister de toutes mes forces. Et, avec vous, je ne sais pas jusqu'où elles me soutiendront.

— Vous avez peur, Amanda ? peur de moi ?

— Non, murmura-t-elle. J'ai peur de *nous*.

Kit la regarda longtemps au fond des yeux, puis finalement il soupira.

— Très bien, vous avez gagné... pour cette fois. Mais ne prenez pas cela comme une victoire définitive, ce n'en est pas une.

— Vous ne renoncez pas facilement, n'est-ce pas ?

Il leva un sourcil.

— Non. Et n'oubliez pas que je connais tous vos secrets.

— Pas tous, lui rétorqua-t-elle. Vous savez, lorsque j'ai rencontré Agatha, avant de quitter Charleston, elle m'a dit que vous étiez un chasseur, un trappeur. Que vous suiviez les pistes comme un Indien, en interprétant les indices laissés dans la nature. Vous comprenez qu'il n'est guère plaisant de se retrouver dans la peau d'une proie que l'on traque, n'est-ce pas ?

Il acquiesça brièvement puis recula d'un pas pour lui laisser le passage, ouvrant symboliquement les bras pour signifier qu'il la laissait en paix, un peu comme on libère un oiseau captif.

— Je vous remercie.

— N'oubliez pas, tout de même, que la nuit n'est pas terminée. C'est vous qui avez commencé ce jeu. Je n'ai fait qu'en préciser les règles. Mais je compte bien le jouer jusqu'au bout. J'espère que je vous reverrai, un peu plus tard ?

— Peut-être.

Puis, avec toute la dignité dont elle se sentait capable, elle passa son chemin et retourna vers la bibliothèque.

Plus tard, dans le grand hall, Amanda assistait au départ d'un groupe d'invités.

Son père souhaita chaleureusement bonne nuit à son dresseur émérite qu'elle regarda s'avancer vers la porte. A cet instant précis, M. Quinn parut sur le seuil, seul comme à son habitude. Il s'arrêta et regarda le groupe des invités en partance avec un brin de condescendance.

Elle remarqua aussitôt le visage figé de Kit à la vue de l'homme de confiance de son père et l'éclat sombre de son œil, qui n'augurait rien de bon pour M. Quinn. Ce dernier le salua d'un hochement de tête lorsqu'il passa non loin de lui, et Kit lui rendit froidement son salut avant de sortir.

Elle retourna dans la salle de réception en réprimant un soupir.

Si elle était soulagée que M. Quinn n'ait pas reconnu Kit et ne soupçonne pas sa véritable identité, ce qui aurait encore compliqué les choses, elle se sentait malgré tout déprimée. Kit Benedict était son mari, et bien décidé à le devenir dans toute la pleine acception du terme. Comment se tirer de cette situation inextricable où elle s'était mise ?

Elle passa le reste de la soirée dans une sorte de brouillard. La musique, pas plus que la conversation mondaine, ne parvint à la distraire de ses pensées.

Avant cette soirée, elle était toute prête à blâmer Kit

Claybourne, mais le voir et lui parler l'avait amenée à modifier sensiblement son point de vue. Elle n'éprouvait plus le même ressentiment envers lui, le choc de sa réapparition commençait à s'estomper. Toutefois, le dilemme qu'il représentait était toujours bien présent, elle ne voyait aucune solution se profiler dans le chaos de ses réflexions, et la question de savoir si elle devait ou non se rendre au cottage de Kit n'était pas l'interrogation la moins angoissante.

Soudain, le bruit des invités lui parut celui d'une foule innombrable, et elle ne put plus supporter la compagnie de tous ces gens.

Prétextant une migraine, elle souhaita bonne nuit à son père et à Caroline et monta dans sa chambre. Au passage, elle avertit Nan qu'elle se mettrait au lit seule, puis elle prit un manteau, redescendit à pas de loup et se glissa dehors par une porte dérobée.

La nuit était froide et un vent glacial soufflait entre les arbres. De lourds nuages venus du nord s'amoncelaient au-dessus de sa tête en une masse menaçante et la pluie commençait à tomber.

Elle releva le col de sa pèlerine et se hâta sur le gravier de l'allée, l'œil fixé sur le cottage niché derrière les écuries dans son petit jardin. Une lumière tremblotante brillait à la fenêtre, indiquant que l'occupant des lieux était là.

L'appréhension et même un sentiment de panique s'emparèrent d'elle à l'instant de pousser le portail du jardin. Elle grimaça lorsque les gonds rouillés du battant de bois grincèrent, révélant sans aucun doute son arrivée à Kit. Elle s'avança entre les flaques d'eau, et il ouvrit avant qu'elle ait pu frapper.

Son visage était impassible, quasi impénétrable. Il avait retiré la queue de pie, le gilet et la cravate blanche de son habit de soirée. Sa chemise était ouverte sur son cou.

Comme elle hésitait sur le seuil, il tendit la main, l'attira à l'intérieur et referma la porte.

Elle regarda autour d'elle, interdite.

La pièce aux poutres apparentes était éclairée par des lampes à pétrole dont la lumière dorée faisait briller les ustensiles de cuivre et projetait les ombres sur les murs blanchis à la chaux. L'endroit sentait bon l'encaustique, la cire d'abeille, et elle pouvait y déceler également l'odeur de savon et de cuir de Kit.

Elle était bel et bien dans son domaine et commençait à ressentir les effets de son pouvoir. Jusque-là, elle était plutôt sûre d'elle-même, mais à présent elle se sentait étrangement confuse et vulnérable, alors que Kit, lui, paraissait assuré et volontaire.

Il alla remettre des bûches dans le feu puis se tourna vers elle dans la lumière rougeoyante des flammes.

— Venez ici, Amanda.

Ce n'était pas vraiment un ordre, mais plus ferme qu'une simple prière.

Hypnotisée par sa voix et ses yeux sombres, elle obéit, avançant comme dans un rêve, un frisson lui parcourant l'échine.

— Enlevez votre manteau.

— Je… je ne préfère pas.

Ne tenant aucun compte de cette réticence, Kit défit les premiers boutons de la pèlerine.

— J'insiste. Vous auriez froid en ressortant tout à l'heure…

Il l'aida à la retirer et jeta le lourd vêtement sur le dossier d'une chaise. Puis il la regarda intensément.

— Je suis content que vous soyez venue.

— J'ai bien failli ne pas m'y résoudre.

— Peur ?

Elle acquiesça.

— De vous, de moi…

— … De ce qui pourrait arriver, acheva-t-il tranquillement.

— Oui, je suppose. Mais vous avez raison, il y a un abcès à vider. Nous devons parler.

— Il y a même beaucoup de choses dont nous devons discuter.

Troublée par sa proximité, elle s'écarta. Il y avait en lui une sorte de pouvoir, de charme tout intérieur, qui n'avait pas grand-chose à voir avec sa beauté virile, son physique impressionnant ou son sourire nonchalant.

— Vous… vous êtes bien, dans ce cottage ? demanda-t-elle, instantanément consciente que la question prêtait à sourire.

— Votre père a tout prévu pour que je le sois. Une servante vient même tous les jours du château pour faire le ménage et s'assurer que je n'ai besoin de rien.

— Une servante ? répéta-t-elle, sa curiosité piquée au vif. Laquelle ?

— Sadie Jenkins.

Elle se raidit, hérissée comme un porc-épic.

— Sadie ? Mais elle est…

Kit leva un sourcil, une lueur amusée dans l'œil.

— … très efficace, plutôt jolie à regarder — un vrai visage d'ange —, et elle lie volontiers conversation.

— Oh, je sais, répliqua-t-elle plus sèchement qu'elle ne l'aurait voulu. C'est la plus grande rapporteuse de ragots du canton. Ajouterai-je qu'elle distribue ses faveurs avec la plus grande libéralité ? Tous les mâles d'Eden Park lui mangent dans la main.

— Je me suis aperçu de cela également, répondit Kit qui

voyait parfaitement où elle voulait en venir. Je me tiens sur mes gardes lorsqu'elle est dans les environs.

Son sourire s'élargit encore.

— … Seriez-vous jalouse, mon amour ?

Elle contint un début de colère.

— Jalouse ? d'une petite bonne ? Certainement pas, et d'ailleurs je ne suis pas venue pour parler des domestiques.

— Non, mais de nous, ce que je trouve infiniment plus intéressant.

— Vous devez comprendre que nous n'avons aucun avenir en commun, attaqua-t-elle. Ne voyez-vous pas qu'il est inutile d'espérer une chose dont vous conviendrez qu'elle est impossible si vous faites l'effort de rester rationnel ?

— Pourquoi ? Parce que vous êtes la fille d'un riche industriel et moi un entraîneur, un dresseur de chevaux, un employé, pour citer vos expressions favorites ?

Amanda se rembrunit. Voir ainsi ses propres mots lui revenir en pleine face était pour le moins désagréable, d'autant que Kit n'avait pas tort, elle le savait bien. Il n'avait peut-être aucun titre de noblesse, nulle prétention d'appartenir à la *gentry*, mais c'était un homme honorable et fier, dont la dignité était visible sur le visage comme dans le comportement.

— Je l'ai dit, il est vrai, et je m'en excuse. Tout cela, croyez-le ou non, ne compte nullement pour moi. Mais ces choses ont une réelle importance pour mon père.

Il la regarda, l'air à la fois amusé et provocateur.

— Malgré ma situation très subalterne, il est possible que sa réaction à la nouvelle de notre mariage vous surprenne. Songez combien, après tout, il serait soulagé de vous voir enfin mariée et prête à lui donner les petits-enfants qu'il vous réclame.

— Je suis loin d'être prête pour ce genre de choses, et ne me dites pas que c'est ce que vous souhaitiez vous-même…

Il sourit.

— J'ai toujours su m'adapter aux circonstances.

— Je vous l'accorde, c'est moi qui suis responsable de ce cauchemar. Je ne puis le nier.

— Un cauchemar ?

Il se raidit. Visiblement, il n'appréciait pas ce terme.

— Je suis désolé si c'est ainsi que vous voyez notre relation. Je ne souhaite pas le moins du monde représenter cela pour vous.

— Non, je sais que non.

Elle prit une pause pour affermir son courage et reprit dans un souffle :

— C'est pourquoi je veux divorcer. C'est la seule issue possible.

Kit secoua lentement la tête d'un air dégoûté, comme s'il s'attendait à cette proposition et la rejetait déjà.

— Un divorce ! Et voulez-vous me dire comment vous iriez au bout d'une telle procédure sans que votre père soit au courant ?

— Je n'en sais rien. Je n'ai pas encore réfléchi à tous les détails. Je suppose qu'il faudra faire appel à des avocats et tout ce genre de choses. Mais je suis certaine que nous pouvons y arriver.

— Non, Amanda. Vous allez perdre votre temps. Cela ne vous mènera à rien et risque de se révéler très embarrassant pour vous.

— Comment cela ?

— Je refuse de vous accorder le divorce, dit-il fermement.

— Alors je serai contrainte de faire annuler le mariage pour non-consommation.

Les yeux de Kit se rétrécirent et prirent un éclat dur.

— Je me demandais au bout de combien de temps vous

y viendriez… Mais puisque vous parlez de « détails », je crois que j'ai moi aussi quelques droits juridiques que je pourrais faire valoir.

La panique s'empara de nouveau d'Amanda. Les choses ne se passaient pas du tout comme elle l'avait prévu.

— Je vous en prie, Kit, implora-t-elle, une annulation ne serait pas difficile à obtenir étant donné les circonstances…

— De quoi parlez-vous ? Du fait que vous êtes vierge ? Et croyez-vous que quiconque le croira, quand on saura que vous êtes venue nuitamment me retrouver chez moi ?

— Mais il ne s'est rien passé ! tempêta-t-elle. Nous le savons, vous et moi. Divorcer est la meilleure solution pour nous deux. Vous ne pouvez pas ne pas vous en rendre compte !

Kit la regarda avec douceur.

— Amanda, je comprends que la situation soit un dilemme pour vous, mais je n'ai pas l'intention de rompre notre contrat. En aucun cas. Nous sommes unis par des liens que rien ne peut rompre. Un jour…

Il s'approcha.

— Un jour, une jeune femme très convaincante, avec un visage et une silhouette inoubliables, est venue me voir dans ma cellule. Quand elle est partie, elle avait à jamais imprimé son souvenir dans mon âme et fait s'envoler mon imagination à des hauteurs que je n'aurais pas cru pouvoir atteindre. Et lorsque, par miracle, j'ai été libéré, je n'ai eu plus qu'une seule idée : la retrouver. C'est fait à présent, et plus jamais je ne la laisserai partir.

Les mots de Kit ravivèrent le conflit intime qui bouleversait le cœur et l'esprit d'Amanda, le faisant croître de façon aussi tumultueuse que vertigineuse. Pour tenter de se libérer à la fois de l'emprise de sa présence et de la discussion elle-même, elle s'écarta encore. Mais, déjà, elle ne se sentait plus tout à fait une victime innocente comme auparavant.

— Etes-vous toujours aussi entêté ? ragea-t-elle.

— Je crains que ce ne soit un de mes petits défauts, répliqua calmement Kit. Et maintenant, assez parlé de divorce. Cela ne nous mènerait nulle part. Pardonnez-moi mes mauvaises manières, je n'ai pas l'habitude de recevoir de visites. Mais je suis bien content que vous soyez là. Je vous en prie, mettez-vous à l'aise. Voulez-vous un peu de madère ?

Amanda s'assit sur le canapé devant la cheminée. Kit remplit deux verres et lui tendit le sien avant de s'asseoir en face d'elle dans un fauteuil à haut dossier.

Elle but une gorgée. Le vin riche et long en bouche apporta comme un rayon de soleil à son esprit troublé. Après quelques instants de silence en compagnie de Kit, elle sentit de nouveau ce petit pincement au cœur, ce plaisir mêlé de gêne qu'elle ressentait toujours auprès de lui.

Etrangement, elle n'était pas déçue par le refus de Kit d'envisager un divorce. Au fond d'elle-même, elle s'y attendait. Tant qu'elle n'aurait pas exécuté sa part du marché, il serait ainsi, comme un chien veillant jalousement sur son os. Elle était jeune et n'avait aucune expérience véritable de l'amour. Kit Claybourne était fort, viril, et ses yeux brûlaient d'une passion indomptable. De par son propre caractère passionné, elle brûlait de goûter à ce feu dévorant, de le savourer, de s'en délecter. Cet homme n'était-il pas le partenaire rêvé ? Pourtant elle reculait encore, effrayée par le bouleversement que cet homme amenait dans sa vie, les émotions qu'il suscitait en elle.

Le vin, la lumière douce et tamisée, le bruit de la pluie sur les carreaux et le bon feu qui craquait dans la cheminée, tout cela se liguait ensemble et commençait à agir. Le cottage était chaud, apaisant et confortable… S'il refusait de la laisser partir et exigeait son dû maintenant, combien de temps pourrait-elle résister ?

Elle regarda son compagnon du coin de l'œil. Il la regardait intensément de ses yeux sombres, les plus beaux qu'elle eût jamais vus.

Elle sourit.

— Si vous avez l'intention de me séduire, lui dit-elle, je vous préviens que je ne me laisserai pas faire.

Kit rit doucement.

— Comme la dernière fois où je vous ai tenue dans mes bras ? Dans mon souvenir, vous n'avez pas beaucoup résisté… Je n'ai pas la moindre intention d'employer la force, rassurez-vous. Avec vous, la douceur et la sensualité sont bien plus efficaces. Détendez-vous, mon amour, il ne vous arrivera rien que vous ne souhaitiez pas.

Lui-même s'adossa confortablement dans son fauteuil, jambes croisées.

— Dites-moi plutôt, reprit-il, ce que vous pensez du mariage en général. Ce que vous en attendez…

Elle réfléchit un instant avant de répondre.

— Ce que toutes les femmes en attendent, je suppose. Aimer, être aimée, être heureuse, que ce soit véritable et que cela dure longtemps… Du moins en théorie, car en réalité je préférerais ne jamais me marier et pouvoir voyager, peindre, dessiner, faire toutes ces choses qu'une jeune femme n'a jamais le droit de faire.

— Vous peignez ?

— Parfois, bien que je sois débutante et pas vraiment douée, il faut le reconnaître. J'aimerais aussi avoir des expériences artistiques, intellectuelles, philosophiques, voir tous les endroits fascinants dont j'ai entendu parler : l'Italie, la France, l'Egypte…

Le seul fait de prononcer ces noms-là lui allumait une flamme dans les yeux, et son cœur ressentait un manque souvent éprouvé.

— Vous avez tout de même élargi votre horizon en partant pour l'Amérique. Cela ne vous a donc pas suffi ?

— Non, cela n'a fait qu'accroître mon désir de voyager. Quelle belle vie ce serait ! Les hommes ont de la chance de pouvoir faire ce qui leur plaît. Oui, vraiment, je vous envie. Les femmes n'ont que peu de contrôle sur leur propre vie, vous savez…

Kit la regarda avec surprise.

— Mais vous êtes riche, remarqua-t-il. Cela rend tout de même les choses plus faciles, ne croyez-vous pas ?

Elle le regarda bien en face.

— C'est ce que je voulais en vous épousant, expliqua-t-elle. Devenir indépendante, m'affranchir de la tutelle de mon père. Mais les choses n'ont pas tourné comme je le souhaitais. Puisque vous êtes revenu et que vous ne voulez pas divorcer, je ne peux plus faire ce que je veux.

Kit considéra pensivement Amanda.

La voix de la jeune femme était grave, mais il était soulagé de ne pas y déceler de véritables regrets. Elle donnait plutôt l'impression qu'elle avait examiné toutes les possibilités, pour en conclure finalement qu'elle n'avait aucun moyen de contourner l'accord qu'ils avaient conclu.

— Je ne vois pas le mariage sous des dehors aussi sombres, répliqua-t-il. Dans le nôtre, je vous l'assure, il y aura place pour la joie et le rire…

Réveillé par la dernière déclaration d'Amanda, un souvenir vieux de six ans lui revint alors à la mémoire, et il se troubla. Instantanément il le chassa et, craignant qu'elle ne s'aperçoive de ce trouble, détourna le regard vers les braises incandescentes du foyer.

— Vous avez l'âme très romanesque, dit-il doucement.

— Il y a aussi que mes parents se sont aimés passionnément, expliqua-t-elle. Quitte à me marier, je veux connaître cela moi aussi.

Il songea amèrement que les siens avaient gâché leurs vies. Il se leva, le dos aux flammes, et posa son verre vide sur le manteau de la cheminée.

— L'amour est une bien belle chose, répondit-il, mais dans la plupart des cas cela n'a rien à voir avec le mariage. Regardez autour de vous les couples que vous connaissez, qui appartiennent au même milieu que vous. Beaucoup sont amoureux, je vous l'accorde, mais rarement de leurs conjoints…

Amanda sourit.

— Vous devez trouver mon sentimentalisme ridicule…

— Bien au contraire, mais nombreux sont ceux qui pensent que mariage et amour sont deux choses radicalement séparées, qui n'ont rien à faire l'une avec l'autre. Que leur répondez-vous ?

— Qu'une personne qui a de telles opinions doit être bien tristement cynique. Passer toute une vie auprès de quelqu'un que l'on n'aime pas, pour qui l'on a tout au plus une attirance passagère, c'est une existence bien misérable. Vous, Kit, vous croyez donc que l'amour n'est pas une part nécessaire du mariage ?

— Peut-être, peut-être pas… Qui suis-je pour trancher ? Mais cela peut être un additif agréable, pourvu, bien entendu, que l'on n'en perde pas la raison au passage.

— Vous savez, en fait, je pense qu'il n'était pas nécessaire que je vous épouse.

— Pourquoi dites-vous cela ? demanda-t-il en rejoignant Amanda sur le canapé et en s'asseyant de côté pour mieux la regarder.

— A présent que vous avez fait la connaissance de mon père, peut-être comprenez-vous mieux pourquoi j'ai agi ainsi.

Voyez-vous, en tant que fils d'un portefaix, il n'avait rien à attendre de la société. C'est pourquoi, à ses débuts, le travail primait sur tout le reste.

— Il est terriblement résolu, c'est une évidence. C'est bien pour cela qu'il est arrivé là où il se trouve à présent.

— Oui, si vous voulez. A part son travail, il a toujours adoré la chasse à courre, galoper derrière la meute… A présent, il a des amis avec qui partager cette passion, mais cela n'a pas toujours été le cas. C'est un sport avant tout réservé à l'aristocratie.

— Vous voulez dire qu'ils l'ont snobé ?

— Il n'était pas le bienvenu parmi eux. Au début, il n'était pas même invité. Ils peuvent être assez vindicatifs, vous savez, tous nos lords et ladies. Ceux qui sont sortis de rien en savent quelque chose, ces gens ont le temps pour eux et sont implacables. Seul son extraordinaire instinct de survie l'a protégé jusqu'ici.

— Votre père est un type bien. Ceux qui le battent froid ne méritent rien d'autre que son mépris.

— Vous avez sans doute raison. Personnellement, je me moque comme d'une guigne de cela, mais lui y attache de l'importance, même s'il ne s'aperçoit pas toujours qu'il n'est admis dans certains cercles qu'avec réticence. Côtoyer la *gentry* dans une chasse à courre apaise son complexe d'infériorité. Il ne réalise pas qu'il ne doit ses mérites qu'à lui seul et que c'est bien plus estimable que d'être né avec une cuillère en argent dans la bouche. Père a la fortune, le pouvoir et le panache, mais il est tout juste toléré dans la haute société. Avant d'acquérir une nouvelle respectabilité en épousant Caroline, il a longtemps été convaincu qu'il ne pourrait accéder au statut de véritable gentleman qu'en me faisant faire un beau mariage.

— Donc, poussée au désespoir, vous m'avez épousé, moi, pour échapper à votre destin ?

— Exactement. Mais quand je suis revenue d'Amérique, la situation avait changé. Père n'avait plus vraiment besoin de moi pour accéder à la *gentry*. Il avait épousé Caroline, qui appartient à une lignée de véritables aristocrates, et son rêve était devenu à sa portée sans qu'il soit nécessaire de m'y impliquer.

— Votre sacrifice est devenu inutile, alors ?

Amanda acquiesça en riant à demi.

— Dans quatre jours, précisa-t-elle, son rêve deviendra tout à fait réalité. Mon père et son épouse iront à Londres, logeront dans Mayfair, à Seagrove House. Lady Seagrove, qui est la sœur de Caroline, donne un bal pour l'anniversaire de son mari et y a invité le Tout-Londres. Ce sera l'introduction officielle de père dans la haute société de la capitale. N'importe qui serait intimidé à cette perspective, mais il est excité comme un enfant le matin de Noël. Lui qui est si brillant, si intelligent, si expert dans de nombreux domaines, il n'a aucun recul sur ces questions. C'est plutôt étrange, non ?

— En effet.

Kit ne pensait plus aux rêves de grandeur d'Henry O'Connell. Il songeait seulement qu'Amanda était si belle, si adorable quand elle riait. En cet instant, dans la lumière dorée de la lampe et du feu, avec ses boucles cuivrées qui encadraient son visage et ses yeux verts posés sur lui, elle paraissait plus jolie que jamais.

— Je suis content que vous n'ayez pas su, pour Caroline, lorsque vous êtes venue me voir en prison, remarqua-t-il. Sinon, je ne vous aurais jamais rencontrée…

Amanda vit la douceur du regard de Kit, entendit la chaleur de sa voix quand il lui disait qu'il était heureux d'avoir fait sa connaissance. Il y avait une flamme dans ses prunelles, qui l'intimidait et l'empêchait de lui demander ce qu'il voulait dire par là.

— Cela nous aurait évité les problèmes dans lesquels nous nous débattons, remarqua-t-elle.

— Bien sûr, ils ne peuvent pas tous être réglés ce soir, mais j'ai espoir qu'avec le temps…

Une part de l'esprit d'Amanda écoutait parler son compagnon, mais une autre, rêveuse, se contentait de le regarder, nonchalamment assis auprès d'elle et visiblement à son aise. Soudain, elle eut envie d'en savoir plus sur lui. D'où venait-il, comment était sa famille, qui avait été sa mère, et surtout qui avait été sa femme ?

— Parlez-moi de votre épouse, s'enquit-elle.

Kit ne répondit pas tout de suite et se raidit. Son visage devint grave.

— Je n'aurais pas dû vous demander cela, s'excusa-t-elle. Je ne voulais pas être indiscrète. C'est seulement que je ne sais rien de vous. Ni d'où vous venez, ni ce que vous faisiez en Amérique, alors que vous savez presque tout de moi… Caroline dit que vous êtes un homme mystérieux, secret et qui répugne étrangement à se mêler aux autres. Le fait est que l'on commence d'ailleurs à jaser sur vous.

— Bah, à peu près tout mon temps est pris par mon travail avec les chevaux de votre père. J'aime la solitude et la tranquillité. C'est pour secouer le carcan rigide de la vie que l'on m'imposait ici, en Angleterre, que j'ai traversé l'Atlantique.

Elle sourit doucement.

— Vous ne soulevez qu'un tout petit coin du voile, monsieur Benedict…

Il lui rendit son sourire.

— Il n'y a pas grand-chose à raconter, vous savez. Mais

j'admets qu'en tant que seconde épouse vous avez le droit de savoir qui était la première, aussi vais-je vous le dire : son nom était Fern. Elle était cherokee et a vécu toute sa vie dans les Smoky Mountains. Lorsque l'Etat de Géorgie a chassé ceux de sa tribu de leurs terres ancestrales, vers 1830, de nombreuses familles, dont celle de Fern, ont refusé de se laisser déporter vers l'Ouest et ont trouvé refuge dans la montagne, à leurs risques et périls.

— Comment vous êtes-vous rencontrés ?

— Eh bien, je voyageais seul et je suis entré en contact avec une bande de voyous qui m'ont attaqué, dépouillé et laissé sur le terrain, assez sérieusement blessé. Tsali, le père de Fern, m'a trouvé évanoui sur le bord d'un sentier et m'a recueilli, me sauvant du même coup la vie. Je suis resté avec les Cherokees durant plusieurs mois.

Il sourit à ce souvenir.

— Tsali était un maquignon. Il m'a beaucoup appris sur les chevaux et leur dressage. Malheureusement, il souffrait d'une vieille blessure reçue durant la guerre de Sécession, où il avait combattu pour le Sud. Quand il mourut, Fern resta seule. Elle avait besoin de mon aide…

— C'est pour cela que vous l'avez épousée ? Etait-il nécessaire d'en passer par là ?

Il haussa les épaules.

— Son père était venu à mon aide et m'avait sauvé la vie. Sans lui, je n'aurais pas survécu. J'avais une grande dette envers lui. Il n'était d'ailleurs pas difficile de m'en acquitter. Fern était jeune, elle n'avait pas plus de dix-huit ans, elle était jolie, douce, gentille…

— Et obéissante ?

— Bien sûr. Les femmes indiennes le sont toujours.

— Pas comme moi.

Il sourit.

— Non, je ne crois pas qu'il y eût jamais, au monde, deux femmes plus différentes qu'elle et vous.

Le regard de Kit se perdit dans le vague, comme s'il renouait avec ses souvenirs.

— Fern désirait plus que tout devenir ma femme, et elle a été une bonne épouse. Pendant le peu de temps où nous avons été ensemble, je crois qu'elle a été heureuse. Elle est morte en donnant le jour à Ciel.

Sa voix était devenue un peu rauque.

Amanda brûlait de lui demander s'il avait aimé son épouse cherokee, mais elle n'osait pas se montrer aussi indiscrète.

— Je suis désolée, dit-elle simplement.

— Vous n'avez pas à l'être. C'est arrivé et voilà tout. Je l'ai aimée, d'une certaine manière, mais je ne peux pas dire que j'étais réellement amoureux d'elle.

Amanda déglutit. Sans le savoir, Kit répondait à sa question muette.

— C'était il y a quelque temps déjà, acheva-t-il. Fern n'est plus qu'un souvenir, à présent.

— Un souvenir que la présence de Ciel maintient vivant.

Il acquiesça.

— Ce qui me fait penser qu'il faut que je demande un congé pour aller la voir.

— Je suis certaine que père vous l'accordera. De toute manière, il est tellement content de vous avoir ici qu'il vous accorderait n'importe quoi.

— Ce serait encore mieux si vous veniez avec moi…

Elle se raidit presque imperceptiblement.

— Non, Kit, je ne le peux pas, vous le savez. C'est tout à fait hors de question.

Effrayée qu'il pût chercher à la convaincre, elle se leva, mettant abruptement fin à la conversation.

— Il faut que je parte, expliqua-t-elle. Je ne suis déjà restée que trop longtemps.

— Mais nous avons encore beaucoup de choses à nous dire ! protesta Kit. Beaucoup de sujets sur lesquels nous devons trouver un accord.

— Une autre fois, répondit-elle, incapable de le regarder en face comme de dissiper l'espèce de brouillard chaud et enivrant dans lequel elle se mouvait du fait de la présence de cet homme auprès d'elle. Il est tard, je dois rentrer.

— Pas maintenant, voyons, vous seriez trempée jusqu'aux os en quelques secondes ! Restez jusqu'à ce que cette pluie diminue.

— Si vous pouvez me prêter un parapluie, je vous en serai reconnaissante. Il doit bien y en avoir un quelque part ?

— Malheureusement non, il n'y en a pas.

Refusant de se laisser convaincre, elle voulut aller prendre son manteau, mais elle ne parvint pas jusque-là.

D'un bond, Kit se retrouva derrière elle. Il passa un bras autour de sa taille et l'attira contre son corps.

— Vous voulez partir, souffla-t-il à son oreille, et moi je suis résolu à tout faire pour vous convaincre de rester. Il faut que vous compreniez ce que vous avez suscité en moi. Ce n'est pas simplement le désir qui me mine, Amanda. C'est une véritable passion, un besoin de vous avoir à moi à chaque instant, que vous soyez mienne…

Sa voix rauque, murmurante, était une véritable caresse à laquelle elle ne pouvait demeurer insensible. Doucement, elle se tourna pour lui faire face.

Il posa les mains sur ses épaules nues, et elle sentit ses doigts brûler sa chair. Quand elle essaya de les écarter, il résista.

Elle leva la tête, regarda les beaux yeux sombres brûlants de désir, et ce qu'elle y vit l'excita et l'effraya à la fois. Jour après jour, elle s'était tenue à l'écart de cet homme, mais maintenant qu'il la tenait ainsi, si attirant et désirable, l'urgence qu'il fût plus proche encore était vive comme jamais. Elle respira plus vite, se sentant devenir brûlante.

— Je vous en prie, Kit, non, murmura-t-elle sans pouvoir détacher ses yeux de ses lèvres.

— Il n'y a rien là d'anormal, Amanda. Auriez-vous oublié le lien qui existe entre nous ? Je vous désire…

Fiévreusement, il la prit par les hanches et la plaqua contre lui. Sa voix n'était plus qu'un murmure sensuel, sa bouche tout près de la sienne.

— … Et je sais que vous en avez envie, vous aussi.

Elle soupira, toujours incapable de détacher ses yeux des lèvres finement sculptées tout près de recouvrir les siennes.

— Je vais hurler si vous m'embrassez ! s'écria-t-elle.

Kit rit doucement.

— Oubliez votre fierté et vous vous sentirez beaucoup mieux. Je vous sens en pleine confusion mentale, railla-t-il, les yeux rivés aux siens. Je vois ce que c'est, je fais parfois cet effet…

Ils se regardaient toujours et le temps semblait suspendu. Chacun d'eux sentait vibrer l'autre avec une excitation nouvelle. Est-ce que cela durait depuis quelques secondes ou depuis des heures ? Amanda avait l'étrange impression d'une chute, où elle ne pouvait se raccrocher qu'à ces yeux sombres, si vivants sous leurs longs cils. Elle ressentait le besoin de toucher le visage de Kit, d'en apprendre par cœur chaque saillie et chaque méplat.

Doucement, comme au ralenti, il posa ses lèvres sur les siennes dans un baiser qui la bouleversa jusqu'au plus profond de son être. Tendre et insistante, sa bouche qui ouvrait la sienne semblait la fondre et la remodeler à son gré, tandis que ses bras musclés l'enveloppaient.

Au moment où il relevait la tête, elle paniqua et s'écarta, rompant leur étreinte. Elle courut vers la porte où elle s'arrêta hors d'haleine, le cœur battant, contre l'huis.

— Amanda…

Kit l'appelait sans bouger d'un centimètre, simplement en la regardant, sachant bien que, comme lui, elle était victime des forces fantastiques qui se déchaînaient entre eux.

Elle aurait voulu courir, s'enfuir sous la pluie, n'importe où, pour se mettre à l'abri des sentiments bouleversants que Kit avait su éveiller en elle. Elle savait qu'il lui tendait un piège, c'était comme une alarme qui résonnait dans sa tête, et aussi qu'il était nécessaire de fuir. Mais elle en était physiquement incapable. C'était comme si ses pieds étaient devenus de plomb. Soudain, elle réalisa qu'elle ne voulait pas s'en aller. Sans lui, sans cet homme-là, elle souffrirait toute sa vie d'un vide insupportable.

Comme elle ne bougeait toujours pas, Kit avança vers elle. Il leva doucement les mains et les appuya sur la porte, comme pour l'emprisonner entre ses bras.

Elle se retourna vers lui et le regarda bien en face. Il plongea ses yeux dans les siens puis, tout doucement, passa le dos de ses doigts sur sa joue.

— Pourquoi n'êtes-vous pas partie ? murmura-t-il.

— Je… Je ne le peux pas.

Elle se gourmandait intérieurement pour sa faiblesse et son manque de volonté, mais ne savait pas qui, de lui ou d'elle-même, devait être blâmé pour cela. Tout ce qu'elle savait, c'était qu'elle aimait que Kit la touche, qu'elle avait faim de ses caresses et que le désir brûlait en elle.

— Vous allez rester ?

Comme elle ne répondait pas, il reprit doucement :

— Je vous l'ai dit, Amanda, nul ne vous oblige à rien. Ne soyez pas si nerveuse, je ne suis pas un sauvage. Vous vous apercevrez que je suis même extrêmement patient.

Sa voix était de plus en plus profonde, son désir, communicatif. Comme il baissait la tête, elle perdit le contact de ses yeux pour fixer ses lèvres. Celles-ci effleurèrent les siennes comme pour dissuader toute résistance, jusqu'à ce que, se sentant bienvenues, elles les recouvrent avec assurance.

Le baiser, ensorcelant, la mit presque à genoux. Des sensations inouïes s'emparaient d'elle. Elle se sentait envahie par la force de Kit, par son ardeur, son odeur. Sa main alla chercher sa nuque, ses doigts s'y accrochèrent comme à une bouée…

Il l'embrassa plus fort, plus violemment, plus profondément.

Elle sut alors d'instinct que, bien que ce ne fût pas la première fois pour elle, elle n'avait jamais connu avant ce soir ce qu'était un véritable baiser.

Kit s'émerveillait de la douceur d'Amanda. Elle était si consentante, innocente, vulnérable… Il voulait étancher la soif qu'il avait d'elle, il brûlait de la posséder, de rompre le long jeûne des sens qu'il avait subi en prison puis qu'il s'était imposé ensuite, ne voulant toucher aucune autre femme que sa ravissante et toute nouvelle épouse.

Quand leur baiser prit fin, il se redressa, ses mains descendant le long des bras nus d'Amanda. Ses yeux cherchèrent les siens, y plongèrent, y lurent le même désir qu'il entendait dans son souffle court.

— Vous restez ?

— Oui.

Ce n'était pas plus fort qu'un murmure.

Il prit la main de la jeune femme, la ramena auprès du feu, prit de nouveau ses lèvres, attisant son désir jusqu'à l'incandescence, puis il défit adroitement les attaches de sa robe de soirée, dénudant le sillon entre ses seins. Voyant ses joues s'empourprer violemment, il sourit. Il y avait encore de la petite fille en elle malgré ses dehors de femme libre.

Se courbant pour rendre hommage à la tendre chair sur laquelle la lumière du foyer jetait des reflets de perle rose, il posa ses lèvres sur le cou palpitant d'Amanda. Le désir grondait en lui. Il brûlait de la dénuder davantage, de sentir sa peau enfin débarrassée de toutes ces barrières de tissu.

Ses doigts s'activèrent sur tous les boutons, attaches, rubans, défaisant une à une ces couches de vêtements qu'une femme se devait de porter.

— Il devrait y avoir une loi pour interdire aux femmes de narguer les hommes avec tous ces obstacles de dentelles, grommela-t-il.

Puis il ajouta, les yeux fixés, appréciateurs, sur les splendeurs qu'il découvrait :

— En fait, mon amour, il devrait y avoir une loi pour vous empêcher, vous, de porter quoi que ce soit…

Il finit de faire glisser robe et lingerie le long des hanches et des cuisses fuselées et s'empara des coussins du canapé pour improviser sur le sol une couche accueillante.

Finalement, les yeux toujours plongés dans ceux de la jeune femme, il défit les épingles qui maintenaient sa coiffure, et les glorieuses boucles rousses tombèrent librement sur ses épaules.

Le corps magnifique d'Amanda semblait éclaboussé d'or dans la lumière du feu et des lampes à pétrole.

Le cœur battant, il contempla les longues jambes, le galbe parfait des cuisses, la taille fine et les seins dressés, aux pointes roses ardemment érigées. Il brûlait de saisir, de palper, de prendre, aiguillonné par le désir qui le consumait et faisait vibrer chacun de ses nerfs.

Amanda se sentait la gorge sèche.

Le regard de Kit sur elle était comme une flamme qui la dévorait et attisait le feu de ses sens. Sa raison était impuissante à la protéger de la vague de désir qui l'emportait, faisant exploser en elle un tourbillon d'émotions qu'elle ne connaissait pas. Rendant définitivement les armes à l'appel de ses sens, elle était tout aussi impatiente que Kit de se retrouver nue entre ses bras.

— Quand vous aurez fini de me regarder, Kit, n'oubliez pas de vous déshabiller aussi. A moins que vous ne vouliez me faire l'amour avec vos vêtements ?

Etait-ce bien elle qui parlait ainsi ? Elle ne se reconnaissait plus.

Ce fut Kit qui guida ses mains.

De ses doigts tremblants, déjà haletante, elle s'attaqua aux boutons de la chemise d'homme. Il l'aida, arrachant ses vêtements plutôt qu'il ne les ôtait, puis il l'étendit avec lui sur les coussins.

La chaleur du feu venait lécher leur peau nue. Kit la tenait étroitement enlacée, et ses baisers la précipitaient dans un tourbillon de passion. Sa bouche enroba tour à tour les pointes dressées de ses seins jusqu'à la faire gémir de plaisir puis chemina le long de son ventre, la trouvant frémissante et consumée par le feu de ses mains et de ses lèvres sur sa peau.

Elle s'abandonna à ses caresses expertes et enfonça ses doigts dans sa chevelure, savourant l'exploration intime qu'il menait, amant habile qui savait tout des secrets du corps féminin. Le plaisir la dévorait et la pétrissait comme une pâte.

Kit ne brusquait rien, prolongeant même cette délicieuse tension entre eux et lui prodiguant caresse sur caresse. Mais elle s'ouvrit à lui, l'entoura de ses bras, l'appela avec une telle force qu'il ne put plus résister.

Elle cria comme il pénétrait profondément en elle, et les battements du cœur de Kit, qu'elle sentait contre sa poitrine, semblèrent s'enfoncer en elle, eux aussi.

Quelque chose d'incroyable se produisit alors : la douleur se mua en plaisir. Plus rien d'autre n'exista, tandis qu'elle se mouvait à la cadence des reins de son compagnon. Il venait d'éveiller en elle quelque chose de nouveau, une sensualité joyeuse, gourmande, qui répondait à la sienne et à son désir.

Ils n'étaient plus tous deux qu'une seule volonté, un seul désir qui grondait et enflait, les entraînant ensemble vers une même cime.

Enfin, ce fut comme l'explosion de millions d'étoiles.

Puis ils redescendirent des hauteurs où la passion les avait projetés, trop épuisés pour faire le moindre geste à part se serrer l'un contre l'autre.

Elle caressa la poitrine de son amant, pleine encore de cette communion qu'ils s'étaient donnée l'un à l'autre. Quand il se retira, elle se lova contre lui, repue d'amour et fondant de tendresse pour ce mari si ardent et si expert dans l'art d'aimer. Elle chercha ses lèvres et l'embrassa doucement, émerveillée, ses jambes mêlées aux siennes, puis, avec un soupir, elle se laissa couler dans le sommeil comme au fond d'un puits.

7.

Voyant Amanda s'endormir, Kit se dégagea doucement de son étreinte et se leva.

Il alla dans la chambre à coucher, ouvrit drap, édredon et couvertures. Puis il revint dans la salle, ferma les volets, éteignit les lampes et se pencha vers Amanda toujours endormie, qu'il souleva dans ses bras pour la porter jusqu'à son lit.

Quand il s'étendit auprès d'elle, elle se pelotonna tout de suite contre lui.

Dressé sur un coude, plein d'une étrange émotion, il regarda son épouse dont les cheveux soyeux étaient répandus sur l'oreiller. Il la toucha doucement pour se persuader qu'il ne rêvait pas, effleura ses cheveux, caressa sa peau nue et chaude…

Il avait senti Amanda s'amollir sous lui dans un total abandon, un complet don de soi. Rien, jamais, n'avait égalé ce moment. Il se sentait arrivé à l'une des étapes les plus marquantes de sa vie, comme si posséder cette femme parmi toutes les autres en était l'un des buts principaux, le premier peut-être, en tout cas son moteur depuis qu'elle était venue le visiter dans sa cellule.

Longtemps il resta éveillé, les yeux grands ouverts dans l'obscurité, repensant à la bouleversante sensualité qu'elle avait montrée dans le plaisir et à la merveilleuse expérience qu'ils venaient de vivre ensemble. Il se sentait entraîné dans un tourbillon d'émotions nouvelles qu'il avait du mal à démêler et plus encore à reconnaître.

Alangui, les membres lourds comme du plomb, rassasié d'amour, il vibrait tout entier du bonheur d'avoir enfin possédé cette femme, d'avoir fait voler en éclats la cuirasse de froideur dans laquelle elle s'était enfermée. Il l'avait prise au piège de ses bras, elle s'était donnée à lui sans réserve et sans honte ! Il en était fier.

La béatitude dans laquelle il était immergé, comprit-il vaguement, n'était pas due qu'à l'assouvissement du désir, mais à une satisfaction plus profonde comme il n'en avait encore jamais connue. Amanda avait réussi là où les autres femmes qu'il avait possédées avaient échoué : elle avait fait de lui un homme neuf.

Où cela allait-il le mener ? Quelle était l'étape suivante ? Car cela n'eût servi à rien de l'attirer dans son lit, s'il ne parvenait à la convaincre définitivement de devenir son épouse dans toute l'acception du terme, c'est-à-dire vivre avec lui.

Cependant, il ne pouvait pas encore le lui proposer. Pas avant d'avoir accompli l'autre mission qui l'avait amené à Eden Park.

Amanda sentit la présence et la chaleur d'un corps masculin contre le sien alors qu'elle flottait encore entre la veille et le sommeil. Tout alanguie encore, reconnaissante et complice, elle sentit l'odeur de la peau de Kit, de ses cheveux, et se sentit de nouveau attirée par lui comme la limaille de fer par l'aimant.

— Bonjour, dit-il en souriant, on dirait que tu as bien dormi.

Elle entrouvrit les yeux et le regarda.

Ses cheveux sombres, emmêlés, se détachaient sur la blancheur de l'oreiller, et le sommeil avait adouci les arêtes de son beau visage. Nu, il était encore plus irrésistible. Elle revit en pensée les différentes fois où il lui avait fait l'amour durant la nuit. La première fois, il l'avait aimée avec une sorte d'abandon, de sauvage furie, mais, les suivantes, il avait agi avec plus de méthode et de science, l'amenant chaque fois plus sûrement au plaisir, à l'extase, la caressant, l'embrassant, jouant d'elle en virtuose.

A ce souvenir, elle sentit s'écarter en un sourire ses propres lèvres amollies par les baisers.

— Vous ne m'avez guère laissée en repos, pourtant, monsieur Benedict, plaisanta-t-elle d'une voix sensuelle. Depuis combien de temps me regardes-tu ainsi ?

Le regard brûlant de Kit effleura de nouveau ses épaules nues, puis s'attarda sur ses seins que le drap recouvrait à demi. Il lui déposa un tendre baiser sur le bout du nez.

— Assez longtemps pour me dire que tu es une irrésistible tentatrice pour un homme qui sort de prison et sevré de tendresse féminine. En fait, mon cœur, si tu n'étais déjà mariée, après une nuit pareille je n'aurais plus qu'à t'épouser…

— Alors c'est une bonne chose que je le sois, dit-elle en passant doucement sa main sur la poitrine de Kit. Quoique je tremble à l'idée de ce que mon mari pourrait en penser… S'il allait insister pour que nous divorcions ?

— L'idée l'en effleurera peut-être de temps en temps, car tu es une épouse rétive et insupportablement entêtée, mais je te promets bien qu'il ne demandera jamais le divorce…

La voix de Kit était moqueuse, mais ses yeux et son visage demeuraient d'un sérieux imperturbable.

— Quelle heure est-il ? demanda-t-elle en s'étirant comme une chatte repue.

Voyant une lueur grise filtrer à travers les rideaux, elle poussa un cri d'effroi.

— Mon Dieu, mais le jour va se lever ! Il faut que je parte avant que l'on ne me voie...

Sautant à bas du lit, elle se précipita dans l'autre pièce et enfila ses vêtements comme elle le put.

Kit passa une chemise et une culotte de cheval et aida Amanda à fermer tous les crochets, agrafes, rubans et autres boutons de sa toilette et de ses dessous. Enfin, il lui tendit sa pèlerine et l'aida à l'enfiler.

— Je te ramène au château.

Elle lui jeta un regard inquiet.

— Tu ne peux pas faire ça, protesta-t-elle. Si quelqu'un nous voit ensemble à cette heure-ci, et moi, en plus, me faufilant par une porte dérobée, il ne tardera pas à faire les déductions qui s'imposent.

— Tout le monde doit être encore calfeutré dans sa chambre à cette heure-ci.

— Il est plus de 6 heures, rétorqua la jeune femme. Et, avec tous les invités que nous avons en ce moment, les domestiques sont au travail plus tôt que d'habitude.

Avant de quitter le cottage, elle se tourna vers lui.

— Kit, je ne veux pas que l'on sache ce qu'il y a entre nous... pour l'instant. Que cela reste notre secret pour quelque temps encore. Cette nuit a été merveilleuse, mais je crains bien qu'elle ne rende les choses plus confuses encore. Je sais que la vérité doit finir par éclater un jour ou l'autre, mais je dois trouver un moyen de l'annoncer à mon père. Tu me comprends, n'est-ce pas ?

Il se rembrunit.

— Quand le moment sera venu de le lui apprendre, nous lui en parlerons ensemble, répondit-il. Les gens jaseront certainement, et je le déplore. Mais rassure-toi, mon cœur, moi aussi j'ai de bonnes raisons de vouloir que notre mariage demeure secret pour l'instant.

Elle fit une moue étonnée.

— Comment cela ?

— Tu dis que les gens commentent beaucoup ma présence à Eden Park. Je n'aime pas cela. On ne me connaît pas, et ce mystère dont parle Caroline ne peut que favoriser les rumeurs les plus fantaisistes. J'espère sincèrement, pour notre bien à tous deux, que cela n'arrivera pas. Je n'ai jamais aimé les ragots, Amanda. Je déteste en être la cible, et surtout que l'on surveille mes faits et gestes. Je ne peux pas me permettre que l'on en sache trop sur moi et sur ma vie. Si notre mariage était connu, mon identité réelle ne tarderait pas à l'être, elle aussi.

Cette fois, l'inquiétude succéda à l'étonnement sur le visage de la jeune femme.

— Kit..., lui demanda-t-elle, alarmée, pourquoi cela importe-t-il tant ? Y a-t-il quelque chose que j'ignore et que je devrais savoir ?

— J'ai mes raisons que je t'expliquerai bientôt, répondit-il en déposant un baiser sur ses lèvres. En attendant, n'oublie pas le chemin jusqu'à ce cottage...

Debout à la fenêtre, il la regarda partir. Calme, immobile, il gardait les yeux fixés sur celle qui était à présent devenue pleinement, totalement, sa femme. Une satisfaction profonde, un contentement au-delà de toute expression l'habitait et il sentait encore la présence d'Amanda autour de lui, comme si elle ne l'avait pas quitté. Quoi qu'il arrive, elle serait toujours auprès de lui, il le savait au fond de lui. A l'instant où il l'avait prise dans ses bras, elle avait cessé d'être la créature rebelle et récalcitrante qu'il connaissait pour devenir sensuelle, complice et fluide entre ses mains. Elle était belle, tentatrice, son corps était un trésor caché, et elle était à lui...

*
* *

Prosper Quinn regarda pensivement Amanda se glisser dans le château par une porte dérobée.

Sa chambre donnait de ce côté, un peu à l'écart. Toujours matinal, il avait vu de sa fenêtre la fille de son maître surgir de derrière les écuries. Que pouvait-elle bien faire dehors à une heure aussi matinale, ses cheveux lâchés sur les épaules ?

Lentement, il tourna la tête en direction du petit cottage, et une idée prit forme en lui, un soupçon plutôt. Et si ce… cet entraîneur de chevaux avait une liaison avec la fille O'Connell ?

Il jura entre ses dents. Sadie, toujours le sourire aux lèvres et la mine charmeuse quand elle voyait ce Benedict, continuait d'aller lui faire son ménage, bien qu'il fût discrètement intervenu pour que l'on confiât cette tâche à quelqu'un d'autre.

Mais qu'Amanda pût découcher et passer la nuit avec un homme ne le choquait ni ne le surprenait vraiment. Etant donné qu'à Charleston elle s'était mariée secrètement à un homme inculpé pour meurtre, il n'y avait rien qui pût encore l'étonner de sa part… Toutefois, s'il n'était pas surpris, il n'en était pas moins intéressé. La situation pouvait certainement être utilisée à son avantage.

Il allait tenir la jeune femme à l'œil d'un peu plus près.

Dès qu'elle eut quitté le cottage, Amanda sentit naître en elle une inquiétude grandissante, et c'est dans cet état d'esprit qu'elle rejoignit sa chambre.

Désirant profiter de quelques heures de sommeil avant l'arrivée de Nan, elle se déshabilla et se mit au lit, mais ne parvint pas à fermer l'œil. A présent que la merveilleuse hébétude où l'avait plongée sa nuit d'amour commençait à s'estomper, elle sentait l'urgence de se secouer et de réfléchir à ce nouveau tournant dans sa relation avec l'entraîneur de chevaux et à ce que cela impliquait pour son avenir.

Elle avait peur. Peur du pouvoir que Kit exerçait sur ses émotions, peur de la réaction imprévisible de son père à l'annonce de leur mariage, sans parler des conditions dans lesquelles il avait été décidé puis célébré. Henry O'Connell serait-il furieux, en aurait-il le cœur brisé ? Sans doute lui faudrait-il quitter Eden Park pour le genre de foyer que Kit pourrait lui offrir… Quel changement pour elle, à qui tout, absolument tout, avait toujours été accordé : un train de vie luxueux, des toilettes coûteuses, et jamais, jamais, le moindre souci d'argent.

Ces pensées l'amenèrent à réfléchir sur sa vie et elle s'assombrit encore davantage.

Perdre le luxe auquel elle était habituée ? La belle affaire ! La vraie vie n'était-elle pas ailleurs ? Que deviendrait-elle si jamais Kit s'en allait ? Que se passerait-il si, finalement, il ne voulait plus d'elle ? Dieu ! jamais elle ne pourrait le supporter !

Il éveillait tant d'émotions et tant de sensations au plus profond de son cœur qu'elle se reconnaissait à peine. Elle ferma les yeux pour tenter de faire le vide dans son esprit, et soudain ce fut comme si elle sentait sur elle les mains de Kit, sa bouche, ses lèvres. Elle goûta la saveur de son baiser, presque aussi réel que tous ceux qu'il lui avait donnés durant cette fabuleuse nuit, et l'accueillit avec autant de reconnaissance. Au plus fort de leur communion charnelle, il lui avait dit qu'à présent ils appartenaient l'un à l'autre, et elle n'en avait pas douté un seul instant, même si elle savait que rien ne serait facile pour eux.

Leur discussion, au moment de se séparer, sur la nécessité de garder leur mariage secret, lui causait néanmoins un certain malaise. Que savait-elle, finalement, de cet homme qu'elle avait épousé ? Qui était-il, d'où venait-il, et pourquoi tenait-il tant au secret ?

Elle ne croyait plus qu'il n'était venu à Eden Park que dans le seul but de la retrouver. Mais pour quelle autre raison, alors ? Est-ce que cela avait quelque chose à voir avec ce qui s'était passé à Charleston ? Et, puisqu'il n'était plus accusé de meurtre, pourquoi se dissimulait-il sous un faux nom ?

Le week-end prit fin. Les invités s'étaient amusés et gobergés à loisir et avaient célébré avec enthousiasme la munificence d'Eden Park, ses plaisirs et la généreuse hospitalité de leurs hôtes.

Quand ils furent tous partis, et après un court intermède de repos pour permettre à chacun de reprendre son souffle, le château redevint aussi grouillant d'activité qu'une fourmilière, les domestiques s'activant à préparer le départ pour Londres du maître et de la maîtresse de maison. Ils ne devaient pas rester absents plus de quinze jours, mais quiconque, songeait Amanda, aurait vu l'amoncellement de leurs bagages au moment du départ aurait pu croire qu'Henry et Caroline partaient pour un tour du monde.

Le jour dit, son père l'embrassa et monta en voiture, enjoignant à son épouse de se presser si elle ne voulait pas manquer le train.

Très à son avantage dans une ravissante tenue de voyage de nuance magenta, un élégant plumet courant sur le rebord de son chapeau, Caroline lui répliqua qu'ils avaient tout leur temps et se tourna en souriant vers sa belle-fille.

— Vous auriez vraiment dû venir avec nous, Amanda, lui reprocha-t-elle avec gentillesse. Du reste, vous étiez invitée. Vous vous seriez bien amusée, vous savez…

— Merci, Caroline, mais je suis très bien ici, je vous assure. Père et vous allez faire un excellent séjour dans la capitale, j'en suis certaine. Mais j'ai quelque chose à vous demander…

— Je vous en prie.

— Promettez-moi de présenter père à tous les aristocrates que vous pourrez rencontrer ! Je ne dis pas au tout-Londres, car deux semaines ne me paraissent pas assez longues pour cela.

Caroline éclata de rire et l'embrassa.

— Je vous promets d'y veiller tout particulièrement. A la fin de notre séjour, Henry aura vu tant de duchesses et tant de baronets qu'il lui tardera de revenir enfin à ses chers chevaux !

Amanda agita la main en direction de la berline qui s'éloignait puis resta un moment à regarder l'attelage disparaître le long de l'allée bordée d'arbres.

Ses pensées ne tardèrent pas à se tourner vers Kit, comme toujours lorsqu'elle était seule. Elle ne l'avait pas vu depuis presque soixante-douze heures, depuis cette nuit d'amour où elle s'était sentie emportée par une irrésistible vague d'émotion et de désir. Ces quelques moments hors du temps avaient été si extraordinaires, si merveilleux, que la pensée qu'ils pourraient ne jamais se répéter lui tordait le cœur. Pour Kit, ou à cause de lui, elle avait perdu le sommeil et se retournait chaque nuit dans son lit, agitée et insatisfaite.

Elle croisa les bras sur sa poitrine et ferma un instant les yeux, laissant son esprit vagabonder à la douce perspective d'une nouvelle nuit ensemble.

Puis, constatant que la berline était à présent hors de vue, elle tourna les talons pour rentrer au château.

Elle se heurta presque à M. Quinn, qui se trouvait juste derrière elle.

Entièrement de noir vêtu, le visage impénétrable, il avait tout d'un oiseau de mauvais augure. Depuis qu'elle l'avait surpris avec Sadie Jenkins, il lui était toujours aussi désagréable de le rencontrer. Elle réprima un frisson et s'appliqua à lui montrer un visage lisse, sans expression, convaincue que c'était encore la meilleure réplique à lui opposer.

— Vous m'avez fait peur, monsieur Quinn, je ne vous avais pas vu.

— Excusez-moi, ce n'était pas mon intention. Je suis surpris que vous n'accompagniez pas votre père à Londres, connaissant votre appétit de plaisirs... A moins, naturellement, que celui que vous recherchez actuellement soit plus aisément accessible ici même...

Sa voix était glaciale, ainsi que ses yeux et son ton accusateur.

Pendant le bref et pesant silence qui s'ensuivit, elle eut l'impression que son cœur cessait de battre.

— Je ne comprends pas à quoi vous faites allusion, monsieur Quinn.

— Vous le comprenez très bien, au contraire. Je pense que vous allez mettre l'absence de vos parents à profit pour continuer votre petite affaire avec ce M. Benedict.

Il prononçait ces mots d'un ton insinuant.

L'indignation s'empara d'Amanda. Elle était stupéfaite que Quinn fût au courant, et plus encore qu'il osât mentionner ce qu'il croyait n'être qu'une simple liaison entre elle et Kit. Mais il en serait pour ses frais, elle n'avouerait ni ne nierait quoi que ce soit.

Elle le regarda fixement, sans rien dire, attendant la suite.

— Il se trouve que je vous ai vue quitter son cottage à l'aube...

En fait, il l'avait seulement vue regagner le château, le reste n'était que du bluff, mais elle accusa le coup malgré elle.

— Ah, vraiment ? reprit-elle, les dents serrées, après une brève pause destinée à retrouver son calme. Je crois que vous vous oubliez, monsieur Quinn. Je ne vous permets en aucune manière de surveiller mes faits et gestes. Ce que je fais ne vous regarde pas.

— Et qui donc cela regarde-t-il alors ? M. O'Connell ? Je doute qu'il soit au courant que vos rapports avec l'entraîneur de ses chevaux ont pris ce tour-là…

— Si je devais entretenir une relation quelconque avec M. Benedict, ce serait à moi d'en avertir mon père, et non à vous.

— Oui, mais le ferez-vous ? Nous savons tous deux que vous êtes la reine du mensonge et de la dissimulation.

— Je ne crois pas que vous soyez le mieux placé pour me donner des leçons dans ce domaine, répliqua-t-elle du tac au tac.

— Insinueriez-vous par hasard que j'ai fait erreur ?

Elle le fusilla du regard.

— Je ne l'insinue pas, je l'affirme. Et je vous répète que, quoi qu'il en soit, cela ne vous regarde aucunement.

Un léger sourire flotta sur les lèvres minces de l'homme.

— Allons, Amanda, dit-il d'un ton plus conciliant, pourquoi nous disputer ainsi ? Je sais beaucoup trop de choses sur vous pour que vous puissiez vous permettre de me considérer comme votre ennemi…

— Est-ce que vous me menacez ?

Les yeux cruels semblèrent se rétrécir dans leurs orbites.

— Je ne menace jamais, j'agis, dit sèchement Quinn. Imaginez le scandale à la révélation que vous entretenez une liaison illicite avec le dresseur de chevaux de votre père ! Toutefois, une autre révélation, celle des circonstances réelles de votre mariage en Amérique, conclu uniquement pour conquérir votre indépendance, serait déjà assez cuisante pour M. O'Connell sans que j'aie besoin d'y ajouter celle-ci. Surtout alors que vous êtes censée sortir à peine d'un deuil douloureux…

Le tout, articulé sur un ton sarcastique, fit pâlir de colère Amanda. Elle n'en croyait pas ses oreilles.

— Comment osez-vous ? Vous qui disiez — ce sont vos propres mots — que nous nous « comprenions » ? J'ai gardé le silence sur votre affaire avec Sadie Jenkins, lui asséna-t-elle sèchement, je suis donc en droit d'attendre la même chose de vous.

— Je n'ai rien dit jusqu'ici.

— Et vous continuerez, si vous tenez à votre place. Vous croyez-vous donc tellement indispensable à mon père que vous vous croyiez autorisé à oublier que vous n'êtes qu'un employé, comme M. Benedict ?

— Lequel, à ce qu'il apparaît, n'est rien de plus qu'un intrigant et un parasite ! cracha Quinn.

Surprise de la véhémence de cette remarque, elle s'écarta de lui.

— Je ne veux rien entendre de plus, lui dit-elle, et je vous prierai de ne plus m'en parler à l'avenir. Je n'ai nul besoin de vos avis sur la façon dont je me conduis, en public comme en privé. Il me semble, n'est-ce pas, que vous m'avez tenu à peu près ce langage ? Il vaut également pour vous.

Sa voix se teinta de sarcasme quand elle acheva :

— Mon père a peut-être fait de vous mon chaperon pour le temps que nous avons passé à Charleston, mais votre mission a pris fin dès que nous avons atteint l'Angleterre.

Abruptement, elle tourna les talons et rentra au château.

*
* *

Plus tard, le même jour, Nan vint la prévenir que Kit devait quitter Eden Park d'urgence.

— On lui a annoncé que Ciel est malade, expliqua la gouvernante.

Son anxiété était visible sur son visage. Elle aussi s'était beaucoup attachée à la fillette durant la traversée de retour, et elle ne l'avait pas oubliée.

Amanda pâlit à son tour.

— C'est grave ?

— Tu n'as qu'à le demander à ton M. Benedict !

— Il est encore ici ?

— Il y était il y a dix minutes, lorsqu'il a réclamé une voiture pour l'emmener à la gare de Sheffield.

Amanda n'en demanda pas plus. Sans perdre une seconde, elle sortit et se mit à courir vers le cottage de Kit avec toute l'énergie que génère l'angoisse.

Comment pouvait-il partir sans lui avoir parlé d'abord ?

Sans prendre le temps de frapper, elle se rua à l'intérieur et le trouva en tenue de voyage, en train de boucler un gros sac. Il se raidit un peu à son entrée et, quand il se tourna vers elle, elle put observer l'effort auquel il s'obligeait pour conserver son calme. Son beau visage semblait de pierre, et son regard était si froid qu'elle s'en sentit glacée.

Soudain, une jeune servante sortit de la petite cuisine, un panier contenant des produits ménagers à la main. Elle portait un tablier blanc sur sa robe bouffante, et quelques boucles blondes s'échappaient de son fichu noué à la diable.

C'était naturellement Sadie Jenkins. Sadie la voluptueuse, l'aguichante et dévoreuse Sadie… Elle attirait les hommes comme la flamme les phalènes, sans faire le moindre effort. D'après Nan, à qui rien n'échappait de ce qui se passait à l'office, Sadie ne se laissait pas approcher par les domestiques. Quoique notoirement facile, elle avait d'autres visées, plus ambitieuses. Et qui de mieux pour les satisfaire, songea Amanda, que le très respecté et influent M. Quinn ? Mais cela, c'était avant l'arrivée d'un nouveau coq dans la basse-cour…

En voyant la servante dévorer amoureusement de ses grands yeux un peu bovins Kit, qui ne paraissait pas même s'en apercevoir, Amanda comprit que les inclinations de Sadie avaient changé d'objet.

— Merci, Sadie, laissez-nous maintenant s'il vous plaît, lui dit-elle d'un ton sec. Je voudrais m'entretenir avec M. Benedict, et je suis sûre que l'on a besoin de vous au château.

La servante se rembrunit à se voir ainsi éloignée, mais elle ne répondit pas. Elle lança un regard torve dans sa direction puis, dédiant son plus joli sourire à l'entraîneur, agrémenté d'un battement de cils et d'un mouvement de tête qui mettait ses boucles en valeur, elle quitta les lieux en roulant exagérément des hanches.

— Amanda, que me vaut le plaisir ? demanda Kit avec ironie, sitôt la porte refermée sur Sadie. Juste quand je commençais à croire que tu avais oublié le chemin de mon pauvre cottage ! Mais quel dommage, j'allais partir…

Il la regardait sévèrement sous ses épais sourcils.

— Je viens d'apprendre, pour Ciel, expliqua-t-elle, le souffle court, en remettant machinalement derrière son oreille une boucle échappée de l'ordonnance de sa coiffure. Kit, je suis tellement désolée… J'espère que ce n'est pas trop grave ?

— Bah, les enfants passent leur temps à tomber malade. Victoria m'a écrit que Ciel avait de la fièvre, pas de quoi s'inquiéter outre mesure, mais surtout qu'elle me réclame et est inconsolable. Alors tu comprendras, je pense, que je parte sans délai.

— Allais-tu quitter Eden Park sans me prévenir ?

— Non, j'aurais fait un saut au château avant de monter

en voiture. Mais puisque tu es là, ce sera inutile. Où étais-tu donc passée ?

Elle resta un instant prise de court devant ce ton sec et revendicatif, mais mit la mauvaise humeur de Kit sur le compte de son inquiétude.

— Tu sembles oublier que j'ai quelques devoirs, expliqua-t-elle.

Il lui lança un regard incisif.

— Ne serait-ce pas plutôt toi qui oublies quelque chose ? lui répliqua-t-il. Après… notre nuit, on dirait que tu cherches à m'éviter. Pourquoi, par exemple, ne fais-tu plus ta promenade à cheval chaque jour ?

Il leva un sourcil ironique avant d'ajouter :

— Aurais-tu par hasard peur de me rencontrer ?

Elle nota tristement qu'il n'y avait rien de très chaleureux dans le ton de sa voix.

— Je ne l'ai pas fait intentionnellement. J'ai été très occupée à aider Caroline à transmettre des consignes aux domestiques, expliqua-t-elle assez piteusement, consciente qu'il ne la croyait pas vraiment.

Elle s'était trouvée dans un tel état de confusion, après leur nuit d'amour, qu'elle ne savait pas elle-même pourquoi elle s'était tenue à l'écart de sa route.

— Peu importe, dit-il sèchement. Je ne m'intéresse pas à tes obligations, ce qui m'importe c'est de prendre mon train.

Cette remarque raviva la douleur d'Amanda. D'habitude, elle aurait répondu par une réplique cinglante, mais pour le moment elle ne désirait rien tant que Kit la prît dans ses bras pour qu'elle pût lui donner tout l'amour et le réconfort qu'il méritait. Elle resta donc simplement là, immobile, à le regarder finir de boucler son sac.

— C'est dommage que tu ne l'aies pas su plus tôt, dit-elle doucement. Tu aurais pu voyager avec père et Caroline…

— Oui, en effet, grogna-t-il en refermant les dernières boucles. J'ai laissé des instructions sur la façon dont on doit s'occuper des chevaux.

Une terrible pensée traversa l'esprit d'Amanda, et elle s'approcha de lui.

— Oh, qu'importe les chevaux ! Kit, tu reviendras, n'est-ce pas ? Tu ne peux pas laisser Eden Park. Mon père compte sur toi, tu le sais.

— Ton père ? répéta Kit, l'air abasourdi. Mais ce qui compte vraiment pour moi, Amanda, c'est que toi, tu désires que je revienne ! Le veux-tu ?

— Mais oui, dit-elle d'une toute petite voix. Bien sûr que je le veux !

Il interrompit ce qu'il faisait pour mieux la regarder, comme s'il cherchait à déceler la vérité derrière ses paroles.

— Tu me mets dans une situation impossible, s'exclama-t-il soudain d'un ton plein de tristesse et de colère. Pendant toute une nuit d'éternité, tu te donnes à moi corps et âme, puis tu brises cette merveille en m'évitant soigneusement, me laissant en proie à la frustration… Je suis presque tenté de t'accorder le divorce, pour mettre fin à ce chaos que tu as fait de ma vie !

Elle se raidit.

— Eh bien, vas-y !

— Jamais !

Ses yeux lançaient des éclairs.

— … Je ne le ferai jamais, inutile de me tourmenter. T'est-il venu à l'idée que tu pourrais très bien être enceinte, porter un enfant de moi… Y as-tu pensé ?

— Non, je… j'avoue que non.

Instinctivement, elle mit la main à son abdomen, soulevée de diverses émotions, un curieux mélange d'excitation, d'espoir et de peur.

— Eh bien, tu devrais. Je n'ai pas de temps à perdre et je refuse d'entrer dans un de tes petits jeux tortueux. Tu sais parfaitement que je reviendrai.

Il n'y avait aucun adoucissement sur son visage.

— J'ai beaucoup d'affection et de respect pour Henry, continua-t-il. Il est hors de question pour moi de l'abandonner et de disparaître. J'ai aussi une tâche à accomplir avant de pouvoir quitter Eden Park, et je ne parle pas des chevaux. Quand je reviendrai, je te promets bien que tout sera différent entre nous. Nous appartenons l'un à l'autre, quoi que tu puisses en penser. Je parlerai à ton père, et ensuite nous partirons nous installer chez moi.

Elle le regarda sans comprendre.

— Chez toi ? Mais où est-ce ?

— Dans le Cambridgeshire. Je puis t'assurer que tu y seras très bien.

— Mais quelle est cette chose qu'il te reste à faire ici ? Cela me préoccupe et m'inquiète, Kit. Qu'est-ce qui t'a amené ici, à part le désir de me retrouver ?

— C'est un problème que je dois résoudre seul, bien que ce soit plus déplaisant encore que d'avouer la vérité à ton père sur notre mariage. Je vais peut-être ramener Ciel ici, avec moi. J'engagerai une nurse qui veillera sur elle dans la journée quand je serai au travail.

— Ce ne sera pas nécessaire, et puis ta fille serait surprise qu'une étrangère s'occupe d'elle... Je suis sûre que Nan sera ravie de prendre soin de Ciel. Elles ont passé beaucoup de temps ensemble pendant la traversée. En fait, la petite nous manque beaucoup à toutes les deux.

Le visage de Kit s'adoucit un peu.

— Je ne voudrais pas te priver de ta gouvernante, objecta-t-il.

— Eden Park dispose d'une armée de domestiques, et

mes besoins ne sont pas si grands. Nan s'occupera de Ciel avec grand plaisir.

— Eh bien, je pense que cela résoudra le problème. A mon retour en Angleterre, j'ai pensé qu'il était préférable de laisser ma fille à la garde de Victoria pendant que j'essaierais de... conquérir ma femme. Mais je me rends compte que je n'aurais pas dû agir ainsi. Nous avons été séparés trop longtemps, elle et moi.

— Tu ne peux pas te blâmer pour cela, Kit !

— Je ne me blâme pas. Je blâme le salaud à cause de qui on m'a jeté en prison pour un crime que je n'ai pas commis et qui ne se serait pas du tout ému de me voir me balancer au bout d'une corde, cracha-t-il, le visage contracté. Je n'aurai pas de repos tant que je ne l'aurai pas débusqué, où qu'il puisse être. Comme l'assassin de Carmen n'a jamais été arrêté, nombreux sont ceux qui me croient toujours coupable et sont persuadés que Judd a menti pour me faire libérer. On m'a tiré de prison, mais on ne m'a pas rendu mon honneur. La meilleure façon, la seule, de retrouver ma respectabilité, pour toi et pour Ciel, c'est de prouver sans nul doute possible que quelqu'un d'autre a commis ce meurtre.

— Si tu portes un faux nom, c'est à cause de cet homme ?

Il acquiesça.

— Je n'aurais pas pu, sans cela, arriver jusqu'à Eden Park. Et pour confondre l'assassin de Carmen, il vaut mieux que j'avance masqué.

Entendant au-dehors le cliquetis des harnais, il alla à la fenêtre.

— La voiture est là, dit-il en saisissant son sac. Je dois y aller.

Elle sentit sa gorge se serrer et ses yeux se mouiller de larmes. Elle regarda son mari avec une tendresse qui grandissait à chaque seconde. Il ne pouvait pas partir ainsi, pas avec toute cette colère contre elle !

— Oui, vas-y, s'entendit-elle articuler. Il le faut. Fais bon voyage et, s'il te plaît, embrasse Ciel de ma part. Dis-lui que je suis impatiente de la revoir.

Elle aurait tant voulu se jeter dans ses bras ! Pourtant, elle ne pouvait rien faire d'autre que rester là, avec ce regard de noyée.

Kit hocha la tête et marcha vers la porte. Au moment de franchir le seuil, il s'arrêta et se tourna de nouveau vers Amanda.

Elle paraissait abandonnée et sans défense, ses yeux le suppliaient de ne pas partir ainsi. Le souvenir de leur nuit lui revint à la mémoire, et il sentit son cœur fondre.

Laissant tomber son sac, il revint vers elle en trois grandes enjambées et, lui ouvrant les bras, il les referma sur elle avec passion. Elle se pendit désespérément à son cou, de toutes ses forces, et ils restèrent ainsi accrochés l'un à l'autre, avec la certitude que ce n'était qu'un au revoir et que rien ne pourrait jamais les séparer.

Il pressa ses lèvres sur la chevelure parfumée de sa femme, poussa un soupir et, finalement, s'écarta.

— Prends bien soin de toi, lui dit-il. Je reviendrai aussi vite que je le pourrai. Si l'on devait découvrir mon identité réelle, la situation pourrait devenir dangereuse, non seulement pour moi, mais pour toi.

— Pourquoi ? Que veux-tu dire, Kit ? demanda la jeune femme en tentant de le retenir. Il faut que je sache. Tu ne peux pas me laisser ainsi !

Il hésita un instant puis la regarda droit dans les yeux.

— L'homme qui a tué Carmen croit que j'ai été pendu à sa place, expliqua-t-il. Il pense que le dossier est classé et qu'il est à présent tout à fait en sécurité. Si mon identité est révélée, alors il se sentira menacé, tu comprends ce que je veux dire ?

Amanda hocha la tête, les yeux rivés à ceux de Kit.

— Et tu crois qu'alors il pourrait se montrer dangereux d'une manière ou d'une autre ?

— J'en suis sûr. Il a déjà tué, il peut recommencer. C'est pourquoi je veux que tu fasses attention et que tu sois constamment sur tes gardes.

— Mais qui est-ce ? Qui est cet homme que tu suspectes ?

Finalement, comme si la dernière pièce d'un puzzle se mettait en place dans sa tête, elle comprit. Elle sentit ses jambes se dérober sous elle.

— Kit, c'est Quinn, n'est-ce pas ? murmura-t-elle. C'est à lui que tu penses ? Oh ! Ce n'est pas possible…

— Et pourquoi non ? Tu as dit toi-même que tu ne savais pas grand-chose de lui.

— Le fait qu'il était à Charleston à ce moment-là ne prouve pas qu'il est le meurtrier. Je le connais depuis longtemps. Il a certes des côtés déplaisants, mais ce n'est tout de même pas un assassin ! C'est celui de ses employés en qui mon père a le plus confiance. Il prend ses intérêts et ceux de la firme très à cœur, et il est très discret. Je ne puis croire que M. Quinn, toujours si réservé, si maître de lui, ait pu tuer quelqu'un.

— Qui sait de quoi un homme est capable, lorsqu'il est obsédé par une femme aussi belle que l'était Carmen ? Je ne fabule pas, ajouta-t-il d'un ton net. Je sais qu'il l'a tuée dans un accès de rage, quand elle s'est refusée à lui.

Amanda le regarda, incrédule. Si c'était vrai, c'était une révélation aussi choquante que sensationnelle.

— Mais tu as la preuve qu'il pourrait être lié à ce meurtre ?

— J'ai de quoi le faire condamner par n'importe quel

tribunal des deux côtés de l'Atlantique, affirma Kit. Il y a un domestique, un seul, un vieux jardinier, qui ne m'a pas accusé. Mais comme il était âgé et souvent pris de boisson, personne n'a voulu le croire.

— Tu l'as questionné après ta libération ?

— Oui, et il était tout à fait sobre alors. Il m'a raconté que, trois jours avant le meurtre, il avait vu Carmen entrer dans une serre et qu'il l'avait suivie pour lui parler d'un problème de plantation. Mais comme elle était en compagnie d'un homme, il n'avait pas osé l'aborder. Cet homme avait à peu près ma taille et ma complexion, mais il a bien vu que ce n'était pas moi. Ils se disputaient, Carmen et lui, et le jardinier ne l'a vu que de dos. Mais la nuit du meurtre, il a revu cet homme s'introduire dans la maison. Il a même pu voir son visage, mais celui-ci ne lui disait rien.

— Comment sait-il que c'était Quinn, alors ?

— Parce qu'il l'a revu une autre fois sur le port, le jour de votre départ, et qu'il s'est enquis de son nom.

— Je comprends… Et tu le crois ?

— Oui, absolument. Tu vois, Amanda, l'homme de confiance de ton père n'est pas ce qu'il paraît.

— Quand comptes-tu le confondre ?

— Je ne l'ai pas décidé encore, et pour le moment il vaut mieux que je ne le voie pas. Il est même heureux que nous ne nous soyons jamais rencontrés, lui et moi. C'est grâce à cela que j'ai pu me faire accepter à Eden Park. Je ne voulais pas te parler de Quinn avant mon retour, mais, maintenant que tu sais, tu comprends qu'il te faut être sur tes gardes.

Il l'attira de nouveau contre lui pour un baiser rapide.

— Je dois partir, s'excusa-t-il.

— Oui, vas-y. Et surtout, je t'en prie, reviens vite.

— A mon retour, je t'expliquerai tout, c'est promis. Mais souviens-toi, Quinn ne doit se douter de rien.

Sur ces mots, Kit empoigna son sac et quitta résolument le cottage.

Le cocher, conscient de la hâte de son passager, fouetta aussitôt ses chevaux, et la berline s'ébranla.

Amanda la vit s'éloigner à travers un brouillard de larmes. Elle se sentait soudain terriblement seule et abandonnée. Une fois de plus, elle s'interrogea à propos de ses sentiments pour Kit Claybourne.

Il était stupide, elle le savait, de ressentir un tel manque pour un homme qu'elle n'avait épousé qu'afin de gagner son indépendance. D'ailleurs, sa satisfaction d'avoir réussi ce coup-là s'était depuis longtemps estompée.

Depuis qu'elle avait appris que Kit était vivant, elle avait tenté de croire qu'elle n'était attirée par lui qu'en raison de son magnétisme physique, de sa beauté virile. Elle avait presque réussi à se persuader que l'étrange pouvoir qu'il détenait sur elle ne venait que du talent qu'il avait d'éveiller sa sensualité. Mais, elle le comprenait à présent, cet aspect n'était qu'une part de la réalité, une seule facette. Ce qu'elle partageait avec lui allait bien au-delà d'une simple attirance physique ou d'une inclination romantique. C'était beaucoup plus profond, primitif, solide. Une évidence qui régnait sur eux deux et les poussait inexorablement l'un vers l'autre.

En retournant vers le château, elle réfléchit aux accusations de Kit envers Quinn. Cela lui paraissait bien difficile à croire. C'était comme si l'homme de confiance de son père, qu'elle côtoyait depuis l'enfance, perdait soudain toute humanité pour devenir une sorte de monstre. Malgré ses côtés déplaisants, il s'était toujours montré réservé, discret, conscient de ses devoirs et absolument loyal envers son employeur, mais les révélations de Kit traçaient de lui un tout autre portrait, celui d'un criminel sans scrupule, au cœur de glace, aux accès de violence imprévisibles. Qu'il pût ou non aller jusqu'au meurtre était difficile à apprécier.

Elle redoutait l'instant où elle croiserait de nouveau son chemin.

Par bonheur, dès le lendemain, M. Quinn retourna à Manchester s'occuper des affaires de la firme.

Henry et Caroline O'Connell rentrèrent à Eden Park enchantés de leur séjour londonien, et avec deux fois plus de bagages encore qu'à leur départ.

— Je vois, Caroline, que vous en avez profité pour faire quelques emplettes, remarqua Amanda avec un sourire complice.

— Ah, ma chérie ! répondit sa belle-mère en retirant son épingle à chapeau, puis son chapeau lui-même, avant de tendre l'une et l'autre à une servante. Qui pourrait résister aux boutiques de Bond Street et d'Oxford Street ? Je vous ai d'ailleurs rapporté un cadeau : le plus bel éventail de soie d'Extrême-Orient que vous puissiez imaginer. Vous l'aurez dès que ma bonne Nancy l'aura retiré de mes bagages…

Puis sa belle-mère demanda que l'on serve le thé dans le salon et entreprit de lui raconter leur voyage par le menu.

— Tout s'est vraiment très bien passé : un séjour de rêve. C'était merveilleux de voir ma sœur tous les jours et d'être au cœur de la vie de la capitale. Henry a lui aussi profité de chaque seconde. N'est-ce pas, mon ami ?

Henry et Caroline échangèrent un regard d'une profonde tendresse, pour le plus grand plaisir d'Amanda à qui la vue de leur entente procurait toujours une joie sincère.

— Il était tout à fait dans son élément, continua Caroline, et j'ai le sentiment que nous y retournerons bientôt. De même, ma sœur et son mari seront bientôt invités à Eden Park. Votre

Elle soutint son regard inquisiteur.

— C'est un nom assez répandu, répliqua-t-elle. Il y a beaucoup de Claybourne en Angleterre. J'espère que vous ferez un séjour agréable à Eden Park.

— Comment pourrait-il en être autrement en si charmante compagnie ? répondit galamment l'invité. Je suis ravi d'avoir cette occasion de goûter aux plaisirs de la campagne anglaise.

— Mon père me dit que vous venez de Charleston, señor Ortega ?

— Je vous en prie, appelez-moi Rafael. Nous autres Américain, ne connaissons pas le formalisme qui est de mise ici.

Elle sourit.

— C'est vrai. C'était l'une des choses que j'appréciais, à Charleston...

— Je suis né au Mexique, mais j'ai toujours vécu en Caroline du Sud. Je regrette de ne pas vous avoir rencontrée là-bas. J'espère que vous avez apprécié votre séjour ?

— Beaucoup, bien qu'il fût malheureusement endeuillé par le décès de ma tante. Quelle est votre profession ? Si du moins vous ne vivez pas du revenu de vos rentes...

— Mon Dieu, je m'occupe de différentes affaires, de quoi me procurer un minimum de confort... Je ne suis pas très exigeant.

— Et vous vous intéressez aux chevaux, je crois ?

— Je dirais plutôt : aux courses.

— Vous êtes donc un joueur ?

— Je dois le confesser. Et j'ai hâte de voir les écuries d'Henry. Il m'a beaucoup vanté ses chevaux et m'a confié qu'il avait l'espoir de monter un grand élevage.

— Il n'en est encore qu'à ses débuts dans cette entreprise.

— Je serai néanmoins ravi de visiter ses installations et aussi de rencontrer son entraîneur. M. Benedict, je crois ?

Elle le considéra avec plus d'attention. Rêvait-elle ou bien y avait-il une lueur quelque peu prédatrice dans ce regard-là ? Comme un intérêt suspect et mal déguisé…

— Oui, répondit-elle néanmoins. Kit Benedict a une vaste expérience des chevaux et il en est un grand connaisseur. Mon père l'apprécie beaucoup. En fait, il se fie entièrement à son jugement. Je ne sais pas ce qu'il ferait sans lui.

— Nul n'est indispensable, madame Claybourne. Pas même votre M. Benedict.

Il la regardait dans les yeux, et pourtant elle ne parvenait pas à déchiffrer l'expression de son visage. Cet homme-là dissimulait quelque chose, et cela la mettait mal à l'aise. Elle n'aimait pas la façon dont il avait appuyé — très légèrement — sur le mot *votre*. Elle fut soulagée lorsque sa belle-mère, qui les avait laissés seuls pour aller s'entretenir avec Henry, revint se joindre à la conversation.

— Montez-vous à cheval, Rafael ? demanda celle-ci en s'approchant.

— Mais… oui, bien entendu.

— Amanda est une excellente cavalière. Pas moi. Je refuse de monter et j'ai même une véritable aversion pour les chevaux, ce que mon mari a bien du mal à comprendre… Peut-être pourrez-vous emmener Rafael avec vous en promenade demain, Amanda ? Je suis sûre que nous lui trouverons une monture convenable.

— J'en serais ravie, répondit Amanda en s'efforçant de dédier à l'Américain un sourire poli.

— Et pendant ce temps-là, Henry se renseignera sur les prochaines courses prévues dans les environs.

— Je lui en serais très reconnaissant, répondit Rafael,

et peut-être votre dresseur pourra-t-il me donner quelques tuyaux sur les meilleurs trotteurs ?

Il fit mine de s'intéresser à une délicate statuette posée sur un guéridon avant de demander d'un air détaché :

— Est-ce un homme du cru ?

— Ma foi, répondit Caroline, je ne sais pas vraiment d'où il est originaire.

— Je crois qu'il vient du Cambridgeshire, intervint Amanda.

Elle avait parlé sans réfléchir et le regretta aussitôt.

Caroline la regarda avec surprise.

— Ah oui ? Eh bien… maintenant nous le savons. Malheureusement, Kit est absent d'Eden Park pour quelque temps. Il a été appelé au chevet de sa fille malade. A propos, Henry a reçu une lettre de lui ce matin, Amanda, le saviez-vous ?

— Non, je… je l'ignorais, balbutia Amanda, qui essayait désespérément de conserver une attitude calme et posée, alors qu'en fait elle mourait d'envie de se ruer sur-le-champ dans le bureau de son père pour lire cette lettre. Donne-t-il de bonnes nouvelles ?

— Oui, je le crois. La petite se remet, et il a prévu de rentrer bientôt.

— Tout est donc bien qui finit bien, intervint Rafael en souriant. J'ai été désolé d'apprendre votre veuvage tellement précoce, madame Claybourne, si peu de temps après votre mariage. Vous vous étiez mariée à Charleston, je crois ?

La question prit Amanda de court et lui glaça le sang.

— Oui, en effet, répondit-elle, de plus en plus mal à son aise, tandis que l'Américain la scrutait de son regard incisif.

Caroline vit son embarras et s'empressa de dévier la conversation.

— Ne m'avez-vous pas dit, Rafael, que vous aviez passé

du temps à New York, avant de vous embarquer pour l'Angleterre ?

— En effet. Une ville hyperactive, trépidante !

— Il faudra nous raconter tout cela à table.

Caroline se tourna vers Amanda.

— Vous devriez aller vous changer, ma chère. Le dîner va bientôt être servi, et vous savez comme votre père déteste attendre au moment des repas…

Comprenant que sa belle-mère lui offrait une échappatoire, Amanda lui dédia un sourire reconnaissant et quitta rapidement le salon, des questions plein la tête.

Qu'est-ce que ce Charlestonien pouvait bien faire à Eden Park ? N'était-ce qu'une coïncidence ou cela signifiait-il des ennuis à venir pour Kit ?

Elle n'avait aucun moyen de le savoir. Mais quoi qu'il en soit, elle veillerait à ne plus laisser échapper un seul mot qui pût lui porter tort.

8.

Un peu plus tard, Amanda s'examinait d'un œil critique devant sa psyché, se demandant si la couleur de sa robe s'accordait tout à fait à celle de ses cheveux, quand Caroline la rejoignit dans sa chambre.

— Amanda, est-ce que tout va bien ?

— Mais oui, bien sûr. Croyez-vous que ce vert me va ?

— Absolument, vous êtes ravissante. Dites-moi, cela ne vous ennuie pas que Rafael séjourne quelques jours avec nous, n'est-ce pas ?

— Pas du tout, puisque vous l'avez invité. Il est charmant, mais je crois qu'il n'est pas tout à fait celui qu'il prétend être et que ses belles paroles sont son meilleur atout.

— J'ai remarqué la façon dont il vous regardait, et j'ai bien vu que cela vous rendait un peu nerveuse. Il vous a aussi embarrassée lorsqu'il vous a questionnée à propos de votre mari.

— Bah, il a touché un point sensible.

Caroline sourit, visiblement pas entièrement convaincue.

— Vous savez ce que c'est, expliqua-t-elle, ce señor Ortega appartient au genre d'homme qui ne peut s'empêcher d'essayer son pouvoir d'attraction sur toutes les jolies femmes qu'il rencontre. Méfiez-vous-en tout de même…

— Il a du charme et d'excellentes manières, et je suppose que beaucoup y sont sensibles. Mais après avoir vécu un an à Charleston, je vous assure que j'ai une grande habitude de ce genre de soupirants et que je suis définitivement immunisée !

Elle termina sa phrase avec un sourire complice.

Caroline le lui rendit et pencha la tête pour croiser son regard dans le miroir.

— Et Kit Benedict, demanda-t-elle tout à trac. Etes-vous immunisée contre lui, également ?

Amanda se détourna et, pour se donner une contenance, s'empressa de retoucher sa coiffure que Nan venait de mettre en place et qui n'en avait nul besoin.

— Kit Benedict ? Pourquoi me demandez-vous cela ?

— Mon Dieu, je n'ai pas de raison particulière. J'ai seulement été surprise que vous connaissiez sur lui des détails que nous ignorions.

— Vous voulez dire, quand j'ai répondu au señor Ortega qu'il était originaire du Cambridgeshire ? Kit l'a mentionné devant moi une fois, je ne sais plus quand.

— Bien sûr, mais cela m'a surprise que vous lui donniez cette information.

Amanda soupira.

— C'est sorti tout seul.

— Kit appartient à un genre… très différent de celui de Rafael, n'est-ce pas ?

— Je ne sais pas, répondit-elle avec un rire embarrassé, sentant ses joues s'embraser.

— Oh, si ! insista Caroline. Un grand et bel homme, avec un sourire — quand il condescend à le montrer — qui pourrait illuminer ce château entier. C'est aussi une personnalité complexe que notre M. Benedict, trop rude pour être un aristocrate, et pourtant aussi à l'aise parmi eux qu'au milieu de ses chers chevaux. En fait…

Elle sourit et la prit par le bras pour sortir de la chambre.

— … Je dirais qu'il est presque trop parfait !

Amanda regarda sa belle-mère avec étonnement, amusée au plus haut point par la description que celle-ci venait de donner de son époux secret.

— Mon Dieu, Caroline ! Si vous n'étiez pas mariée à mon père, et tous les deux si visiblement fous l'un de l'autre, je croirais que vous êtes amoureuse de Kit Benedict !

— Moi ? Oh, non. Mais je me demande si vous ne le seriez pas vous-même.

— Ce… ce serait ridicule ! Je le connais si peu…

— Alors, que Dieu vous protège quand vous le connaîtrez mieux. Ah, voici Henry !

Son père venant de paraître en haut de l'escalier, Amanda ne put rien répliquer, ce qui l'arrangeait plutôt. Sa belle-mère était si intuitive et clairvoyante qu'il allait lui falloir se tenir encore plus sur ses gardes.

Toujours préoccupée de Kit, elle écouta d'une oreille distraite Rafael jacasser sans trêve et avec entrain durant tout le repas — « comme tous les Américains », lui glissa son père en aparté. Il parla de son enfance au Mexique puis à Charleston, de ses voyages dans l'Ouest, à New York… Elle vit arriver avec soulagement le moment où elle put décemment se retirer dans sa chambre.

Durant toute la semaine, Rafael Ortega l'escorta dans tous les événements mondains auxquels elle assista, sauf à l'occasion d'une course de chevaux à Liverpool, où Henry et lui se rendirent et pour laquelle ils restèrent deux jours absents.

Chaque matin il l'accompagnait dans sa promenade à cheval, mais à son grand soulagement son père prit l'habitude de l'accompagner lui aussi, et, Dieu merci, l'Hispano-Américain ne fit plus aucune allusion à son mariage.

Amanda sentait bien que Rafael était attiré par elle, mais cette attirance n'était nullement réciproque. Comme l'homme était malgré tout un invité de son père et de sa belle-mère, elle se montrait toujours parfaitement courtoise et polie, tout en veillant à conserver ses distances. C'était une tâche difficile, qui mobilisait toute la science qu'elle avait acquise à ce jeu. Bien qu'elle y réussît assez bien, il ne la quittait pas des yeux une seconde, ce qui la mettait extrêmement mal à son aise.

Mais qu'elle sourît, qu'elle parlât ou qu'elle se tût, ses pensées revenaient constamment vers Kit. Elle se couchait en pensant à lui et se levait de même.

Lorsque son père lui apprit qu'il avait reçu une lettre de lui annonçant son retour dans moins de deux jours, elle faillit pleurer de joie et de soulagement.

Dans sa missive, Kit avait indiqué l'heure où son train entrerait en gare, et une voiture avait été envoyée d'Eden Park pour les chercher. Bercée par les mouvements de la calèche, Ciel ne tarda pas à s'endormir sur ses genoux.

Frank, le cocher, qui l'aimait bien, le régala du récit de tout ce qui s'était passé à Eden Park durant son absence, tant aux écuries qu'au château.

Les yeux baissés sur la petite forme blottie tout contre lui, Kit l'écouta d'une oreille distraite, surtout intéressé par ce qui concernait ses chevaux. Les petites histoires du château n'étaient pas son affaire, du moins jusqu'à ce que le nom d'Amanda fût prononcé, ainsi que celui d'un étranger arrivé au château peu après son départ.

Instantanément, il fut en alerte.

— Il s'appelle Rafael Ortega, expliqua Frank. Il paraît qu'il est né au Mexique, mais pour moi il parle comme un Américain. Quoique d'allure, c'est vrai, il fasse plutôt hispano. Il est très liant, parle à tout le voisinage, ce qui fait qu'il n'a pas tardé à être invité partout.

Kit se sentit d'abord envahi par la stupeur, mais très vite ce fut la rage qui l'emporta et bouillonna en lui. Il écoutait Frank et regardait dans sa direction, mais il ne le voyait pas. Quelque chose de sombre et d'innommable venait de s'emparer de son cœur et d'y agripper ses tentacules glacées.

— Comment dis-tu qu'il s'appelle ?

— Rafael Ortega. Un gentleman de Charleston, en Caroline du Sud.

Ce nom l'atteignit comme un coup de poing à l'estomac.

Rafael Ortega était le frère de Carmen, un homme rusé et dangereux. Comment l'avait-il débusqué, et surtout que lui voulait-il ?

Lorsque le corps sans vie de la jeune veuve avait été découvert, Ortega avait été le premier à le pointer du doigt et à l'accuser du meurtre. Et le témoignage de Judd n'avait certes pas suffi à le convaincre qu'il s'était trompé de cible.

Kit rentrait à Eden Park bien résolu à confondre Quinn et à tout révéler à Henry O'Connell. Mais l'irruption d'Ortega dans le jeu changeait la donne.

Soudain, il se sentit de nouveau prisonnier, son destin tout entier dans la main du frère de Carmen, comme un oiseau pris au nid.

— Un type très poli, très agréable, continuait Frank,

ignorant la lueur meurtrière qui brillait dans son regard. C'est ce que Mlle Amanda a l'air de penser. Y aurait quelque chose entre ces deux-là, que ça ne m'étonnerait pas. On les voit partout ensemble. A mon avis, y a du mariage dans l'air. Enfin, quand le deuil de mademoiselle sera terminé, bien sûr…

Après le rapport du cocher et tandis que la voiture cahotait le long des chemins de campagne, Kit passa le reste du voyage à sentir la colère gronder en lui et eut toutes les peines du monde à conserver une apparence de calme. Il y parvint, toutefois sa fureur s'était transformée en une sorte de rage froide lorsque l'attelage atteignit Eden Park.

A quoi diable Amanda jouait-elle ? Le prenait-elle donc pour un naïf ? Pendant qu'il s'inquiétait pour sa fille et restait à son chevet, sa femme flirtait et s'affichait en tous lieux au bras de l'homme qui le détestait le plus au monde !

Le lendemain matin, Nan se présenta à la porte du cottage pour voir Ciel. La fillette la reconnut immédiatement et l'accueillit avec des cris de joie. Immédiatement, elles disparurent toutes deux dans la chambre de l'enfant pour décider de la tenue que Ciel porterait ce jour-là.

Débarrassé de ce souci, Kit put se rendre aux écuries. Il avait décidé de reprendre l'entraînement sans attendre et comptait monter l'un des chevaux d'Henry dans les collines.

Toute la nuit, ses pensées s'étaient tournées vers Amanda.

Le souvenir émotionnel autant que visuel, tactile et même olfactif de leur nuit d'amour le hantait. Elle était si tendre et si passionnée qu'imaginer qu'elle puisse seulement regarder un autre homme lui était insupportable. Quand il la reverrait, il pourrait bien lui tordre le cou, se disait-il, plein de ressentiment. Mais s'il fermait les yeux, ce n'était pas sur la gorge d'Amanda qu'il voyait ses mains se refermer, mais sur son corps, et il rêvait qu'il embrassait avec fureur sa bouche traîtresse mais si douce.

Amanda parcourait les collines avec Rafael. C'était la première fois qu'ils y montaient seuls ensemble. La journée était ensoleillée mais froide, avec quelques nuages épars qui couraient au-dessus des crêtes.

Ils longeaient un sentier qui contournait un bois épais, dans un secteur qu'elle connaissait assez mal, bien qu'elle n'y vînt pas pour la première fois, lorsqu'elle aperçut à quelque distance un cavalier solitaire. Il semblait ne faire qu'un avec sa monture, qu'il menait au grand galop avec une sorte de rage, comme si l'homme autant que la bête avaient besoin de dépenser leur énergie.

Le cœur d'Amanda fit un bond dans sa poitrine à cette apparition.

C'était Kit, bien sûr. Elle savait qu'il était rentré de voyage tard la veille au soir, mais elle ne s'était pas attendue à le voir de si bonne heure. Elle pouvait sentir, malgré la distance, la force de son pouvoir d'attraction, de séduction. Il était apparu trop soudainement pour qu'elle pût se préparer et se composer une contenance et c'est pourquoi sa joie rayonnait sur son visage, trahissant ses sentiments. Mais, à sa déception, Kit, lorsqu'il les vit, tourna bride, faisant faire volte-face à sa monture pour ne pas avoir à croiser leur chemin.

Rafael avait remarqué Kit lui aussi, et il n'avait pas pu manquer de noter la fugitive expression de bonheur qui lui avait échappé. Mais il ne fit aucun commentaire.

Il suivit Kit du regard, les yeux comme deux boules de haine entre ses paupières à demi closes.

Kit n'était nulle part en vue lorsqu'ils revinrent aux écuries.

Après avoir confié leurs chevaux à un palefrenier, ils revinrent au château pour se changer. Contrairement à son habitude, Rafael était silencieux et songeur lorsqu'ils se séparèrent dans le grand hall.

Il fallait qu'elle parle à Kit.

N'y tenant plus, elle retourna en hâte aux écuries.

Elle le trouva près du paddock où des chevaux piaffaient.

Habillé d'une culotte d'équitation ajustée qui mettait en valeur ses longues jambes musclées et d'une chemise blanche au col ouvert sous un gilet de cuir souple, Kit dégageait une impression d'énergie, de force qui ne demandait qu'à entrer en action. Il était en grande conversation avec Henry, qui portait avec un plaisir visible un veston de tweed et des bottes crottés. Son père, dans son désir d'être toujours plus près de ses chevaux, était bien capable d'avoir passé les premières heures de la matinée à nettoyer les stalles, au coude à coude avec ses palefreniers ! Près de lui, tout aussi ravi que lui de cette ambiance, se tenait sagement son chien Bracken, digne rejeton d'une longue lignée de golden retrievers. Le chien remua la queue en la reconnaissant.

Kit tourna la tête vers elle, et elle se raidit en voyant la lueur de colère qui brillait dans ses yeux sombres. Puis il se détourna et reprit sa conversation avec son père.

Hélas, comme elle aurait aimé que Kit fût aussi heureux de la voir que ce bon gros Bracken ! Il lui était difficile de prétendre à la face du monde que cet homme ne lui était rien, alors qu'une seule nuit avec lui avait fait basculer sa vie pour toujours. Durant son absence, elle avait essayé de se concentrer sur telle ou telle chose sans y parvenir. Elle seule savait quel chaos, quel tumulte l'habitait en permanence. Si seulement Kit l'avait su, lui aussi !

Mais peut-être après tout ne l'ignorait-il pas et ressentait-il exactement la même chose ?

Pendant ce qui lui sembla une éternité, elle se tint immobile, tendue à l'extrême, attendant que son père ait fini de parler à son entraîneur.

Quand ils eurent épuisé le sujet de l'étalon alezan, un des grands espoirs de leur élevage, ils se mirent à parler d'autre chose sans se soucier d'elle et sans même lui accorder un regard. Sa patience mise à rude épreuve, elle décida qu'elle en avait assez : il était clair que Kit lui accordait moins d'importance qu'à ses chevaux.

Elle allait tourner les talons lorsque son père la remarqua enfin.

— Ah, Amanda, attends, je rentre avec toi.

Elle regarda son mari, qui s'était de nouveau tourné vers elle.

— Non, vas-y. Je suis venue parler à Kit de sa fille.

Henry eut un regard surpris, mais ne fit aucun commentaire et s'éloigna. Ce n'est que lorsqu'il fut hors de portée d'oreille qu'elle s'avança enfin.

— Je suis contente que tu sois rentré.

— Ah oui ?

Elle tressaillit au son de sa voix et sentit un frisson désagréable lui parcourir le dos.

— Mais oui. Est-ce que Ciel est guérie ?

Kit acquiesça d'un hochement de tête.

— Et tu l'as ramenée avec toi ?

— Bien sûr.

— J'ai envoyé Nan au cottage, ce matin. J'espère qu'elle a pu se rendre utile ?

— Oui, merci. J'apprécie beaucoup ce que tu as fait là.

Le ton, brusque, démentait les paroles aimables.

— Que se passe-t-il, alors ? s'insurgea-t-elle, pourquoi es-tu comme ça ?

Il s'approcha sans répondre, menaçant comme les nuages d'une tempête au-dessus d'elle.

— Comment devrais-je me comporter, répliqua-t-il d'un ton rageur, lorsqu'on m'apprend que, durant mon absence, ma femme s'est affichée avec un autre homme ?

— Affichée ? répéta Amanda qui s'étouffait presque sous l'insulte. Comment peux-tu dire une chose pareille ? Je n'ai pas… Et tu n'as aucun droit ni aucune raison de te conduire comme… comme un mari outragé !

— J'en ai parfaitement le droit, au contraire ! gronda-t-il.

Ce furent les yeux d'Amanda, qui, à leur tour, lancèrent des éclairs de colère.

— Tu es peut-être mon mari, mais aucun homme sur terre ne me dira jamais ce que je dois faire ou ne pas faire !

— Non ? Eh bien, ma chère épouse, c'est ce que nous allons voir. Est-ce que tu désires cet homme ?

— Puis-je te demander au moins de qui tu veux parler ?

— Je veux parler de Rafael Ortega, et tu le sais, répliqua Kit d'un ton glacial et autoritaire qu'elle ne lui connaissait pas.

Amanda secoua la tête. La colère et la confusion se mêlaient dans son cerveau.

— Comment oses-tu ? Tes accusations sont totalement injustifiées, et injustes tout court !

— Ah ? Je ne le crois pas, moi…

Tournant la tête, Kit surprit un jeune palefrenier qui, près des chevaux, les regardait interloqué, avide de savoir ce qui pouvait causer un tel éclat entre la fille du patron et lui. Il prit son épouse par le bras.

— Faisons quelques pas au-dehors, dit-il. Nous nous faisons un peu trop remarquer, ici. J'ai hâte d'entendre ce que tu as à dire pour ta défense.

Amanda, qui devait marcher rapidement pour suivre ses enjambées, protesta avec aigreur.

— Tu peux me lâcher, je ne vais pas m'enfuir !

— Non ? pardonne-moi si je me montre prudent, c'est que je découvre seulement toute l'ironie de la situation de mari ! Et puis, ce à quoi tu m'as habitué me rend méfiant quant à ce que tu es capable de faire…

Il emprunta une allée qui menait à un épais bosquet derrière une grange et ne s'arrêta que lorsqu'ils furent tout à fait hors de vue. Uniquement préoccupé de leur dispute, il se refusait à entendre le chant des oiseaux au-dessus de leur tête et à voir qu'autour d'eux le printemps refleurissait, faisant éclater les bourgeons de sa sève.

Les mains sur les hanches, il considéra sa femme avec sévérité.

— Depuis que je suis arrivé à Eden Park, dit-il, je t'ai toujours traitée comme je le devais, et il en sera toujours ainsi entre nous. Mais je n'ai pas l'intention de te laisser te jouer de moi avec Ortega. D'après ce qu'on m'a dit, il est après toi comme un chien de chasse, et toi, tu l'encourages.

— Mes relations avec le señor Ortega sont bien innocentes, mais évidemment, toi, tu en parles comme d'un crime !

— N'essaye surtout pas de nier, rugit-il. Il est évident qu'il montre envers toi un intérêt qui n'est pas seulement mondain et que ta réponse n'est pas de pure courtoisie. Je t'ai vue en train de te promener avec lui dans les collines, et bien plus loin que là où tu as l'habitude d'aller.

— Je sais, moi aussi, je t'ai vu, cracha Amanda, révoltée.

Est-ce que tu m'espionnais ? Sinon, tu dois avoir un instinct particulièrement développé pour nous avoir dénichés là-haut. Et c'était très incorrect de ta part de tourner bride en nous voyant, comme tu l'as fait.

— Je te demande pardon ?

— Tu m'as très bien entendue.

Il la regarda, stupéfait. La déesse qu'il avait tenue dans ses bras s'était métamorphosée en une espèce de furie.

— Si tu veux le savoir, je n'avais nulle envie de me retrouver face à Ortega. Es-tu en train de me dire qu'il n'y a rien entre vous ?

— Mais bien sûr qu'il n'y a rien, Kit ! Mais enfin, d'où peut bien te venir un tel soupçon ? Tu n'es rentré que depuis hier soir, c'est tout de même peu pour avoir pu recueillir de tels ragots… A qui as-tu parlé ?

— A Frank.

— Frank ? Amanda ouvrit de grands yeux effarés. Tu veux dire Frank Hoyle, le cocher et garçon d'écurie ? Et lui, il sait ce qui se passe entre Rafael Ortega et moi, bien entendu ? Mon Dieu, je ne peux pas croire que tout ce fatras vienne de lui !

Les mains sur les hanches, elle le regarda d'un air sarcastique.

— Comment, toi, as-tu pu croire à ce genre de racontars ?

— Apparemment, on murmure beaucoup à propos de toi et d'Ortega. Depuis que je suis à Eden Park, j'ai été forcé de regarder des cohortes de mâles te tourner autour, mais je ne le tolérerai pas de sa part. Peu importe la raison qui l'a tout d'abord amené ici, il est clair qu'il est attiré par toi depuis qu'il t'a rencontrée…

Ses yeux foudroyèrent la jeune femme sur place.

— Je n'ai nullement l'intention de te partager avec lui

ni avec aucun autre homme. Les vœux que nous avons prononcés m'engagent, moi, pour toute ma vie. Il semble qu'en ce qui te concerne, ils s'estompent déjà... Dois-je te les remettre en mémoire ?

Amanda rejeta la tête en arrière et le dévisagea, le menton haut, les yeux pleins de fureur.

— Je m'en souviens très bien et n'ai nul besoin de toi pour cela. Laisse-moi, maintenant.

Lorsqu'il entendit ces mots, une lueur sauvage passa dans les yeux de Kit.

— Fais bien attention, murmura-t-il d'une voix menaçante, ne me défie pas ! Je te connais trop bien, je sais à quoi tu réagis...

Et avant qu'elle ait pu faire un pas de plus, il l'empoigna et prit sa bouche dans un baiser farouche, brutal et possessif. Un baiser qui exigeait et qui brûlait, mais qui apaisait aussi, un peu, la faim qu'il avait d'elle et qui n'avait fait que croître et embellir durant leur séparation.

Son épouse, apparemment, se moquait bien des raisons qui le poussaient à l'embrasser ainsi. Ce baiser, c'était l'étincelle qui mettait le feu aux poudres et libérait toute la passion de la jeune femme. C'était ce qu'elle voulait, ce qu'il lui fallait. Elle jeta ses bras autour de son cou et l'embrassa avec une fureur égale à la sienne. Comme elle plaquait contre lui son corps souple, ses cheveux se dénouèrent et se répandirent sur ses épaules comme une pluie de soie.

Il s'enivra de son parfum, de l'odeur de sa peau et de sa chevelure, de la passion qu'il sentait monter en elle, de son cœur qui battait contre le sien. Lui-même ressentait un plaisir inouï, une joie profonde et si forte qu'elle en était presque insupportable. Amanda frémissait sous ses lèvres, se cabrait... Finalement il se força à disjoindre leurs lèvres, releva la tête et plongea les yeux dans les siens.

Elle lui avait rendu son baiser, mais sa colère n'en était pas pour autant éteinte.

— Ose me dire, murmura-t-il, que ceci ne représente rien pour toi.

— Comment peux-tu croire de telles choses sur moi ? lui répliqua-t-elle.

— Je ne puis ignorer ce que je vois. Dois-je te rappeler que je t'ai rendu un grand service à Charleston, Amanda ? Même si tu n'y as pas gagné cette indépendance que tu désires tant…

Elle se redressa et s'écarta de lui, des larmes de rage brillant dans ses yeux verts.

— Je ne te dois *rien*, haleta-t-elle, ma vie est à moi et j'en fais ce que je veux ! Nul n'a le droit de me dire comment je dois me conduire !

Soudain, à cette vue, la fureur chez Kit fit place au remords.

La reprenant dans ses bras, il la serra étroitement contre lui.

— Je t'en supplie, grogna-t-il, ne pleure pas. Je n'ai jamais pu supporter de voir les larmes d'une femme.

— Mais pourquoi me parler ainsi ? sanglota-t-elle. Me dire toutes ces choses affreuses ?

Il eut un sourire triste.

— Parce que j'étais en colère. Parce que j'ai cru qu'Ortega te plaisait et que je n'ai pas pu le supporter.

Surprise, elle le regarda.

— Cela compte à ce point pour toi ?

— Oui.

Elle dut voir alors dans ses yeux toute la peine d'un homme blessé par ce qu'il croyait une trahison, la négation de la confiance instaurée entre eux avant son départ pour Londres.

— Je n'avais pas idée de ce que tu ressentais, murmura-t-elle avec un sourire maladroit. Mais si tu dois suspecter chaque homme qui me parle et te mettre en fureur ainsi, la vie va être insupportable !

Sans la lâcher, il caressa du regard son beau visage, la peau de pêche de ses joues baignées de larmes, le creux délicat de sa gorge, une mèche rousse qui brillait sur sa peau crémeuse. Elle était parfaitement adorable, même avec son caractère indomptable, qui n'était jamais, au fond, que l'écho du sien.

— Le señor Ortega ne m'est rien, Kit, il faut me croire. Et même, si tu veux le savoir, je ne l'apprécie guère. Mais tu sembles oublier qu'il est l'invité de ma belle-mère et de mon père. C'est mon devoir de le traiter avec courtoisie. Et puis — elle eut un sourire moqueur —, c'est assez plaisant, tu sais, d'être courtisée par un gentleman. En dépit de tout ce que tu peux penser, il a des manières parfaites.

Le regard de Kit redevint dur.

— Je puis t'affirmer pourtant qu'Ortega n'a rien d'un gentleman. Continueras-tu à le considérer comme un invité charmant et inoffensif si je te dis qu'il est le frère de Carmen Rider ? C'est un homme sans honneur, une crapule à qui il ne faut surtout pas se fier. C'est aussi un joueur professionnel, habitué des casinos flottants du Sud, ceux qui sont installés sur les *riverboats*. Je le vois encore à mon procès, à la barre des témoins, réclamant qu'on me pende… Il a découvert je ne sais comment que j'étais ici, et il est venu dans l'intention de me nuire.

Toujours blottie dans les bras de Kit, Amanda recula pour mieux le regarder, frappée de stupeur.

— Son frère ? Mon Dieu, je n'en avais aucune idée… Mais il est vrai que j'avais des doutes sur lui. Lorsque Caroline m'a dit qu'il venait de Charleston, je me suis demandée s'il y avait un lien entre vous deux. Mais comme il n'en disait rien, j'ai pensé que je me trompais.

Kit la lâcha et repoussa sa mèche sur son front de ses longs doigts.

— A-t-il rencontré Quinn ? demanda-t-il.

— Non, Quinn est parti pour Manchester le lendemain de ton départ pour Londres. Pourquoi ? Ils se connaissent ?

Kit secoua la tête, l'air pensif.

— Non, du moins je ne le pense pas. Ces deux dernières années, Ortega a passé le plus clair de son temps à bord de ces casinos flottants que sont les bateaux à aubes de la Savannah River et du Mississipi. Mais ils sont de la même espèce tous les deux. Ce sont des joueurs, quoique Quinn ait plus de sang-froid. Ortega est notoirement connu, dans tous les tripots de La Nouvelle-Orléans jusqu'à New York, sous son surnom de Mexican Jack. C'est un tricheur, un menteur et l'une des pires canailles qui soient.

Amanda sentait que le choc de la surprise qu'elle avait ressentie en apprenant qui était réellement Rafael s'estompait, mais une pensée glaçante lui traversa l'esprit.

— Kit… Crois-tu qu'il sait ? Je veux dire, pour nous.

— Sous quel nom lui as-tu été présentée ?

— Mme Claybourne.

— Alors, mon chaton, il sait tout ce qu'il a besoin de savoir.

— Que crois-tu qu'il va faire ?

— L'avenir nous le dira. Visiblement, il prend son temps : il s'est installé tranquillement à Eden Park et a attendu que je me montre. A présent que je suis de retour, il ne devrait pas tarder à passer à l'action…

— Oh, Kit, tu crois qu'il veut te tuer ?

Toujours songeur, son mari secoua la tête.

— Curieusement, non. J'ai l'impression qu'il a autre chose en tête.

— Mais tu feras bien attention à toi, n'est-ce pas ? S'il croit que tu as tué sa sœur, il cherche peut-être à se venger…

Kit ne la rassura pas, pas plus qu'il ne lui parla de leur avenir.

Le temps n'était pas encore venu de faire des projets. Pas tant que ses comptes avec Ortega et Quinn ne seraient pas réglés.

C'était en fin d'après-midi et Kit était aux écuries, pansant le cheval qu'il venait d'entraîner, lorsqu'une ombre s'allongea sur le seuil de la porte.

Sans interrompre son travail, il lança un coup d'œil à l'homme qui entrait et le considéra avec dégoût.

Ortega pouvait paraître séduisant au premier abord. La coupe de son habit était irréprochable, l'élégance même. Mais ses yeux étaient froids, sans émotion et sans vie. Seuls l'égoïsme et la malhonnêteté animaient le frère de Carmen. Il avait une âme veule et noire, qu'il eût d'ailleurs volontiers vendue au diable pour une poignée d'or.

Quand Mexican Jack parla, il y avait de la menace dans sa voix et son attitude, mais il demeura de marbre, refusant de se laisser intimider. L'homme voulut le faire chanter, menaçant de révéler à Henry O'Connell sa véritable identité et son mariage avec Amanda, mais lui se contenta d'en rire et lui conseilla de ne pas prendre cette peine : il allait lui-même, très bientôt, en parler à son beau-père et tout lui confesser.

Il savait que, si Ortega le dénonçait dès à présent, il n'y gagnerait rien. Or, le bougre était notoirement tellement criblé de dettes que s'il ne parvenait pas à se renflouer, il ne pourrait pas même envisager de rentrer aux Etats-Unis. Pour le faire chanter, il lui faudrait trouver dans son passé la faille, le détail gênant qui, ramené à la surface, pourrait le mettre en difficulté. Et d'ici qu'il y arrive…

Ortega quitta l'écurie furibond.

Lorsque Amanda descendit prendre son petit déjeuner le lendemain matin, elle trouva Caroline seule dans le petit salon où elles aimaient à se le faire servir. Le soleil, à travers les hautes vitres exposées au sud, faisait briller l'acajou impeccablement ciré de la table.

— Suis-je en retard ? demanda-t-elle en s'asseyant en face de sa belle-mère, avant de se servir de bacon et de toasts.

— Pas du tout. Votre père est parti accompagner Rafael à la gare. Ils ont déjeuné plus tôt.

Amanda, qui dépliait sa serviette, s'interrompit et regarda Caroline avec surprise.

— Rafael est parti ? Mais où donc ?

— Je crois qu'il avait des affaires à traiter à Londres et des gens à visiter.

— C'est plutôt soudain, non ? remarqua Amanda en remerciant d'un sourire le majordome qui venait de lui remplir sa tasse. Pourquoi si vite ? Il n'y a pas même fait allusion hier soir.

— Non, mais j'ai remarqué un changement dans son attitude lorsqu'il est revenu des écuries, hier après-midi. J'ai d'abord cru qu'il y était allé pour monter à cheval, mais il n'était pas en tenue pour cela. Il est revenu au bout d'une demi-heure et est resté silencieux, préoccupé, tout le reste de la journée. Vous l'avez certainement remarqué, vous aussi ?

— Eh bien non, pas vraiment, répondit-elle avec sincérité.

Toutes ses pensées de la veille avaient été focalisées sur Kit et sur ce qu'il lui avait appris au sujet de Rafael Ortega.

— Je me demande si Kit a quelque chose à voir avec tout ça, dit Caroline.

Amanda leva les yeux et rencontra le regard indulgent mais interrogateur de sa belle-mère fixé sur elle, ce qui acheva de la mettre mal à l'aise.

Ce n'était pas la première fois qu'elle pressentait que Caroline devinait plus de choses qu'elle ne voulait bien le dire au sujet de sa romance avec l'entraîneur.

— Kit ? Que voulez-vous qu'il ait à voir avec le départ de Rafael ? s'empressa-t-elle de répondre, en espérant que sa voix ne la trahirait pas.

— Aucune, mais je trouve cela curieux, voilà tout.

— En fait, je ne peux pas dire que notre invité va me manquer, Caroline.

— Non, moi non plus. A vrai dire, il a fini par me faire une assez mauvaise impression, qui s'est accrue tout le long de son séjour ici. Il a beau se montrer toujours très poli, je trouve ses manières un peu outrées et cela ne me plaît pas.

— Père a l'air de s'entendre assez bien avec lui. Du moins tant qu'ils parlent de chevaux.

— Eh bien, il ne l'apprécie pas, lui non plus. Son air de n'attacher d'importance à rien lui déplaît, il me l'a dit. Son côté évasif aussi, lorsqu'on le questionne sur ses moyens d'existence. Vous connaissez votre père, il ne badine pas avec le travail, les risques, le sens de l'effort. Henry est un homme généreux et compréhensif, mais sa tolérance a des limites. Et comme vous le savez, il peut être très sévère dans ses jugements.

Amanda lui sourit.

— Vous savez, Caroline, je ne peux m'empêcher de penser à cette fois où je lui avais demandé s'il pensait se remarier un jour…

— Ah ? Et qu'avait-il répondu ?

— Oh, il avait grommelé, marmonné, et puis il avait fini par me dire qu'il n'était pas homme à se laisser prendre aux charmes d'une femme. Comment avez-vous réussi à l'ensorceler ? D'un coup de baguette magique ou en projetant sur lui de la poudre enchantée ?

Caroline eut un rire clair, et ses yeux se mirent à pétiller.

— Nous nous sommes plu dès notre première rencontre, avoua-t-elle en tartinant un peu de marmelade sur un toast. J'ai d'abord joué la froideur et me suis montrée distante, ce qui a très bien réussi puisqu'il n'a pas tardé à me couvrir de fleurs et à m'inviter à dîner tous les soirs.

— Bonté divine ! Je n'aurais jamais cru mon père si romantique.

— Oh, il l'est, n'en doutez pas !

Caroline mordit dans son toast, puis son visage redevint sérieux.

— Il y a quelque chose qu'il faut que je vous dise, reprit-elle d'un ton embarrassé. Henry s'est cru obligé d'inviter Rafael à revenir passer quelques jours, avant qu'il ne retourne à Liverpool pour reprendre le bateau.

— Et… je suis sûre que le señor Ortega a accepté tout de suite ?

— Oui. Il a dit qu'il serait ravi.

Amanda hocha la tête et se consacra à ses œufs au bacon. Elle n'était pas peu soulagée que Rafael soit parti et regrettait de ne pas en avoir encore fini avec lui. Elle en était certaine, son départ précipité avait quelque chose à voir avec Kit.

L'esprit quelque peu libéré par le départ de Rafael, elle projeta de renouer sa relation interrompue avec la petite Ciel. L'arrière-pensée qu'elle pourrait peut-être en profiter pour passer un moment avec le père de la fillette était un autre et puissant stimulant à ces retrouvailles.

Elle fit demander à la cuisinière de lui préparer un panier pique-nique et prévint Caroline de son intention de « faire connaissance » avec la fille de Kit — il n'était bien sûr pas question de lui avouer qu'elle la connaissait déjà.

Caroline accompagna Amanda jusqu'aux écuries puis rebroussa chemin pour rentrer écrire quelques lettres, mais la douceur de l'air printanier la fit s'attarder un peu.

Elle regarda avec un sourire indulgent sa belle-fille se diriger vers le cottage d'un bon pas, et elle allait tourner les talons lorsque Nan parut sur le seuil de la petite maison, une fillette aux cheveux très noirs à côté d'elle.

C'est alors qu'il se passa une chose très étrange à laquelle rien ne l'avait préparée !

Dès qu'elle vit Amanda, l'enfant agita vivement la main et, échappant à Nan, elle courut vers le portail aussi vite que ses petites jambes le lui permettaient. Alors Amanda s'arrêta en riant et posa son panier sur le gravier de l'allée, puis elle ouvrit grand les bras, et la petite s'y précipita avec un cri de joie. Amanda la serra fort contre elle puis la souleva du sol en la faisant tournoyer. Elles riaient toutes deux, à présent. Enfin, Amanda la reposa à terre et, prenant sa petite main, l'emmena vers le cottage, la fillette gambadant joyeusement à son côté.

Caroline était abasourdie.

Il y avait entre sa belle-fille et cette enfant un lien qui dépassait son entendement, il était évident qu'elles se connaissaient déjà. Ainsi, Kit Benedict et Amanda se seraient rencontrés avant l'arrivée du dresseur à Eden Park ?

Qui aurait cru cela ? songea-t-elle en retournant lentement vers le château. Il y avait décidément beaucoup de choses qu'Henry et elle ignoraient encore à propos du voyage d'Amanda…

9.

Ciel regarda Amanda de ses grands yeux sombres, son joli petit minois fendu d'une oreille à l'autre.

— Nan m'a dit que tu allais venir me voir. Qu'est-ce que tu as là ? questionna-t-elle en montrant le panier. Un cadeau ?

— Si l'on veut, oui. Je suis venue t'emmener en pique-nique. Tu sais ce que c'est ?

La fillette secoua la tête, les yeux brillants d'excitation.

— Eh bien, ce panier est rempli de bonnes choses à manger. Nous pourrions aller au bord du lac.

Nan regarda Amanda comme si elle avait perdu l'esprit.

— Un pique-nique, en avril ?

— Oh, allons, Nan, et ton goût de l'aventure, qu'en fais-tu ? Il fait si beau, ce sera magnifique, au bord du lac !

Soudain, une grande ombre s'allongea sur le seuil.

Amanda se retourna et vit Kit qui lui souriait.

— Aurais-je manqué quelque chose ? demanda-t-il.

— Je suis passée prendre Ciel pour l'emmener en pique-nique. Nan vient avec nous. N'est-ce pas, Nan ?

— Je trouve que c'est une idée splendide ! approuva Kit avant que la gouvernante ait pu seulement dire un mot, et comme vous n'avez pas l'air d'approuver, miss Nan, verriez-vous un inconvénient à ce que j'y aille à votre place ? Pour ne pas décevoir Ciel…

Amanda sourit malicieusement à sa gouvernante. Nan devait trouver fort inconvenant que les deux « époux clandestins » puissent être vus au bord du lac, seuls avec l'enfant. Qu'allait-on en penser ? Mais si elle ne se gênait pas pour critiquer ouvertement ses actions en sa seule présence, il lui était plus délicat de le faire devant Kit.

— Je n'aime pas tellement manger dans la nature, répondit Nan prudemment, et je suis sûre que Ciel préférera avoir son papa auprès d'elle.

Kit se tourna vers Amanda.

— Nous pourrions même aller dans les collines à cheval… Cela te plairait, n'est-ce pas, Ciel ?

La petite acquiesça en battant des mains et en sautant de joie.

— Vous êtes sûr, Kit ? s'inquiéta Amanda. Et vos occupations ?

— Je suis certain qu'Henry ne verra pas d'objection à ce que je passe un peu de temps en compagnie de mes deux favorites, répondit-il, les enveloppant toutes deux dans un même regard de tendresse et de plaisir.

— Je suis contente que Ciel se souvienne toujours de moi, murmura-t-elle en aidant la petite à enfiler son manteau. J'avais un peu peur qu'elle ne m'ait oubliée.

— Je me suis assuré que ce ne soit pas le cas, répondit son mari.

Elle lui sourit avec gratitude.

— Merci, Kit. Ciel est vraiment une très attachante petite fille, dit-elle avec sincérité.

*
* *

Toute la douceur du printemps était dans l'air, autour d'eux.

Le soleil brillait, l'herbe était verte et pleine de fleurs nouvelles. Kit avait installé devant lui la fillette rayonnante, et le panier du pique-nique était accroché à la selle d'Amanda. Ils s'arrêtèrent au bord d'un torrent qui bondissait sur des rochers moussus.

En retirant sa capeline, Amanda libéra la masse lumineuse de ses cheveux, et Kit en eut la gorge sèche et le souffle coupé.

Inconsciente de l'effet produit par ce geste tout simple, la jeune femme étendit une couverture sur le sol. Ciel l'aida à sortir la nourriture du panier et à la disposer sur un grand torchon qui servirait de nappe. Cela l'amusa beaucoup.

— C'est comme ça que je fais quand je joue à la dînette avec mes poupées, expliqua-t-elle, assise sur la couverture, en mordant dans un sandwich.

Après ce déjeuner sur l'herbe, Amanda alla cueillir quelques roseaux flexibles au bord de l'eau puis, s'asseyant avec l'enfant sur une roche plate, elle lui montra comment les tresser ensemble.

Kit, qui était resté assis sur la couverture, le dos contre un rocher, regardait la jeune femme et songeait à quel point elle était jolie dans cette robe bleu saphir toute simple qui lui donnait un air modeste et printanier. Ciel ne tarda pas à s'absorber complètement dans sa tâche, et son initiatrice la laissa pour revenir vers lui. Il pouvait voir la ligne de ses jambes sous le tissu tandis qu'elle s'approchait, et au souvenir de la façon dont elles s'étaient nouées autour de ses hanches à lui, son sang se remit à bouillir.

— Tu as le chic avec Ciel, lui dit-il sans montrer ses sentiments. C'est bon de la voir aussi heureuse…

— Il est facile de s'entendre avec elle. Je m'en étais déjà aperçue durant notre traversée.

Elle s'assit près de lui, ses jambes bottées de cuir fauve repliées sous elle, et le regarda.

— Tu savais que le señor Ortega était parti ?

Il acquiesça, son regard devenant dur et froid.

— Oh, il reviendra, sois-en sûre ! Dès qu'il aura trouvé le moyen de m'extorquer de l'argent…

— De l'argent ? Mais que s'est-il passé entre vous ? Qu'est-ce qui l'a décidé à partir aussi vite ?

Il lui raconta alors leur entrevue aux écuries.

Amanda écouta Kit, horrifiée qu'un homme que son père avait invité chez lui se conduise de façon aussi méprisable.

— Ainsi, il a voulu te faire chanter ? Il t'a menacé de révéler que tu étais mon mari pour obtenir de l'argent ? Cet homme est un criminel, Kit. Il doit être dénoncé.

— Oh, que non ! Pas avant que j'aie pu confondre Quinn.

— Alors, je vais te donner ce qu'il veut, pour que nous soyons débarrassés de lui.

— Pas question, répondit-il d'un ton bref.

— Mais…

— J'ai dit non, Amanda. Si je voulais le payer, je le ferais moi-même.

C'était clairement une fin de non-recevoir, mais elle ne l'entendit pas de cette oreille.

— Il veut vingt mille livres. C'est beaucoup d'argent. Comment feras-tu ?

Il eut une très brève hésitation avant de répondre.

— S'il le fallait, je les trouverais, je ne suis pas un indigent. Et même si je l'étais, je n'accepterais pas ton argent.

Elle fut étonnée de cette réponse. Kit n'avait pas l'air de douter de réunir cette somme. Il le pouvait donc ? Cela ne faisait qu'épaissir un peu plus le mystère qui planait toujours autour de lui, comme un impénétrable brouillard.

Elle leva un sourcil en signe de surprise, mais ne demanda pas d'autre explication.

— Kit, préféra-t-elle plaider, tu ne comprends pas. A moi, cette somme ne manquera pas. Mon père m'a fait ouvrir un compte en banque il y a des années, et il l'approvisionne très largement.

— Non ! répéta-t-il, sa mâchoire formant un angle dur. Je suis ton mari, c'est à moi de subvenir à tes besoins et non le contraire. N'insiste pas, Amanda.

Le ton autoritaire de son étrange mari la fit se tenir coite. Il poussa un soupir rageur, mais elle savait que cette colère-là était surtout dirigée contre lui-même. Il avait tort d'en faire une telle affaire d'honneur, mais la question étant visiblement pour lui des plus sensibles, elle préféra ne pas reprendre le sujet pour le moment.

Ce fut lui qui reprit :

— … Et puis, si tu crois que nous nous débarrasserions d'Ortega en le payant, tu te trompes. Il ne tarderait pas à revenir en demander plus. Je n'ai pas l'intention de me mettre à sa merci, non plus qu'à celle de quiconque.

— Moi, j'espère qu'il ne reviendra pas et nous laissera en paix.

Elle se détourna pour regarder les crêtes et tâcher de chasser de son esprit l'image du maître-chanteur. C'était une belle et bonne journée, il ne fallait pas la gâcher.

— C'est si beau, ici, murmura-t-elle. Au milieu de ces monts et ces rochers, on se sent tout petits et vulnérables… humbles, en fait.

L'expression de Kit s'adoucit, et une lueur amusée passa dans son regard.

— Humble ? Je ne pense pas que tu arrives à l'être, Amanda

Claybourne, même si tu essayais durant des années… Tu es imprévisible, abominablement outrageante, et tu ne cesses de m'étonner !

Elle rit.

— N'est-ce pas ainsi que tu veux ton épouse ? demanda-t-elle. Avoue-le, c'est si ennuyeux, une femme prévisible… Un tempérament plus complexe, un caractère prompt à apporter la contradiction, c'est bien plus amusant !

— Il faut néanmoins garder une certaine maîtrise de soi…

— C'est cela, ton idée de l'épouse idéale ? Une femme qui a perdu toute individualité et ne vit qu'à travers son mari, lui obéissant au doigt et à l'œil et passant ses journées à se féliciter de son sort ?

Kit s'étira et ferma les yeux, le coin de ses lèvres se relevant en un demi-sourire.

— De mieux en mieux, dit-il béatement. Moi, j'aime qu'une femme sache prendre soin de son mari, lui faire sa cuisine et tenir propre sa maison. Par ailleurs, un homme souhaite toujours que son épouse soit douce et gentille avec lui, voire qu'elle l'admire et le place sur un piédestal. Ah, et aussi qu'elle ait de l'humour, qu'elle soit drôle et spirituelle à tout moment…

Elle resta un instant bouche bée puis éclata de rire, comprenant qu'il se moquait gentiment d'elle.

— En général, répondit-elle, l'homme en question ne fait pas grand-chose pour justifier ces soins et cette admiration. Et toi ? Quelle est ton opinion sur les épouses intelligentes ? Est-ce acceptable pour toi, ou aurais-tu peur qu'une femme trop brillante ne devance tes pensées ? A condition qu'elle soit plus intelligente que toi, bien entendu…

Kit sourit de plus belle.

— Ce qui ne peut être le cas, naturellement, répliqua-t-il d'un air suave.

— Ah oui ? rétorqua-t-elle avec une indignation feinte. Si seulement les femmes étaient plus franches et ne se croyaient pas obligées de conserver toujours une attitude timide et réservée pour préserver l'ego des mâles, laissant croire à leurs pères, leurs frères et leurs maris qu'ils sont plus malins qu'elles !

— Si elles s'y hasardaient, ils utiliseraient leur pouvoir pour maintenir leur suprématie acquise depuis si longtemps, c'est hélas à craindre, dit-il doucement.

Quand il rouvrit les yeux et les tourna vers Amanda, il y avait dans ses prunelles une séduisante langueur qui fit battre son cœur plus vite.

— Moi, reprit-il, j'apprécierais que ma femme soit intelligente, à condition qu'elle suive mes règles de vie. Mais pas trop, juste assez en fait pour qu'elle reconnaisse et apprécie ma propre intelligence à sa juste valeur.

— Mais lui laisserais-tu un peu de liberté ?

— La vérité est que rien ne m'y oblige. Devant la loi, tu es ma femme et ce qui est à toi est à moi. Je peux tout à fait légalement, si je le veux, te traiter durement et sans considération ou te confiner dans la cuisine… et dans la chambre à coucher.

Elle éclata de rire.

— Non, tu ne le pourrais pas, lui dit-elle. Je t'aurais tué avant.

Kit joignit les mains derrière la tête et regarda le ciel bleu où filaient quelques rares nuages. Puis il referma les yeux de nouveau.

— J'aime ton rire, Amanda, soupira-t-il. Tu devrais rire plus souvent.

— Ne change pas de sujet, protesta-t-elle, et dis-moi que

tu ne penses pas vraiment toutes ces horreurs sur les épouses qui doivent obéir à leur mari.

Kit rouvrit les yeux et la regarda à travers ses paupières mi-closes.

— Je ne fais qu'énoncer une évidence, c'est tout. Beaucoup de maris te refuseraient cette liberté à laquelle tu prétends.

Elle poussa un soupir dépité et roula sur le ventre. Puis, le menton dans les mains, elle feignit une déception boudeuse.

— Tu me fais regretter de ne pas être veuve, soupira-t-elle.

Mais elle ne le pensait pas réellement, surtout quand elle laissa errer son regard sur le superbe corps musclé étendu à côté d'elle sur la couverture.

— En tout cas, si nous devons vivre ensemble comme mari et femme, tu risques d'être déçu si tu attends tout cela de moi… Je ne sais pas cuisiner et n'ai pas la moindre idée de la façon dont on s'y prend pour tenir une maison, du moins au-delà de ce que l'on apprend aux jeunes filles de mon milieu. J'ai d'autres intérêts et talents, mais je doute qu'ils te soient très utiles. Et toi, Kit, resteras-tu toujours un entraîneur de chevaux, ne veux-tu jamais faire quelque chose d'autre de ta vie ?

— Je ne connais rien d'autre, répondit-il en se redressant et en s'asseyant, les bras autour de ses genoux.

Ses yeux sombres se ternirent un peu et le ton de sa voix ne fut plus si moqueur, lorsqu'il demanda :

— Est-ce que cela compte, ce que je fais dans la vie ?

— Non, si tu es heureux comme cela, répondit-elle en s'asseyant à son tour.

— J'aimerais que ma femme se satisfasse de ce que je peux lui offrir. Je suis à même de lui promettre qu'elle aura toujours un toit sur la tête, de quoi manger et s'habiller… Si elle m'aime, elle devra l'accepter.

Le front d'Amanda prit un pli songeur et elle se détourna.

— Si elle t'aime ? Mais je ne sais pas exactement ce que je ressens pour toi. En fait, je crois que je ne sais pas même ce qu'est l'amour. Ce que je sais, c'est que depuis que tu es là, je me sens en pleine confusion, prise dans un tourbillon d'émotions que je ne comprends pas. Je suis… très attirée par toi, très fort…, comme tu le sais, d'ailleurs.

Se penchant en avant, Kit lui prit le menton pour la forcer à se tourner vers lui.

— Moi, je te désire passionnément, Amanda, et si nous étions seuls, je te le prouverais…

Elle le regarda sans frémir, vaguement déçue qu'il ne parle pas d'un sentiment plus fort que le simple désir.

— Aussi merveilleux soit-il, le désir ne peut pas être la seule base d'un mariage, Kit, murmura-t-elle. Ce n'est qu'une émotion fugace, et je ne veux pas me laisser prendre au piège d'un mariage sans amour.

— Ce ne sera pas le cas, je te le promets. N'oublie pas que nous avons prononcé des vœux mutuels. L'honneur et le devoir doivent accompagner nos sentiments, nos émotions. Bientôt, nous ferons face au monde ensemble. J'y suis déterminé.

Il l'était, en effet. Elle pouvait le voir dans ses yeux. Elle commençait à bien connaître ce regard et cette expression-là.

— Je ne veux pas être ton devoir, Kit. Je veux bien plus que cela.

Ciel choisit cet instant pour s'approcher et leur montrer sa tresse de roseaux.

— C'est très bien, lui dit son père, et, satisfaite, la fillette alla cueillir d'autres tiges.

Amanda commença alors à ramasser les reliefs du pique-nique. Elle allait se saisir du torchon qui servait de nappe, lorsque la main de Kit agrippa fermement son poignet. Elle leva les yeux.

— Ce n'était sans doute pas les paroles les plus romantiques que je t'aie jamais dites, Amanda, j'en conviens. Si je t'ai blessée en parlant ainsi de notre mariage, je m'en excuse. Il ne s'est pas déroulé de façon idéale, et nous en avons tous les deux notre part de responsabilité, il est donc inutile de chercher à blâmer l'un plus que l'autre. Nous devons continuer à le tenir secret, du moins jusqu'au retour de Quinn. Je ne puis encore révéler la vérité pour les raisons que je t'ai dites, et jusqu'à ce que nous puissions faire face à la colère de ton père. Je sais que c'est un homme raisonnable, mais il va lui falloir beaucoup de compréhension pour accepter notre union… Je regrette que cela ait dû se passer ainsi.

— Moi aussi, murmura-t-elle.

— Si tu veux toute la vérité, je te dirai qu'à mes yeux tu es la plus belle et la plus désirable de toutes les femmes que j'aie connues. J'ai toujours envie de toi et je sais que cela durera toujours. Tu es magnifique, vibrante de vie et de passion, faite pour l'amour. Dans ma cellule, alors que j'attendais la mort, seul le fait de pouvoir rêver de toi et de ma fille rendait mon sort supportable, et cette nuit que nous avons passée ensemble m'a attaché à toi plus qu'à n'importe quel autre être humain auparavant. C'était… comme une évidence, comme si nous étions faits l'un pour l'autre, comme si tu m'étais destinée depuis le commencement du monde. Alors ma passion pour toi s'est mise à grandir, et je n'ai plus pu supporter l'idée de te perdre. Si je le pouvais, je déposerais le monde à tes pieds, et je n'ai jamais été aussi sérieux de toute ma vie.

Peut-être était-ce de le voir pencher la tête de côté, ou bien l'effet de la lumière, ou encore la douceur de sa voix ?

Quelle qu'en fût la raison, elle eut l'impression que le visage de Kit avait changé. Ses traits s'étaient détendus, le faisant paraître plus jeune, moins dur, moins cynique. Comme si elle avait devant les yeux le jeune homme qu'il avait dû être avant son départ pour l'Amérique.

— Je ne veux pas le monde à mes pieds, Kit, lui répondit-elle tout doucement. Je me contenterai d'une toute petite et très humble partie du monde seulement. Si c'est ce que je peux, moi, appeler un foyer.

Ils restèrent assis un moment en silence.

Amanda regardait le torrent au bord duquel la petite Ciel tressait toujours ses roseaux. Elle avait l'impression que plus rien n'existait que son désir grandissant, de plus en plus brûlant, pour cet homme qui était devenu presque par hasard son mari. Lorsqu'elle se tourna vers lui, alors qu'un rayon de soleil baignait son visage, il la regarda comme aucun homme ne l'avait jamais regardée auparavant.

Elle se reprocha sa propre faiblesse, son incapacité à se libérer de ce piège sensuel.

Elle était en train de tomber amoureuse, et elle le savait.

En quittant la gare dans la confortable berline que les Covington avait envoyée pour les chercher, les O'Connell voyagèrent le long de chemins sinueux et traversèrent de pimpants petits villages.

Assise à côté de Caroline et en face de son père, Amanda soupirait après Kit.

Pourquoi avait-il préféré partir pour le Cambridgeshire dès la veille ?

Il avait dit vouloir se rendre aux haras de Newmarket pour y voir des chevaux à vendre, mais elle n'était que modérément convaincue par ce prétexte. En effet, depuis qu'Henry avait annoncé qu'il souhaitait que son entraîneur l'accompagnât à Covington Hall, Kit s'était montré préoccupé et silencieux, comme si quelque chose le tarabustait. Elle avait d'abord pensé qu'il répugnait à laisser Ciel toute seule à Eden Park. En effet, la fillette rechignait à laisser partir son papa, mais quand Nan lui avait dit qu'elle pourrait rester avec elle et dormir au château, elle avait sauté de joie et déclaré qu'elle voulait bien, finalement, que son papa s'absente un petit peu.

Du reste, Amanda continuait de trouver étrange la décision de Kit, car Newmarket n'était guère éloigné de Covington Hall, et il aurait eu tout le temps de s'y rendre une fois sur place.

Finalement, elle décida de fixer son attention sur le paysage et d'oublier l'étrange comportement de Kit et son évidente préoccupation depuis l'annonce de ce déplacement dans l'est du pays.

Au loin, on apercevait un joli château niché au milieu des arbres sur une verte colline. Ses pelouses étaient aussi vastes et ses massifs aussi somptueux que ceux d'Eden Park, quant au bâtiment lui-même, c'était un bijou d'architecture Tudor, plein de grâce et de majesté. Elle crut que c'était Covington Hall, aussi fut-elle un peu déçue lorsque la voiture continua son chemin pendant encore environ huit kilomètres, avant de passer les grilles d'un manoir certes fort beau, mais loin de la splendeur du château de conte de fées qu'ils avaient vu précédemment.

On les introduisit dans le salon où les attendaient lord et lady Covington.

Paul Covington était connu dans toute l'Angleterre pour son charme et sa courtoisie. Son épouse Alyce était une élégante dame brune élancée, aux grands yeux bleus et au sourire chaleureux. Tous deux les reçurent avec beaucoup d'amabilité, et Amanda fut même surprise de l'attention qu'ils paraissaient particulièrement lui accorder. Lord Covington lui baisa galamment la main et l'examina d'une façon qui ne laissa pas de l'intriguer.

— Quel plaisir de vous rencontrer, lui dit lady Covington en l'enveloppant d'un regard plein de bonté. Votre père nous a dit monts et merveilles de vous quand nous étions ensemble à Londres, mais il a oublié de mentionner à quel point vous êtes jolie !

— Vous êtes trop aimable, lady Covington, répondit-elle en souriant. Merci beaucoup de m'avoir invitée...

— Je vous en prie, appelez-nous Alyce et Paul. Et nous, pouvons-nous vous appeler Amanda ? Mon mari et moi ne sommes pas des acharnés de l'étiquette et aimons que l'ambiance soit détendue lorsque nous recevons des amis. J'espère que vous allez vous plaire ici. Si, du moins, vous acceptez de n'entendre pratiquement parler que de chevaux ! J'ai bien peur que Paul en soit un aussi grand enthousiaste que votre père, sa vie entière semble tourner autour d'eux !

Amanda sourit.

— Ne vous inquiétez pas, répondit-elle, complice, j'y suis tout à fait habituée.

— Est-ce que M. Benedict est arrivé ? demanda Henry en acceptant un brandy de bienvenue des mains de Paul Covington.

— Oui, hier, lui répondit son hôte, mais il est reparti tôt ce matin pour Newmarket, assister à quelque vente. Il n'a pas dit à quelle heure il rentrerait. Tout dépend, je pense, si quelque noble bête lui aura ou non tapé dans l'œil.

— Et ce cheval que vous voulez me vendre, quand pourrai-je le voir ?

— Mais quand vous voudrez, Henry. Tenez, finissez votre verre et je vous emmène ! Justement, nous l'avons mis au paddock ce matin. Kit l'a vu et a été impressionné. Une bête superbe, je vous en réponds !

Henry éclata de rire.

— Je n'en doute pas, mon cher Paul, mais si vous permettez, je laisserai Kit en être juge…

Jane, la fille des Covington, qui avait seize ans, adressa un sourire de connivence à Amanda. Avec sa peau très blanche, ses cheveux noirs et ses grands yeux bruns, elle était très jolie, et sa beauté était rehaussée par une ravissante robe d'un vert de jade. Depuis qu'elle lui avait été présentée comme « Mme Claybourne », la jeune fille la regardait avec curiosité.

Elle s'assirent ensemble, tandis que les O'Connell parlaient chevaux avec leurs hôtes.

— Claybourne est un nom qui attire beaucoup l'attention par ici, expliqua-t-elle. Si jamais le bruit se répand que nous hébergeons une Claybourne, nous allons être assiégés par les visiteurs. Au fait, puis-je vous appeler par votre prénom ?

Amanda considéra Jane avec surprise.

— Bien sûr, mais que voulez-vous dire ? Il y a donc des Claybourne dans le Cambridgeshire ?

— Oui, ou du moins il y en avait. Votre mari leur était-il apparenté ?

Elle repensa à Kit dans sa prison, à Kit élevant des chevaux pour nourrir son enfant sans mère, à leur cabane de bois au bord de la rivière. Elle secoua la tête.

— Je ne le pense pas. Ce doit être une simple homonymie.

— Alors, il n'y a rien qui doive vous inquiéter.

Elle regarda la jeune fille avec encore plus de surprise, cette fois.

— Pourquoi dites-vous cela ?

— Oh, il y a beaucoup de mystère autour de cette famille.

Vous avez certainement vu Woodthorpe Hall, sur la route ? On ne peut pas le manquer, le beau château sur la colline... Il domine tout le paysage alentour.

— Nous avons vu quelque chose comme cela, oui.

— J'y vais souvent, lors de mes promenades à cheval, chuchota la jeune fille d'un air de conspiratrice. Papa ne veut pas, mais j'y vais quand même, juste pour voir.

— Il y a donc un mystère attaché à ce château ? demanda Amanda, dont la curiosité était maintenant piquée au vif.

Jane eut un sourire un peu triste.

— Il est inhabité depuis des années, expliqua-t-elle. Je ne sais pas ce qui c'est passé exactement, mais la famille Claybourne a connu des malheurs. Ils sont partis vivre à l'étranger, mais à ce que je sais, quelqu'un s'occupe d'entretenir les lieux. Une femme, avec ses enfants.

— Mais... et les terres ? Un grand château comme celui-là doit avoir des champs et des fermes, est-ce que quelqu'un les cultive ?

— Oh oui, c'est un riche domaine qui compte plusieurs centaines d'hectares. Elles n'ont pas été vendues et les taxes sont régulièrement payées à l'Etat. Il y a un intendant qui collecte le revenu du fermage pour lord Claybourne.

— Alors, il semblerait que le propriétaire a l'intention de revenir ?

C'est alors qu'Alyce s'invita dans la conversation.

— Que vous raconte donc ma fille, Amanda ?

— Oh, nous parlions du beau château que l'on voit de la route en venant chez vous. Jane me disait qu'il appartient à une famille qui porte le nom de Claybourne. Comme c'est mon nom d'épouse, cela m'intéresse, naturellement.

— Qu'est-ce que je t'ai dit, Jane, au sujet des gens qui colportent des ragots ? demanda sèchement lady Covington.

— Ce ne sont pas des ragots. Enfin, je n'ai rien dit que les gens d'ici ne sachent, protesta la jeune fille.

Puis elle se tourna vers Amanda, comme pour s'excuser.

— Vous savez ce que c'est, à la campagne. Il ne se passe pas grand-chose, alors les gens s'observent mutuellement et parlent.

— Eh bien, on ne doit pas parler de Woodthorpe, tu le sais, insista sa mère.

Il y avait un réel reproche dans la voix douce et posée, ce qui poussa Amanda, de plus en plus étonnée par la tournure que prenait cette conversation, à intervenir en faveur de la jeune fille.

— Ne la grondez pas, je vous en prie, plaida-t-elle. C'est moi qui l'ai interrogée. Ce château est si beau, si imposant, que cela a excité ma curiosité.

— C'est bien normal, lui répondit Alyce avec un sourire.

Mais ce sourire s'effaça lorsqu'elle se tourna vers sa fille pour ajouter :

— Si lord Claybourne n'y réside pas, c'est lui que cela regarde.

— Papa, lui, prend la peine de s'occuper des affaires locales, objecta la jeune fille, ce que devrait faire tout propriétaire terrien qui veut que l'harmonie règne sur son domaine.

— Je suis sûre que lord Claybourne ne souhaite pas se dérober à ses obligations, Jane, lui répliqua sa mère. Mais il est clair que, où qu'il puisse être, il a choisi la tranquillité d'esprit et la solitude. N'en parlons plus et pense plutôt à te rendre utile. Amanda doit avoir envie de se rafraîchir et de se reposer un peu avant le dîner. Si tu lui montrais sa chambre ?

— Bien sûr !

— Jane s'assurera que vous êtes bien installée, Amanda. J'espère que votre chambre vous plaira. Je vous en prie, faites comme chez vous. Nous nous verrons au dîner.

Kit se campa devant le grand portail de fer forgé et regarda le château.

Il avait l'impression de le voir pour la première fois, ce qui n'avait aucun sens : il était né et avait été élevé ici. Y revenir pour la première fois depuis son départ, il y avait six ans de cela, c'était plutôt comme revisiter ses souvenirs.

Il poussa la grille qui grinça sur ses gonds et s'avança dans l'allée de gravier.

Peut-être n'avait-il jamais *vraiment* vu le château auparavant, c'est-à-dire les yeux lavés de toute illusion et de toute émotion mensongère ?

Au premier coup d'œil, il semblait le même que dans son souvenir, et pourtant c'était comme si un voile de tristesse l'obscurcissait. Sans doute était-ce dû aux événements qui s'y étaient déroulés…

La belle et harmonieuse façade où se mêlaient l'or des pierres et le gris bleuté de l'ardoise, que rehaussaient le verre et le plomb des meneaux, semblait suspendue hors du temps, figée dans l'attente. Seul son propriétaire pourrait ramener la vieille bâtisse à la vie. Woodthorpe était un endroit qui comptait, encore aujourd'hui, dans la région.

Constellées de fleurs nouvelles, les pelouses avaient été récemment fauchées, et au-delà des arbres du parc, les champs tracés au cordeau étalaient à perte de vue leur damier coloré.

Il monta les marches du perron jusqu'à la monumentale double porte. En tournant le bouton de cuivre, il ne fut pas surpris de la trouver ouverte. Alors, il se glissa dans le grand hall, où il demeura un instant silencieux, immobile, tâchant de combattre le chagrin qui l'envahissait au souvenir doux-amer des bals d'autrefois, de leur musique et de leur lumière. Puis ses yeux se levèrent, attirés malgré eux par le grand escalier de marbre à double volte. Eclairé la nuit par l'énorme chandelier de cristal pendu à la voûte au-dessus de la volée de marches, c'était jadis la gloire du château.

Woodthorpe était bien mort, il avait perdu son âme. D'ailleurs, pouvait-on jamais revenir en arrière ? Pourrait-il débarrasser cette maison de tous ses fantômes, ceux des vieilles fautes, des injustices, effacer le chagrin et le remords ? Est-ce qu'Amanda et Ciel pourraient l'y aider ? Ce qu'il lui fallait en tout cas, à ce point précis de sa vie, c'était recommencer patiemment l'ascension vers sa vraie place, celle qu'on lui devait.

Il se reprit, redressa les épaules et avança dans le hall pour commencer l'inspection de son domaine. Entendant des rires d'enfants à l'étage, il leva les yeux, et soudain toute sa tension intérieure s'évanouit. Son visage prit une expression apaisée et il se mit à sourire.

Amanda se tint longtemps à la fenêtre de sa chambre, laquelle surplombait l'allée principale qui menait au manoir, pour tenter d'apercevoir Kit lorsqu'il rentrerait de Newmarket. Il lui manquait tellement ! Mais il ne se montra pas.

Certaine qu'il les rejoindrait au dîner, elle prit un soin tout particulier à sa toilette, mais il n'y parut pas non plus, et sa déception fut si profonde qu'elle prétexta la fatigue du voyage pour monter se coucher au plus vite.

Le lendemain matin, elle se leva tôt et descendit tout de suite déjeuner dans l'espoir de le voir, tout cela pour découvrir que, rentré tard, il s'était levé encore plus tôt qu'elle et était déjà sorti.

Un peu plus tard, elle prit sa pèlerine et accompagna Caroline au paddock, certaine que Kit s'y trouverait avec son père et Paul.

C'était une belle journée. Quelques nuages couraient dans le ciel, projetant, au passage, leurs ombres mouvantes sur l'enclos.

On y amena un magnifique étalon gris, fougueux et inquiet, dont les sabots ferrés claquaient sur le sol. Elle observait la scène auprès de Caroline, tandis que de l'autre côté de l'enclos Jane la regardait aussi, appuyée sur le madrier.

Le jeune homme qui montait l'étalon, rênes courtes, avait visiblement du mal à le tenir et à le faire avancer en ligne droite. L'animal encensait et secouait sa longue crinière. Il émanait de chacun de ses mouvements une impression de force et de redoutable puissance. C'était un pur-sang extrêmement vif, difficile à maîtriser même par les meilleurs cavaliers.

Puis Kit apparut. Elle le vit traverser la cour et escalader la clôture du paddock. Il retira sa veste et la tendit à un palefrenier. Le jeune homme qui montait l'étalon arrêta celui-ci juste devant lui, au centre de l'enclos.

Aidé d'un autre palefrenier, le jeune cavalier s'efforça d'immobiliser l'animal tandis que Kit, d'un calme olympien et ignorant la nervosité de l'étalon qui roulait des yeux fous, passait tranquillement la main sur sa robe, examinait ses dents, soulevait un sabot puis tournait autour pour examiner les autres. Quand ce fut fait, le jeune homme mit pied à terre, et Kit, dans un seul mouvement souple et félin, se mit en selle à sa place.

Il poussa le cheval au pas autour du paddock avant de le faire passer au trot enlevé, puis au galop, lui faisant franchir une barre de saut au passage, puis une autre, avant de reprendre une rotation si parfaite qu'on l'eût dite tracée au compas.

Amanda soupira. La façon sûre et experte dont il menait la bête magnifique la remplissait d'un mélange d'admiration et d'angoisse.

— J'espère qu'il se montre prudent, glissa-t-elle à Caroline, incapable de dissimuler son inquiétude.

Sa belle-mère lui lança un coup d'œil compatissant et posa une main apaisante sur son bras. Elle avait bien noté qu'elle ne voyait que Kit depuis qu'il était apparu dans l'enclos pour tester l'animal, cette merveille de grâce et de puissance qui s'envolait au-dessus des barres d'obstacles plutôt qu'il ne les sautait.

— Ne vous inquiétez pas, chuchota-t-elle gentiment. Je ne crois pas qu'il soit né, le cheval qui fera vider les étriers à notre Kit. Non seulement il sait tout d'eux, mais c'est aussi un grand cavalier. Le meilleur, peut-être, qu'il m'ait été donné de voir. N'ayez donc pas peur…

Amanda lança un timide regard de biais à sa belle-mère. Elle était habituée depuis toujours à dissimuler ses sentiments, à apparaître constamment posée et heureuse, mais Caroline semblait tout deviner, tout savoir. En voyant une lueur amusée dans ses yeux, elle comprit que la façade derrière laquelle elle prétendait se dissimuler avait dû se lézarder quelque peu.

— Je sais ce que vous ressentez, Amanda, dit doucement Caroline. Il faudrait être aveugle pour ne pas s'en apercevoir. Je comprends aussi votre dilemme. Kit est un homme merveilleux, et je devine qu'il y a quelque chose entre vous. Sachez que j'approuve votre choix : Il est celui qu'il vous faut… Qu'il vous faudrait. Mais, ah, ma chérie, notre société est si snob, si inflexible dans ses principes ! Je l'ai toujours déploré.

Elle s'exprimait d'un ton navré et songeur, comme si elle se parlait à elle-même.

Amanda essaya d'avaler la boule qui lui encombrait la gorge et regarda de nouveau Kit.

Ce que venait de dire Caroline l'accablait, mais celle-ci avait raison : le passé de Kit, sa situation, tout leur interdisait un avenir commun. Pourtant il était unique, sans égal. Si seulement elle pouvait se confier à Caroline et tout lui raconter ! Mais Kit avait insisté sur le fait qu'ils devaient protéger leur secret, encore un peu.

Alors elle surmonta sa faiblesse passagère et garda le silence.

Kit ramena l'étalon au petit trot vers Paul et Henry, qui étaient venus se placer au centre du paddock. Il leur tendit ses rênes puis glissa à bas de la selle, avant de remettre sa veste. On reconduisit l'étalon dans son box.

Amanda brûlait de voir Kit et de lui parler. Elle voulait l'avoir auprès d'elle et retrouver dans ses yeux sombres le regard qu'il avait le jour du pique-nique. Mais il était en conversation avec Henry et Paul, si bien qu'il ne regardait pas dans sa direction.

Pendant le reste de la journée, il ne se passa rien de notable, et le soir elle se dit que Kit devait être embarrassé d'être admis à la table des Covington, car durant le dîner il ne parla que lorsqu'on l'interrogeait ou lorsque c'était absolument nécessaire.

Ensuite, lorsque, après le porto et les cigares, les hommes rejoignirent les dames dans le salon, il lui parut lointain et distrait. Que se passait-il donc ?

Il semblait méditer, le regard perdu quelque part au-delà du feu qui flambait dans la cheminée, habité tout entier par un problème qui donnait à ses traits un air sévère et à ses yeux un éclat sombre.

Il était ainsi depuis qu'on lui avait annoncé qu'il serait du voyage chez les Covington. Elle brûlait de savoir pourquoi.

Elle l'observa à distance, n'osant pas le déranger, espérant encore contre toute évidence qu'il allait venir vers elle et lui confier ses soucis. Mais on eût dit qu'il cherchait à l'éviter. C'était comme si la proximité, la tendresse et la complicité qu'ils avaient établies entre eux au cours de ce fameux pique-nique n'avaient jamais existé.

Cette nuit-là, le sommeil la fuit. Elle se tourna et se retourna dans son lit avant de prendre sa décision : elle ne supporterait pas une minute de plus cette angoisse si pénible.

Elle se leva, enfila un peignoir et, ses lourdes tresses cuivrées sur les épaules, quitta sa chambre et se risqua dans le manoir endormi.

Elle savait où se trouvait la chambre de Kit pour l'avoir vu y entrer quelques heures plus tôt. Elle fut bien vite à sa porte, tourna le bouton avant que quelqu'un pût la voir et, le cœur battant la chamade, se glissa à l'intérieur.

Refermant immédiatement le battant, elle s'y appuya.

Un feu brûlait dans la cheminée. Kit était assis devant. La lueur des flammes éclairait son visage et lui donnait un air étrangement apaisé. Il avait retiré son veston, son gilet et son faux-col, ouvert les premiers boutons de sa chemise sur son torse musclé.

Oubliant complètement pourquoi elle était venue, elle sentit monter dans sa poitrine une énorme bouffée de tendresse pour lui. Elle aurait pu rester ainsi des heures à le regarder, s'il ne s'était retourné vers elle.

Il sourit et lui tendit sa main.

Il n'était plus question de se dérober. Elle s'avança vers lui sans crainte ni fausse honte.

— Tu avais l'air d'être perdu dans tes pensées, lui dit-elle doucement.

— Sans doute, puisque je ne t'ai pas entendue entrer.

— Kit, est-ce que quelque chose ne va pas ?

— A dire le vrai, je crois que j'avais besoin d'un peu de compagnie féminine...

Penchant sa tête de côté, il lui lança un sourire enjôleur.

— Vous en avez mis, du temps, madame Claybourne, persifla-t-il gentiment, à trouver le chemin de ma chambre...

Les yeux d'Amanda pétillèrent.

— Je dois avoir besoin d'un peu d'entraînement à l'exercice de la fonction d'épouse !

— Que dis-tu là, mon cher cœur ? Serait-ce par hasard une avance directe ?

— On peut le dire, répondit-elle en le faisant se lever de son fauteuil. Tu me fuis comme un fantôme depuis des jours, mais moi je suis faite de chair et de sang, et je ne cesse pas d'avoir envie de toi. Alors, s'il te plaît, ne me torture pas davantage, emmène-moi dans ton lit !

— Bigre ! répondit-il en souriant toujours d'un air taquin. Et moi qui croyais que tu venais bavarder un peu avant de te coucher !

D'un coup d'épaule, elle fit tomber son peignoir sur le tapis.

Kit caressa d'un regard brûlant ses formes à peine couvertes par la chemise de nuit diaphane, puis il leva un sourcil, feignant la surprise.

— Comment, mais... pas plus de vêtements que cela ?

— Non, répondit-elle, le souffle court, en lui défaisant fébrilement les boutons de sa chemise. On met trop de temps à les retirer.

Puis elle plaqua furieusement sa bouche contre la sienne, et ils rejoignirent le lit, indifférents à tout ce qui n'était pas la passion qui montait et se répandait dans leurs veines, brûlante et véloce comme un poison. Cela culmina en une possession si complète et si profonde qu'ils surent tous deux que quoi qu'il pût leur arriver, ils ne pourraient plus jamais se séparer.

Lorsque Amanda émergea du sommeil quasi hypnotique dans lequel ses ébats avec Kit l'avait finalement plongée, elle avança son bras pour le toucher, mais sa place dans le lit était vacante et froide. Ouvrant les yeux, elle le trouva planté devant la fenêtre, seulement vêtu de son pantalon, les mains dans les poches, ses mâchoires serrées aussi dures que du granit.

Elle poussa un lourd soupir et chercha son peignoir à tâtons. Tout espoir de voir son mari guérir de son humeur sombre et cafardeuse semblait décidément perdu. Elle se leva et vint nouer ses bras autour de sa taille et poser sa tête contre son dos.

Il était plus rigide qu'une statue.

— Que t'arrive-t-il ? demanda-t-elle doucement. Tu es bizarre depuis que nous sommes ici. Pourtant, tu sembles bien t'entendre avec Alyce et Paul, alors qu'est-ce que tu n'aimes pas à Covington Hall ? Ne veux-tu pas m'en parler ?

— Mais non, il n'y a rien, Amanda… Tu as trop d'imagination.

— Non, je ne le crois pas.

Elle observa son visage tendu, son regard, fixé loin sur l'horizon.

— Tu sais, dit-elle doucement en le lâchant, moi, je suis transparente devant toi. C'est vrai, tu sais sur moi des choses que je ne voudrais révéler à personne…

En effet, le remords de la façon éhontée dont elle avait arrangé leur mariage la hantait de plus en plus.

— En fait, continua-t-elle, tu sais pratiquement tout de moi, alors que tu refuses de me dire quoi que ce soit qui te concerne. Tu sembles répugner à parler de tes sentiments profonds. Peut-être cela t'aiderait-il si tu acceptais de le faire ?

Elle sourit, prit sa main et entrelaça leurs doigts, pour instaurer une plus grande intimité entre eux.

— Je suis peut-être autoritaire, obstinée et désobéissante, mais je sais écouter…

Kit ne bougea ni ne répondit, continuant à fixer un point au loin par la fenêtre.

Elle le comprenait intuitivement, s'il gardait le silence, ce n'était pas par froideur ou par indifférence, mais parce qu'il redoutait quelque chose. Et quelle qu'en soit la raison, il souffrait. Qu'est-ce qui pouvait le hanter ainsi ? Le souvenir douloureux de son père, peut-être ? Cette plaie ancienne qu'il lui avait laissé entrevoir ?

— Je sais que tu es quelqu'un de très secret, reprit-elle, et que c'est devenu pour toi comme une seconde nature de ne compter que sur toi-même. Mais si nous devons avoir quelque avenir ensemble, comment aurions-nous la moindre chance de bonheur si tu gardes tout enfoui si profondément en toi ? Parfois, j'ai l'impression que tu te laisses ronger par une sorte de mal intérieur. Tu ne peux le laisser progresser ainsi, Kit. La première façon de t'en débarrasser est de le partager avec moi.

Kit eut une hésitation presque imperceptible, puis il lui retira sa main.

— Je ne peux pas, Amanda, répondit-il d'un ton ferme. Pas encore. J'ai quitté l'Angleterre il y a six ans et suis parti pour l'Amérique afin d'y commencer une nouvelle vie, même si je n'excluais pas de revenir un jour. Mais jamais, depuis, je n'ai évoqué mon passé avec personne. Il n'est pas encore temps de le faire, alors je t'en supplie, n'insiste pas.

Le ton était sans équivoque, les mots sans appel. Pourtant, elle refusa de céder.

— Quand sera-t-il temps, Kit ? Est-ce que je n'ai pas le droit, au moins, de te poser des questions ?

Il était visiblement réticent, sur ses gardes.

— Peut-être... Cela dépend des questions.

Déçue par cette réponse, elle se lança tout de même.

— Parle-moi de ton père.

— Non. Une autre question.

Il avait parlé d'un ton plat mais net, sans montrer d'émotion particulière. Elle en ressentit une vraie souffrance, non seulement parce qu'ils venaient de faire passionnément l'amour, mais aussi parce qu'elle s'estimait en droit de l'interroger. Elle s'efforça de garder une voix douce et sincère.

— S'il te plaît, Kit, ne me ferme pas ta porte...

— Eh bien, pose une autre question, alors.

— Non, je ne le ferai pas. Ne comprends-tu pas que j'ai besoin de savoir ce qui te tourmente ?

— Pas maintenant.

Il se tourna vers elle, lui posa les mains sur les épaules.

— Retournons plutôt au lit...

Il y avait dans ses yeux la même flamme brûlante, la même invite, et elle dut faire appel à toute sa force d'âme pour y résister. Profondément blessée par son attitude, elle repoussa ses mains.

— Non. J'ai le droit de savoir, Kit.

Cette fois, c'est d'un ton brusque et glacial qu'il répondit :

— Tu n'as aucun droit de ce genre !

Effarée, elle tressaillit comme s'il l'avait frappée. Cette

brusque métamorphose l'effrayait et l'indignait presque plus que son refus. Elle dut faire un violent effort sur elle-même pour ne pas laisser éclater dans sa voix son humiliation et sa rage.

— Je vois, dit-elle simplement.

Ainsi, elle avait tout juste le droit de partager le lit de Kit et rien de plus.

Tremblante de colère, elle tourna les talons et marcha à pas rapides vers la porte.

— Attends, Amanda.

— Non, je vais me coucher. Dans *mon* lit. Je comprends maintenant que malgré notre intimité, tu préfères demeurer un étranger pour moi. Tant que cela n'aura pas changé, je dormirai seule.

Elle ouvrit la porte, mais Kit était déjà derrière elle.

Il referma violemment le battant.

— C'est une décision plutôt hâtive, Amanda, gronda-t-il, presque menaçant. Je te suggère d'y réfléchir à deux fois.

— C'est tout réfléchi. Tu n'as aucun droit ni aucune raison de te montrer aussi dur et brutal envers moi. Ta vie a-t-elle été si terrible que tu ne puisses pas même en parler à moi… ta femme ?

Il y eut un silence, et elle vit se peindre sur le visage de Kit une douleur affreuse.

— Je ne peux pas, murmura-t-il d'une voix étranglée. Pas encore.

— Alors, il n'y a rien à ajouter.

Elle rouvrit la porte et se glissa dans le couloir, puis elle courut jusqu'à sa chambre dans un brouillard de larmes.

10.

Se tenir éloignée de Kit les jours suivants fut un déchirement pour Amanda. Comment éviter un homme que l'on désire ? Comment le forcer à garder ses distances, alors que l'on brûle en permanence d'être auprès de lui et de ne jamais le quitter ?

Elle avait espéré que Kit ferait le premier pas et reviendrait vers elle, mais cela n'eut pas lieu.

Deux jours après avoir quitté nuitamment la chambre de son mari, elle rentra à Eden Park avec son père et Caroline. Kit, lui, restait à Covington Hall un jour de plus, afin d'escorter l'étalon qu'Henry avait finalement acheté à Paul.

En entrant dans le vaste hall du château, elle allait retrouver Caroline dans le salon lorsqu'elle vit Rafael Ortega descendre les marches du grand escalier.

Tout de noir vêtu, il ressemblait à quelque oiseau de nuit porteur de sinistres présages.

— Eh bien, señor Ortega, lui dit-elle froidement, je suis surprise de vous voir si vite de retour.

A présent qu'elle savait tout du personnage, elle ne ressentait plus la nécessité de dissimuler le dégoût qu'il lui inspirait. Sa vue seule lui procurait déjà un haut-le-cœur.

— Je viens juste d'arriver, moi aussi, répondit-il en s'avançant vers elle. Mes affaires se sont réglées plus rapidement que prévu. Je n'ai plus qu'à aller m'embarquer à Liverpool. Ayant quelques jours à perdre, j'ai décidé de profiter de l'aimable invitation d'Henry pour venir les passer à Eden Park, avant que mon bateau ne fasse route vers New York.

— Ne serait-ce pas plutôt pour voir M. Benedict ? Allons, inutile de vous fatiguer, señor Ortega, je sais ce qui vous ramène ici aujourd'hui.

Leurs regards se rencontrèrent.

Le joueur professionnel afficha un vague sourire sur ses lèvres minces, mais son regard était froid.

— Ah… Votre mari vous a dit… ?

— Tout. Et n'était le respect dû aux invités de mon père, je vous ordonnerais de quitter immédiatement cette maison. Croyez-vous que Kit va vous laisser le menacer sans réagir et se laisser intimider par un petit escroc de bas-étage tel que vous ?

Ortega haussa les épaules.

— Bah, il n'y a pas de sot métier, il faut bien vivre. Disons que je réclame une compensation pour le meurtre de ma sœur.

— Il ne l'a pas tuée.

— Vous en êtes bien sûre ?

— Oui, parce que j'ai foi en lui. Vous, vous êtes un homme méprisable, señor Ortega. J'ai envie de vomir rien qu'à vous regarder.

— Eh bien, moi, au moins, je ne suis pas un meurtrier.

Ils s'interrompirent car quelqu'un approchait : Quinn, l'air aussi sombre qu'à son habitude, venait vers eux.

Amanda se souvint qu'ils n'avaient pas encore été présentés l'un à l'autre. Comment réagiraient l'un envers l'autre le frère de Carmen et son meurtrier ?

— Ah, monsieur Quinn, lui dit-elle, je ne crois pas

que vous connaissiez le señor Rafael Ortega. Vous étiez à Manchester lors de son dernier séjour ici.

Les deux hommes s'observèrent, et elle nota avec intérêt que Quinn semblait maussade et hautain, comme s'il voulait marquer une sorte de supériorité sur l'Américain. Sans doute avait-il entendu rapporter le goût d'Ortega pour les servantes du château et particulièrement pour Sadie ? Mais il ravala sa jalousie pour le saluer d'un signe de tête à peu près civil.

— Quinn, dit pensivement l'escroc. J'ai déjà entendu ce nom-là quelque part…

— Rien de surprenant, intervint-elle, il est l'homme de confiance de père. A moins que vous vous soyez rencontrés auparavant, à Charleston ?

Elle les observait attentivement l'un et l'autre, guettant le moindre signe de reconnaissance.

Ortega leva un sourcil surpris.

— A Charleston ?

L'homme de confiance soutint son regard.

— Oui, j'ai accompagné Mme Claybourne là-bas, quand elle a rendu visite à sa tante. Mais je ne pense pas que nous nous y soyons déjà vus. Je m'en souviendrais.

A cet instant apparut Sadie, venant de l'office avec un plateau chargé. Elle allait dans le salon servir le thé à sa maîtresse, mais elle ralentit le pas lorsqu'elle les aperçut. Ses seins hauts, rebondis, et les courbes de ses hanches eussent tenté n'importe quel homme, et elle avait les lèvres à demi ouvertes en un sourire d'invite.

Quinn se rembrunit lorsqu'il vit le regard de la belle s'attarder sur Ortega, et il la suivit des yeux jusqu'à ce qu'elle entre dans le salon. Il avait visiblement de la peine à maîtriser sa rage à la voir ainsi flirter sans vergogne avec l'Hispano-Américain. Sa trahison devait le mettre sur des charbons ardents.

— Excusez-moi, des affaires urgentes, articula-t-il, la voix rauque.

Ortega, le sourire aux lèvres, le regarda disparaître dans le bureau d'Henry, dont il referma soigneusement la porte derrière lui.

— Drôle de pistolet ! ricana-t-il. A-t-il toujours l'air aussi sombre ?

— J'ai bien peur que oui, répondit Amanda. On finit par s'y habituer…

Puis elle tourna vers le maître-chanteur un regard qui l'eût tué net si ses yeux avaient été des pistolets chargés.

— Souvenez-vous bien, señor Ortega, que vous n'êtes plus le bienvenu ici, lui dit-elle. Je suppose que je dois encore supporter votre présence, puisque vous êtes l'invité de mon père. Mais ce sera avec la plus vive répugnance. Ne retardez pas trop votre départ, s'il vous plaît.

— Pas la peine de monter sur vos grands chevaux, ma petite, grasseya l'Américain. Je partirai dès que j'aurai conclu mon affaire avec votre mari.

Sur ces mots, il la suivit dans le salon, tout prêt à faire des mines polies et à s'adonner à des bavardages futiles jusqu'à sa confrontation avec Kit.

Incapable de demeurer dans la même pièce et de respirer le même air que l'escroc, Amanda pria qu'on veuille bien l'excuser et passa sur la terrasse.

Inquiète pour sa belle-fille dont l'attitude lui paraissait étrange, Caroline la suivit, laissant Henry tenir compagnie à leur invité.

Il se passait quelque chose d'anormal, elle le sentait, et

cela durait depuis des jours. D'abord, elle avait cru que la tension d'Amanda était due à ses sentiments pour Kit et à la situation dans laquelle ils se trouvaient tous deux, mais il lui semblait maintenant qu'il y avait autre chose. Cependant, elle n'avait aucun moyen de lire dans le cœur de sa belle-fille. Celle-ci cachait ses sentiments et sa détresse sous un masque impassible.

Elle la trouva devant la balustrade, les bras croisés autour de sa poitrine comme pour se protéger et fixant le jardin au-dessous d'elle.

— Qu'avez-vous, Amanda ? s'enquit-elle doucement, avec inquiétude. Dites-le moi, je vous en prie. Cela fait des jours que vous n'êtes plus vous-même.

La jeune femme se tourna vers elle et la regarda un long moment.

— Non, répondit-elle en esquissant un pauvre sourire. Je ne suis plus moi-même, c'est vrai...

— A cause de Kit ?

Amanda la fixa, surprise, et sentit soudain ses épaules se détendre.

Le regard de Caroline était à la fois perspicace, chaleureux et compréhensif. Elle avait raison : l'heure n'était plus à la discrétion.

— Oui. Vous avez lu dans mes pensées, Caroline. Et à dire vrai j'en suis soulagée, car j'ai désespérément besoin de me confier à quelqu'un.

Sa belle-mère écouta son récit avec beaucoup d'attention, ne l'interrompant que pour demander parfois un éclaircissement. Elle ouvrit de grands yeux au récit de sa visite à la prison de Charleston et essuya plusieurs larmes d'émotion et de sympathie, notamment au moment où Kit, se croyant voué à mourir sur la potence, lui avait demandé de s'occuper de sa fille. Amanda ne lui cacha rien, pas même le marché qu'elle avait conclu avec celui qui allait devenir son mari.

— Quelle histoire ! soupira Caroline lorsqu'elle eut terminé. Si quelqu'un d'autre que vous me l'avait racontée, je n'en aurais pas cru un mot… Merci de vous être confiée à moi. Je comprends maintenant pourquoi vous êtes si troublée. Je ne crois pas un instant que Kit ait pu tuer qui que ce soit. Je suis sûre que tout s'arrangera, mais il ne faut pas continuer cette tromperie. Votre père doit être mis au courant. Il n'y a pas de secrets entre Henry et moi, outre qu'il ne serait pas juste de lui dissimuler encore quelque chose d'aussi important. Mais, Amanda, pardonnez-moi… Il me semble que vous ne m'avez pas tout dit. Je me trompe ?

— Oui, Caroline. Et… Je sais que vous avez une opinion très ferme sur l'honnêteté réciproque entre époux, mais je dois vous supplier de ne rien dire à père pour l'instant, de patienter encore un peu. Voyez-vous, l'homme qui a tué Mme Rider croit que Kit a été exécuté et qu'il est donc lui-même hors de danger. Il est impératif que la véritable identité de Kit ne soit pas encore révélée, afin que le meurtrier ne prenne pas des mesures désespérées pour le réduire au silence.

Caroline devint toute pâle.

— Cet homme est donc en Angleterre ?

— Oui.

— Près de nous ?

Amanda hocha la tête.

— C'est le señor Ortega ?

— Non.

— C'est bon, je vous promets que je ne dirai rien pour le moment.

*
* *

Il était tard et le château était plongé dans l'obscurité lorsque Sadie se glissa hors de la chambre d'Ortega, rassasiée d'amour et à moitié endormie.

Tapi dans l'ombre, Quinn l'attendait. Il la laissa passer, étouffant la fureur et le dépit qui grondaient en lui. Sadie avait les cheveux lâchés et se mouvait avec une grâce languide d'animal repu. Des images très explicites affluèrent dans le cerveau surchauffé de Quinn. Il la voyait dans les bras d'Ortega, son corps emmêlé à celui de l'Américain, les mains de Sadie, dont il connaissait chaque caresse, touchant la chair de cet homme.

Ortega était de passage, bientôt il serait parti. Allait-elle alors revenir vers lui, cette chienne, pour assouvir ses insatiables appétits ? Pas question ! Non, il ne se contenterait pas des restes d'un autre.

Lorsqu'elle descendit l'escalier de service, il la suivit.

En bas, pendant qu'elle s'arrêtait dans le vestiaire des domestiques pour remettre son chapeau et sa pèlerine, il prit les devants et se faufila au-dehors.

Sadie marchait rapidement le long de l'allée qui menait au bord du lac, et au-delà vers le village de Thurlow. Ses pieds avaient des ailes, elle ne perdait jamais de temps, en aucune circonstance. Elle ne ralentit le pas qu'une fois arrivée à la hauteur des arbres qui bordaient le lac.

Quand quelque chose bougea dans les fourrés, elle s'arrêta, interdite.

La nuit était très noire, impénétrable, et son imagination se mit en branle. Etait-ce un braconnier ou bien le diable en personne ? Elle ouvrit la bouche pour hurler de terreur, mais son cri se bloqua dans sa gorge car il y eut à cet instant une percée entre deux nuages, et un rayon de lune vint argenter la surface de l'eau.

Ce n'était pas le diable, mais un homme qu'elle connaissait. M. Quinn. Toutefois, la peur ne céda pas, bien au contraire, car elle l'avait toujours senti, il y avait du diable en lui.

— C'est vous ? lui dit-elle, vous m'avez fait peur ! Mais que faites-vous ici ? Est-ce que vous me suivez ?

— Petite putain ! souffla Quinn à demi fou de fureur, en la frappant sauvagement sur la bouche. Vicieuse, lubrique petite traînée ! Tu ne t'attendais pas à me voir, n'est-ce pas ? Tu croyais pouvoir impunément te moquer de moi avec ton hidalgo, hein, salope ?

Elle vit clairement le meurtre dans ses yeux et eut si peur que ses jambes la trahirent. C'était comme si ses pieds étaient subitement devenus de plomb. Elle ne pouvait rien faire d'autre que rester là, immobile, tandis que les mains de Quinn s'approchaient. Un autre cri de terreur monta dans sa gorge, mais il fut étouffé par les larges mains qui enserraient déjà son cou. Alors elle lutta. Elle se battit, se débattit avec toute l'énergie du désespoir, réussissant à entraîner son agresseur à l'extrême bord de la berge et le faisant tomber à l'eau avec elle.

Il n'y avait plus en Quinn le moindre sentiment humain. Il n'était plus animé que par son désir de vengeance et de punition de celle qui l'avait trahi. Il avait désiré Sadie aussitôt qu'il avait posé les yeux sur elle, et maintenant il la haïssait avec au moins la même intensité. Cette haine l'envahissait, dévastatrice, brûlait tout sur son passage, le torturait, même.

Il fallait en finir.

En voyant Sadie lutter pour sa vie, une image revint,

comme une idée fixe, s'instiller dans son cerveau malade. Une autre femme. Carmen.

Elle aussi avait envahi son esprit et sa chair jusqu'à l'intolérable, comme une maladie, un poison. Jusqu'à ce qu'il ne pût plus penser à rien d'autre. Il l'avait désirée à en mourir. Mais, comme Sadie, elle l'avait trahi avec un autre homme et payé de sa vie.

Ses mains serraient toujours, sans merci, et il pesait de tout son poids pour maintenir sous l'eau la tête de la malheureuse.

Ce ne fut pas long, et son corps coula tout de suite.

En se remettant sur ses pieds, tout ruisselant, il la regarda s'enfoncer sans le moindre remords. Il poussa le corps du pied pour l'éloigner du bord puis sortit pesamment de l'eau et remonta le sentier.

Nan, qui gardait Ciel auprès d'elle en l'absence de Kit, remontait de la cuisine avec une tasse de lait chaud pour la fillette, car l'enfant avait été réveillée par un mauvais rêve. Soudain, dans le couloir, elle se trouva face à une véritable vision de cauchemar : M. Quinn, pâle et trempé comme si on avait déversé un seau d'eau sur lui. L'expression de son visage et de ses yeux la terrifia tant qu'elle courut se réfugier dans sa chambre.

C'est un domestique se rendant à Eden Park pour prendre son service le lendemain matin qui trouva le corps de Sadie flottant à la surface du lac. Les marques sur son corps établissaient qu'elle avait été étranglée et que sa mort n'était le résultat ni d'un suicide ni d'une chute accidentelle dans l'eau du lac. Il semblait que l'agresseur ait attaqué la malheureuse alors qu'elle rentrait chez elle, tard dans la nuit. Sa mère ne s'était pas inquiétée de son absence, car il n'était pas rare qu'elle préférât dormir au château plutôt que de rentrer seule à une heure tardive.

Au château, chacun fut bouleversé. Cette mort jetait sur tout le domaine une ombre semblable à un voile de deuil. Tous, maîtres comme domestiques, étaient anéantis par cet événement tragique. Caroline se rendit chez la mère de Sadie pour s'enquérir de ses besoins et la réconforter un peu, et deux policiers vinrent de Manchester pour interroger tout le monde.

Kit ne devait rentrer à Eden Park qu'en début de soirée, et, en attendant, Amanda ne cessa de penser à Sadie, la jolie et délurée Sadie qui avait éveillé sa jalousie en s'intéressant d'un peu trop près à son mari.

Dès qu'elle apprit qu'il était de retour, elle se rua chez lui. Elle n'aurait pas pu supporter son absence une seule minute de plus.

Sur le seuil, elle respira profondément, se retenant à grand-peine de tambouriner à la porte de tous ses poings. Il ouvrit et apparut dans la lumière de la lampe à pétrole, toujours aussi magnifique de force rayonnante et de virilité, mais avec une expression si sombre et amère sur le visage qu'elle se sentit dévorée de remords.

Toutefois, il changea de physionomie quand il la vit et prit une apparence neutre, ni amicale ni hostile.

— Entre.

Il n'y avait pas non plus d'émotion dans sa voix. Elle obéit, et il referma la porte derrière elle.

L'atmosphère entre eux était terriblement tendue. Elle essaya bien de lui sourire, mais était trop nerveuse pour trouver quoi que ce soit de cohérent à lui dire. C'est pourquoi elle fut soulagée quand il prit l'initiative.

— Tu comptes rester ?

Elle se donna une contenance en repoussant une boucle sur son front, pour lui dissimuler le chagrin qu'elle ressentait. Elle aurait voulu plus que tout effacer jusqu'au souvenir des jours misérables qu'elle venait de passer.

— Si je le puis, oui.

— Alors, donne-moi ton manteau.

Elle le lui tendit, et il le jeta sans précaution particulière sur une chaise.

— Veux-tu quelque chose à boire ? demanda-t-il.

— Non, je te remercie. Pas maintenant.

Il se tenait devant la cheminée, les mains dans les poches, et elle le dévisagea avec inquiétude. Ses traits portaient les marques d'une grande fatigue.

— Kit, lui dit-elle, tu as l'air épuisé.

Il leva un sourcil.

— Je ne pense pas que tu sois venue ici pour discuter de mon état de santé, lui répliqua-t-il, plein d'ironie.

— Non, c'est seulement que je ne t'avais jamais vu comme cela.

Kit demeura impénétrable, son visage lisse et froid comme un masque.

— On ne peut pas dire que tu me rendes les choses plus faciles, soupira-t-elle.

Ses yeux étaient toujours impassibles, sa voix hostile.

— Tout dépend de ce que tu as à me dire.

Elle le regarda, désespérée. Son attitude glaciale, sa complète indifférence lui serrait le cœur et une boule de sanglots lui montait à la gorge.

— Je suis désolée...

— Vraiment ? demanda-t-il à voix basse.

— Je ne veux pas que les choses se passent ainsi entre nous, je t'assure, mais je ne peux pas supporter tous ces secrets, ni savoir qu'il y a des choses que tu veux me cacher... Tu es furieux contre moi, je le vois bien, et je ne sais pas même exactement pourquoi.

Kit s'approcha d'elle et la prit dans ses bras avec une violence désespérée.

— Parce que tu m'as abandonné, murmura-t-il près de son oreille. Quand tu m'as laissé, cette nuit-là, j'ai cru que tu allais revenir et t'ai attendue jusqu'au matin. Puis je t'ai attendue la nuit suivante et celle d'après. Mais tu ne venais pas, et le matin suivant, c'était comme si je mourais à petit feu.

Sa voix était rauque et grave, comme sortie du tréfonds de son être.

Amanda, toute à l'émotion d'être enfin dans ses bras et incapable de refouler ses larmes, leva la tête pour mieux le regarder.

— Et toi, lui demanda-t-elle entre deux sanglots, pourquoi n'es-tu pas venu me rejoindre ? Est-ce ton insupportable fierté qui t'en a empêché ?

— Peut-être, dit-il avec une évidente sincérité. Et aussi le fait que je ne savais pas à quelle réception m'attendre de ta part. Je ne veux pas d'affrontement entre nous. C'est la dernière chose que je souhaite. Mais tu dois absolument comprendre que je ne peux parler ni de mon passé ni de mon avenir tant que mes problèmes avec Quinn et Ortega ne seront pas réglés.

— Je comprends, Kit, répondit-elle en jetant ses bras autour de son cou. Je ne ferai plus pression sur toi, je te le promets.

Elle plaqua son corps contre le sien et chercha ses lèvres.

— Je n'ai pas voulu t'abandonner, tu sais, lui confia-t-elle dans un souffle.

Il la fixa intensément, mettant dans son regard tout son désir.

— Embrasse-moi, murmura-t-elle encore.

Kit prit sa bouche avec une passion si intense qu'elle oublia tout, sauf qu'elle l'aimait comme elle n'avait jamais aimé personne avant lui. Elle lui rendit son baiser avec un gémissement de pur bonheur, sentant la caresse de ses lèvres avides et ses longues jambes musclées pressées contre les siennes. Ses bras de fer l'enlaçaient avec fureur, comme si c'était la toute dernière fois.

Tenir Amanda ainsi, sentir son corps contre le sien, ses lèvres qui répondaient aux siennes avec une ferveur inespérée, c'était plus que Kit ne pouvait supporter.

Il recula un peu pour regarder la jeune femme au fond des yeux.

— Mon Dieu, que tu m'as manqué ! lui dit-il, une flamme dans les yeux. Tu ne sais pas combien cela a été dur. Viens, je t'en prie, viens...

Il l'entraînait déjà vers la chambre, mais elle l'arrêta.

— Attends. Il est arrivé quelque chose qu'il faut que tu saches.

Il écouta Amanda lui raconter le sort tragique de la pauvre Sadie.

— On l'a tuée ? répéta-t-il, abasourdi de ce qu'elle lui apprenait et navré pour la malheureuse à qui l'on avait pris la vie comme on souffle une chandelle.

— Oui, la police a interrogé tous les domestiques pour savoir qui était la dernière personne à l'avoir vue en vie, dans l'espoir de déterminer l'identité du meurtrier.

— Qui a pu faire cela ?

— Personne ne le sait, mais elle a bel et bien été tuée.

— Est-ce qu'elle fréquentait quelqu'un en particulier ?

— Je ne saurais le dire. Elle n'était pas insensible au

charme d'Ortega, et elle a été la maîtresse de M. Quinn quelque temps.

Il lui lança un regard vif.

— Quinn ? Tu en es sûre ?

— Je les ai surpris ensemble, une fois. C'était plutôt embarrassant...

— Dis-moi tout ce que tu sais.

Alors Amanda lui raconta comment elle avait trouvé Sadie et Quinn au lit ensemble et comment l'homme de confiance de son père avait obtenu son silence, en échange du sien au sujet du mariage.

— Et leur liaison était terminée ?

— Je le crois. Sadie semblait avoir transféré toute son affection sur le señor Ortega. Tu crois que Quinn pourrait être impliqué dans ce meurtre ?

— Pourquoi pas ? Il a déjà tué.

— Nan dit qu'elle l'a croisé dans un corridor, cette nuit, et qu'il avait l'air féroce. Il lui a fait peur.

Il hocha la tête, songeur.

— A quoi penses-tu ? demanda Amanda.

— Je sais de quoi Quinn est capable lorsqu'une femme le rejette. Il est très possible qu'il ait tué Sadie, et si tel est le cas, il va devoir payer très cher pour ses crimes. Mais assez parlé de lui pour ce soir. Viens...

Il lui prit la main et commençait à l'entraîner vers la chambre, lorsqu'on entendit frapper avec insistance à la porte.

Il poussa un juron entre ses dents.

— Va voir ce que c'est, murmura Amanda en déposant de petits baisers tentateurs sur ses lèvres, et reviens vite.

— Ne t'inquiète pas, mon amour. Il faudrait au moins une catastrophe naturelle pour me tenir longtemps éloigné de toi !

Il laissa la porte de communication entrouverte et alla ouvrir.

Ortega se tenait sur le seuil.

— Puis-je entrer ? demanda-t-il.

Sans un mot, Kit s'effaça pour le laisser passer, le visage fermé. Quelle que soit la capacité de cet escroc à lui nuire, il avait atteint une sorte de fatalisme. C'est sans émotion qu'il referma la porte, et il n'accorda à son visiteur qu'un regard de mépris.

— Qu'est-ce que vous voulez, Ortega ?

— Juste un peu de votre temps. Je me suis rendu dans le Cambridgeshire, ces jours-ci. Une région que vous connaissez bien, je crois.

— Et alors ?

— J'ai même visité Covington Hall, figurez-vous ! Paul et Alyce m'avaient invité lorsque nous étions à Londres. Vous savez, avec Henry et Caroline…

Kit commençait à perdre patience. Les paroles mielleuses du maître-chanteur l'incommodaient presque autant que sa présence.

— Je suis sûr que Londres vous a plu, coupa-t-il. Il y a là-bas assez de tripots pour vous satisfaire. Vous avez dû y laisser votre chemise.

— En effet, répondit Ortega avec un haussement d'épaules fataliste. Le premier soir j'ai gagné, et puis ma chance a tourné. Le dernier, j'avais perdu jusqu'à ma petite monnaie. J'avais tout misé sur le noir, et c'est le rouge qui est sorti.

Ortega affectait l'indifférence, mais Kit savait combien il lui était difficile de faire face à ses dettes, à présent que Carmen n'était plus là pour les couvrir.

— Il se trouve que des créanciers très impatients m'attendent en Amérique pour sucer jusqu'à la dernière goutte de mon sang, reprit-il. Votre argent me permettra de me tirer de leurs griffes…

— Je ne suis pas votre banquier, dit Kit d'un ton sec. Ne comptez pas sur moi pour vous renflouer.

Ortega fit mine de n'avoir pas entendu.

— Quoi qu'il en soit, reprit-il sur un ton désinvolte, j'ai beaucoup apprécié mon séjour dans le Cambridgeshire. Quel endroit délicieux que Covington Hall, et quelle merveilleuse hôtesse que cette chère Alyce !

Il fit le tour de la pièce et regarda d'un air dédaigneux le mobilier simple et fonctionnel du cottage.

— Je suis surpris, remarqua-t-il, que vous choisissiez de vivre dans ce décor miteux, vous qui possédez l'une des plus belles demeures du Cambridgeshire…

Kit se tourna vivement pour lui faire face. Ainsi, ce minable avait suffisamment fureté pour découvrir son secret…

— Bon, cela suffit, Ortega, trêve de bavardages, lui dit-il sèchement. Dites ce que vous voulez et fichez le camp. De l'argent, c'est ça ?

— Dame, oui, de l'argent ! Vous en parlez à votre aise, vous qui en avez suffisamment pour ne pas même être obligé d'en demander à votre épouse ! Plutôt que de me forcer à aller raconter à Henry tout ce que j'ai découvert à votre sujet — ce qui m'a bien surpris, par parenthèse, et pourrait être embarrassant pour vous —, nous pourrions trouver un arrangement…

— Et à quel arrangement pensez-vous ?

— Eh bien, monsieur Claybourne… Ah, pardonnez-moi, j'oublie de vous donner votre titre. Mais au fait, comment s'adresse-t-on au comte de Rossington ?

Kit eut un bref ricanement, mais il ne chercha pas à nier.

— On l'appelle « milord », mais je vous en dispense volontiers !

— Belle et riche famille que les Claybourne, apparemment, reprit Ortega, puissante et respectée. Mais avec quelques tares, tout de même… Votre frère Charles était un lascar assez peu recommandable, un voyou pour tout dire, et quant à votre père, il était fou et a fini par se suicider. Pas de quoi être fier, n'est-ce pas ?

Ortega parlait d'un ton léger, inconscient de l'attitude de plus en plus menaçante de Kit. Il ne vit pas ses mains se mouvoir à la vitesse de l'éclair et eut un hoquet de surprise étouffé lorsqu'elles se refermèrent sur sa gorge et se mirent à serrer.

— Taisez-vous, Ortega, taisez-vous, par l'enfer, si vous voulez quitter ce cottage vivant ! siffla furieusement Kit entre ses dents.

Ses yeux n'étaient plus que deux flammes mortelles vrillées sur ceux d'Ortega.

— Vous insultez ma famille, ce que personne, vous m'entendez, personne ne peut faire en espérant s'en tirer facilement !

Il ne desserra l'étau de ses mains autour de la gorge de l'escroc qu'au moment où le visage de celui-ci allait virer au bleu.

Ortega, la main sur son cou, avala l'air à grandes goulées douloureuses.

— Vous le regretterez, haleta-t-il, je vous le promets. Est-ce que c'est dans le même état de colère que vous avez assassiné ma sœur ? En perdant votre calme et en l'achevant à coups de poignard ? Mon prix monte à trente mille livres, puisqu'il est évident que vous en avez les moyens…

Son nez se pinçait, comme sous l'effet de la cupidité.

— Allez, payez, Claybourne, et vous serez débarrassé de

moi ! Je n'ai pas l'intention de revenir en Angleterre dans un futur proche.

— Ah non ?

Le ton d'ironie mordante de Kit témoignait de son incrédulité.

— Vous pouvez aller au diable, lui asséna-t-il. Vous n'aviez rien à gagner à venir ici. Vous croyez me tenir ? Il faut que vous soyez aussi stupide que téméraire. Je ne suis pas le genre d'hommes que l'on menace. Vous n'aurez pas un sou. Retournez aux Etats-Unis, et que vos créanciers se payent sur votre carcasse. Comme ce sont probablement de répugnantes canailles comme nombre de vos relations, vous avez en effet du souci à vous faire, il est peu probable que vous en réchapperez.

Les yeux de l'escroc s'étrécirent et se mirent à briller d'une lueur meurtrière. Il sourit mécaniquement et passa une main tremblante dans ses cheveux en tentant de reprendre le rythme normal de sa respiration.

— Est-ce que vous n'oubliez pas quelque chose, Claybourne ? reprit-il d'une voix sifflante. Vous cherchez bien à garder votre identité secrète, n'est-ce pas ? Jusqu'à quel point tenez-vous à demeurer incognito, c'est ce que je me demande.

— Je ne suis pas aussi désespéré que vous, soyez-en sûr, et de loin. Vous n'aurez pas un sou. Sortez !

Kit retourna vers la porte d'entrée et l'ouvrit d'un geste large.

Ortega sourit en regardant la pèlerine d'Amanda posée sur le dossier d'une chaise. Il eut un regard vers la porte entrouverte de la chambre et leva un sourcil ironique, puis il se tourna de nouveau vers Kit.

— Je vois que vous avez de la compagnie ! ricana-t-il. Loin de moi l'idée de déranger un couple marié... Je m'en vais. Je vous donne quarante-huit heures pour réfléchir, Claybourne, et pas une minute de plus !

Kit claqua la porte sur le visiteur indésirable et se retourna pour trouver Amanda sur le seuil de la chambre. Evidemment, elle avait entendu chacun des mots qu'ils avaient échangés. Son visage était pâle, marqué par la stupéfaction, ses yeux agrandis par l'horreur et l'incrédulité.

— Tu es le... comte de Rossington ? finit-elle par articuler.

— Il faut croire, répondit-il doucement, d'un ton presque neutre, en s'approchant d'elle. C'est un titre dont j'aimerais autant me passer, mais qui me colle à la peau. Bah, tu aurais fini par l'apprendre, tôt ou tard...

— Mais pas de cette manière ! J'aurais voulu que ce soit toi qui me le dises, et non ce... Je ne peux pas le croire. C'est tellement différent de ce que j'imaginais !

— Et que croyais-tu ?

— Que tu étais un homme simple, un homme du peuple, un entraîneur de chevaux ! éclata-t-elle, les yeux pleins de larmes. Jamais plus je n'écouterai tes mensonges !

— Je ne t'ai pas menti, Amanda.

— Non, bien sûr ! Tu as seulement omis de me dire la vérité ! Oh, comment as-tu pu ?

Il avança son bras pour l'attirer contre lui, mais elle se recula rageusement pour l'en empêcher.

— Ne me touche pas ! hurla-t-elle, la voix vibrante de colère et d'émotion. Ne me touche plus jamais, tu entends ? J'ai cru que j'épousais un va-nu-pieds, un réprouvé, un proscrit, alors que j'épousais un comte, rien que cela ! Ah tu as dû bien rire, dans ta cellule, quand je t'ai dit que mon père voulait que je me marie avec un homme riche et titré, toi qui pouvais exaucer le rêve de mon père au-delà de tous ses espoirs ! Quand je pense que tu as tout obtenu de moi, même ma virginité, et que je ne savais même pas qui tu étais vraiment… Ah, tu t'es bien moqué de moi !

Malgré ces phrases cinglantes, il pouvait voir, aux larmes qui coulaient sur les joues d'Amanda, que son chagrin était bien réel.

— Je ne me suis jamais moqué de toi, lui répondit-il doucement, le cœur serré.

— Tu aurais dû me dire la vérité, martela-t-elle, tout à fait hors d'elle.

— Pourquoi voulais-tu que je te dise, à ce moment-là, quelque chose qui n'avait plus aucun sens pour moi ? Quand tu es venue dans ma cellule, à la prison de Charleston, j'étais certain que j'allais être pendu et je ne savais pas encore si je pouvais te confier ma fille, mais tu étais mon seul espoir de la voir partir pour l'Angleterre. Je croyais ma vie terminée, tu n'avais rien à gagner à savoir qui j'étais en réalité.

— Comment ? Es-tu en train de me dire que faire de moi la comtesse de Rossington ne comptait pour rien ? Si la sentencc avait été exécutée, je n'en aurais jamais rien su !

— Si, tu l'aurais appris. Dans ma lettre à Victoria, je lui expliquais tout, et il y avait dans l'enveloppe une autre lettre pour mes avocats. Mon titre se transmet uniquement aux descendants mâles. Si j'avais été pendu, le prochain comte aurait été le fils de Victoria. Ce qui n'empêche pas que je pouvais vous laisser, à Ciel et à toi, un très confortable héritage. Tu vois, Amanda, ton père sera fier de toi, finalement.

— Peu importe ce que voulait mon père, tu t'es joué de moi, Kit. Et ce château que j'ai vu, Woodthorpe Hall, c'est celui de tes ancêtres ?

— Oui, et aussi une vraie demeure où il fera bon vivre, lorsque tous nos problèmes seront réglés. Tu vois, ma chère épouse, je pourrai finalement te faire vivre dans le type de décor auquel tu es habituée.

— Paul et Alyce... Tu les connaissais avant que nous venions tous à Covington Hall, n'est-ce pas ?

Il acquiesça.

— Paul et moi sommes amis d'enfance. Quand je suis venu ici, je lui ai écrit pour lui dire où il pouvait me trouver, si besoin était. Et lors de mon arrivée à Covington Hall, il m'a tout de suite dit qu'Ortega avait annoncé sa visite et qu'il posait beaucoup de questions sur les Claybourne. Apparemment, ils l'avaient rencontré à Londres en même temps qu'Henry et Caroline et ils l'avaient invité à séjourner chez eux, si jamais il passait dans la région. Entretemps, Ortega avait dû apprendre qu'il y avait eu une famille Claybourne dans le Cambridgeshire et faire le rapport avec moi.

— Cela, c'est ma faute. Lorsque ton nom a été mentionné dans la conversation, j'ai bêtement dit devant lui que tu étais originaire de cette partie du pays. Je suis désolée. J'ai été stupide.

— Mais non. Tu ne pouvais pas deviner qu'il allait fouiller et remuer toute la boue qu'il pourrait trouver pour l'utiliser contre moi.

Amanda lui lança un regard pénétrant.

— Il y avait donc de la boue à trouver, Kit ?

Il haussa les épaules.

— Ortega est un homme aux abois. Il est prêt à tout. J'ai raconté à Paul et à Alyce tout ce qui m'est arrivé. Je savais qu'ils avaient appris ma condamnation puis mon élargissement par les journaux, et qu'ils s'étaient beaucoup inquiétés. Je leur ai fait jurer de garder le silence. Ils ont beaucoup hésité à prendre part à mon subterfuge, surtout Alyce qui a le mensonge en horreur. Mais lorsque je leur ai parlé de Quinn et du danger qu'il représentait, ils ont finalement accepté.

— Je sentais confusément qu'il y avait une familiarité entre vous trois, acquiesça la jeune femme, maintenant très pâle. Vous aviez l'air de vous connaître.

Pour tenter de ramener un peu de calme dans son esprit bouleversé, Amanda se détourna et s'écarta de Kit. Une question revenait la hanter, à propos d'une phrase qu'Ortega avait prononcée et qu'elle avait entendue. Il était question du père et du frère de Kit.

Elle se tourna pour lui faire face, sachant pertinemment qu'elle s'apprêtait à pénétrer de nouveau un territoire dont il lui interdisait farouchement l'accès.

— Tu m'as dit que tu n'avais ni frère ni sœur. M'as-tu menti ?

L'expression de Kit s'était de nouveau durcie et ses yeux étaient devenus de glace.

— Non… je ne mens jamais intentionnellement.

— Pourtant j'ai entendu Ortega dire que…

— Oublie ce que tu as entendu ! Il n'y a rien à gagner, crois-moi, à fouiller ainsi le passé. Je ne veux pas en discuter.

Il y avait dans le ton de sa voix un tel avertissement qu'elle battit en retraite.

La sécheresse de ses paroles révélait néanmoins que le sujet de sa famille restait une plaie ouverte, qui jamais, peut-être, ne cicatriserait. Qu'avait-il pu se passer pour durcir ainsi son cœur ? Elle resta un moment immobile, à le regarder. Le passé de Kit était plus fort qu'elle.

Elle prit sa pèlerine.

— Tu as raison, dit-elle en s'efforçant au calme, tu n'as pas à parler si tu ne le veux pas. Je dois m'en aller à présent si je ne veux pas être en retard au dîner.

Elle s'arrêta sur le pas de la porte.

— Au fait, Caroline m'avait demandé de t'inviter pour 19 h 30. Je suis désolée, cela m'était sorti de l'esprit. Je sais que cela ne te sera pas très agréable, le señor Ortega étant présent, mais j'espère que tu accepteras tout de même. De cette façon, tu pourras passer un peu de temps avec Ciel avant que Nan la mette au lit.

Sur ces mots, elle se dirigea vers le château, déjà accablée par la perspective de cette nouvelle soirée au cours de laquelle il lui faudrait faire comme si de rien n'était.

11.

Kit regarda s'éloigner Amanda sans chercher à la retenir, puis il referma lentement la porte, consterné.

Son esprit revenait dix ans en arrière, vers les événements tragiques qu'Amanda voulait à toute force connaître, l'obligeant à déverrouiller la trappe bien close sous laquelle il avait, croyait-il, enterré pour toujours son chagrin, résolu à ne jamais le laisser échapper. L'ouvrir, cette trappe, c'était comme revenir à cette époque terrible…

Seul, sans son père qu'il aimait et qui l'avait rejeté, qui n'avait pas voulu de son amour. Il lui était plus que pénible, insupportable, de devoir se souvenir du sort de ce père et de ce frère. Malgré les années écoulées, la douleur restait intacte, inchangée.

Les gens de Woodthorpe en avaient fait des gorges chaudes. D'après Paul et Alyce, ils en parlaient même encore. Mais personne n'avait su ce qui s'était réellement passé. Il savait bien qu'il devrait révéler à Amanda ce qu'elle voulait savoir, mais jamais encore il ne s'en était ouvert à quelqu'un, pas même à sa cousine Victoria dont il était pourtant très proche.

Il remerciait Dieu chaque jour de lui avoir envoyé Amanda dans sa cellule et il était temps pour eux de vivre au grand jour comme mari et femme, mais avant de connaître ce bonheur il lui fallait encore régler les cas de Quinn et d'Ortega, et parler à Henry.

Il décida qu'avant la fin du jour tout serait expliqué, révélé et, il fallait l'espérer, conclu.

Agrippant son veston au passage, il s'élança dehors pour rejoindre sa femme.

La tête baissée, Amanda avait déjà dépassé le bâtiment qui abritait les écuries. Quand il l'appela par son nom, elle s'immobilisa, le laissant la rattraper.

— Je suis désolé, attaqua-t-il sans lui laisser le temps de placer un mot. Je sais que je ne peux pas garder le silence plus longtemps sur mon passé et sur ma famille. Ma seule excuse est que je ne voulais pas revenir sur cette période parce qu'elle est trop douloureuse. Je n'ai jamais été capable d'en parler. Mais tu es ma femme, et je te dois la vérité… Quand j'ai quitté l'Angleterre il y a six ans, j'ai cru laisser ce passé derrière moi, mais il ne m'a jamais vraiment quitté et n'a cessé de me hanter. Viens, marchons, ce ne sont pas des choses faciles à dire et il va falloir m'aider un peu.

Ils prirent par le parc, les bourrasques leur soufflant aux oreilles.

Amanda contemplait Kit à la dérobée. Il regardait droit devant lui, le vent dans ses cheveux, si beau que le simple fait de le voir ainsi lui faisait battre le cœur plus vite.

— Je te l'ai dit, murmura-t-elle en s'accordant à son pas, tu n'es pas obligé de parler si cela te fait trop mal…

— J'ai compris que je le dois, si je veux avoir une chance d'effacer enfin ce passé. Je ne t'ai pas menti en te disant que je n'avais pas de frère. J'en ai eu un, mais il n'est plus. Il s'appelait Charles.

Amanda le regarda un instant, surprise.

— Etiez-vous… très proches ?

Kit secoua la tête.

— Non, pas comme deux frères devraient l'être. Il était plus âgé que moi de sept ans et, tout vicomte qu'il était, c'était une canaille qui avait déjà accompli une liste de méfaits longue comme le bras. Pour tous ceux qui avaient un peu de droiture et de sens moral, c'était le diable en personne. Il était de plus animé d'une vitalité farouche qui lui faisait brûler son existence, buvant, jouant et cherchant querelle à tous, à Londres comme sur le continent, séduisant des femmes qu'il n'aurait pas même eu le droit de regarder. C'est ainsi qu'il a terminé sa route, en crachant son sang, les poumons traversés par la balle d'un mari trompé.

Amanda, navrée, mit sa main sur son bras, le forçant à s'arrêter.

— Oh, Kit, c'est terrible !

— Oui. Il a connu un sort tragique. Mais il ne se préoccupait pas de savoir s'il blessait celles et ceux qu'il rencontrait sur son chemin, pourvu que ses instincts fussent satisfaits. Il tenait cela de notre père, qui avait eu exactement la même jeunesse que lui et n'avait guère changé depuis. Son caractère était la copie conforme du sien, ils étaient très semblables. Charles était seulement plus froid, sans les subits accès de colère de mon père.

Kit continuait à marcher lentement, un sourire amer comme imprimé sur ses lèvres.

— Charles était évidemment son préféré, reprit-il, il lui passait tout et lui donnait toujours raison, aussi indulgent pour les fautes de son fils aîné que pour les siennes propres. Peu lui importait le chagrin que ses frasques causaient à ma mère. Non seulement il ne corrigeait pas le comportement dépravé de mon frère envers les femmes et se moquait des nombreux scandales dont il était la cause, mais il s'en vantait auprès de ses amis comme de prouesses.

Ses yeux noisette s'assombrirent un instant, puis le demi-sourire plein d'amertume revint flotter sur ses lèvres.

— Cela brisait le cœur de notre mère. Je suis sincèrement heureux qu'elle n'ait pas vécu assez longtemps pour apprendre comment il était mort. Père n'a pas dit un mot au décès de maman, et je ne pense pas qu'il ait songé un instant à se blâmer ou à blâmer son fils aîné pour cela. Mais quand Charles est mort à son tour, mon père s'est effondré, se mettant à boire jusqu'à en perdre la raison. C'était un véritable suicide en soi, mais pas aussi rapide qu'il l'aurait voulu. Alors il s'est tiré une balle dans la poitrine. Et il a souffert le martyre, s'étouffant dans son sang en hurlant le nom de mon frère.

Amanda n'avait jamais rien entendu de plus désolant ni de plus poignant. Elle en était émue jusqu'aux larmes et se tordait les mains.

— Est-ce que tu aimais ton père ? demanda-t-elle.

Kit s'arrêta de nouveau, le visage marqué par une souffrance profonde et à jamais inconsolable.

— Oui, répondit-il, la voix fêlée par le chagrin. Et je voulais qu'il m'aime, désespérément. Mais si je n'étais tout de même pas un saint, je n'étais pas non plus *son cher Charles*.

Il y avait une telle souffrance dans ces derniers mots qu'elle sentit son cœur se briser.

Elle comprenait à présent combien il avait été difficile à Kit de vivre avec cette douleur-là et imaginait l'horreur de son tourment. Il avait été si pénible pour lui de parler de son père et de son frère, de se confronter à ses démons, chaque mot ravivant son chagrin.

Il la regarda et, lisant dans ses yeux toute la compassion qu'elle éprouvait pour lui, il risqua un sourire timide.

— Le suicide de mon père, reprit-il, c'était quelque chose

de terrible et de honteux, intolérable dans la « haute société ». Pense donc, un pair du royaume qui se tue pour connaître la même fin que son fils adoré ! Pas question après un tel scandale de rester au château. Et puis, il y avait à Woodthorpe trop de souvenirs et de regrets. Alors je suis parti pour l'Amérique, laissant mes affaires entre les mains de l'intendant du domaine et d'un cabinet d'avocats très efficace. Je pensais bien revenir un jour, mais d'abord je voulais mettre le plus de distance possible entre Woodthorpe et moi. Ma cousine Victoria, qui m'a toujours soutenu, a essayé de me retenir en me faisant valoir que j'étais aimé et respecté par les fermiers du domaine et que je devais rester pour me montrer digne de leur confiance, mais elle ne m'a pas convaincu.

— Alors tu es parti panser tes plaies à Charleston. Mais sont-elles guéries, Kit ? Crois-tu que tu pourras retourner vivre chez toi ?

— Je sais que je ne peux pas effacer tout le mal que m'ont fait mon père et mon frère, mais la vie doit continuer. Je dois couper les ponts avec mon passé et commencer à reprendre la place qui me revient. Victoria avait raison, je dois me montrer digne de la confiance que les fermiers de Woodthorpe continuent d'avoir en moi. J'y suis absolument déterminé. Et avec toi à mon côté, comment pourrais-je faillir ?

Elle lui sourit.

— C'est un défi, lui dit-elle. Un rude défi, mais nous pouvons le relever. Faisons vite, Kit. Parce que l'idée de t'avoir tout à moi est bien tentante.

— Elle me plaît à moi aussi, mais que dira ton père ?

— Il sera conquis par ton titre, et aussi par la splendeur de Woodthorpe, répondit-elle en riant. A propos, lorsque nous étions à Covington Hall, es-tu allé voir ton château ?

Il acquiesça.

— Pardon de te l'avoir caché, mais tu comprends pourquoi, à présent.

— Oui, je comprends. Merci de m'avoir parlé, Kit. Je sais que ce n'était pas facile. Je suis heureuse que tu l'aies fait.

Elle mit son bras sous le sien.

— Allons-y, maintenant. Il y a eu assez de malheur et de tristesse pour cette journée. Il faut te changer pour le dîner, et Ciel est impatiente de voir son papa.

Malgré la tristesse qui s'était abattue sur tout le domaine depuis le meurtre de la pauvre Sadie, Caroline avait tenu à remplir comme à l'accoutumée ses devoirs de maîtresse de maison, dirigeant la conversation pendant tout le dîner — avec une politesse distante envers Ortega, car elle sentait bien que quelque chose de louche se dissimulait sous la politesse fleurie de l'Hispano-Américain.

L'appréhension d'Amanda quant à la suite de cette soirée diminuait à présent que le repas se terminait. Mais elle pouvait voir et sentir à travers la table, juste en face d'elle, la tension qui habitait Kit, évidente dans ses manières et son expression.

Celui-ci n'avait pas adressé la parole à Ortega, parlant le plus souvent à Henry, lequel, tout à sa joie de posséder un magnifique étalon de plus dans ses écuries, ne paraissait pas conscient des tensions sous-jacentes qui s'exerçaient parmi les convives réunis à sa table.

Ortega ne tarda pas à s'excuser pour aller fumer un cigare sur la terrasse, et le cœur d'Amanda se mit à battre plus vite quand elle vit Kit se lever et se tourner vers son père.

— Puis-je vous dire un mot, Henry ?

Il évitait soigneusement de la regarder, et elle sentait bien que le moment de vérité était imminent. Quoi que Kit eût à dire, il était évident que cela avait peu de rapport avec les chevaux.

Henry O'Connall se leva de sa chaise et emmena Kit dans son bureau.

— Alors, de quoi s'agit-il ? On dirait que quelque chose vous tracasse ?

Kit refusa le verre de brandy que lui proposait Henry, lequel ouvrit une boîte à cigares qu'il lui présenta également.

Nouveau refus, d'un signe de tête.

Sans chercher à peser ses mots, seulement impatient de parler et de faire face à la probable colère d'Henry, Kit commença le récit de ce qu'avait été sa vie en Amérique pour en venir rapidement à son emprisonnement, à l'accusation qui l'avait motivé et à l'offre de mariage d'Amanda.

Henry l'écouta, immobile et comme sous le choc. Il devint d'abord tout pâle, puis un violent rouge vif se peignit sur son visage. Lorsque Kit se tut, le visage de l'industriel reflétait tout l'ahurissement et toute la consternation qu'il ressentait à l'audition d'un tel récit. Visiblement abasourdi, il luttait pour conserver son calme. Il reposa sur le bureau le verre qu'il n'avait pas touché, puis écrasa dans le cendrier son cigare qui s'était éteint.

— Je suis choqué et peiné d'apprendre tout cela, dit-il d'une voix blanche. Je n'en avais pas la moindre idée. Je ne puis excuser, encore moins approuver, ce que vous avez fait, et si j'étais un homme violent, je vous en demanderais immédiatement raison.

— J'ai eu tort, je le comprends à présent, de vous cacher quelque chose d'une aussi grande importance.

— Vos raisons étaient valables et je les respecte. Quant à ce dont vous avez été accusé, mon opinion est faite : je sais que vous n'êtes pas un assassin. Mais, je vous le confirme, vous n'aviez pas le droit de me cacher votre relation avec ma fille. C'était une tromperie. Quant à la conduite d'Amanda, elle est indigne. En toute honnêteté, vous auriez dû repousser son offre.

Henry se tut, indiquant par son silence qu'il attendait une réponse.

Kit s'y plia, cherchant cette fois ses mots avec difficulté.

— A ce moment-là, expliqua-t-il, je croyais que je n'avais plus que cinq jours à vivre et j'étais très inquiet pour ma fille. Amanda était mon seul espoir. Et puis…

Il s'anima, montrant une chaleur qui surprit son interlocuteur.

— Lorsqu'une femme aussi belle et courageuse que votre fille a le cran de venir visiter un condamné à mort au fond de sa cellule, celui-ci serait fou ou stupide de ne pas accepter son offre !

— Vous tenez à elle ?

— Enormément. De toutes les femmes que j'ai connues, aucune n'avait les qualités de cœur et d'esprit d'Amanda. Lorsque je regarde en arrière, l'épouser a été de loin la meilleure chose que j'aie pu faire de ma vie.

— Et votre premier mariage ? Compte-t-il pour rien ?

Il secoua la tête.

— Ma première femme, Fern, était une Indienne cherokee. Son père m'avait sauvé la vie, et quand il est mort elle s'est retrouvée seule. Quelqu'un devait s'occuper d'elle.

— C'est pour cela que vous l'avez épousée ?

— Oui. Et elle est morte en couches.

— En vous laissant une bien jolie petite fille. On dirait qu'épouser la mienne n'est que la seconde meilleure chose que vous ayez faite de votre vie !

Le visage d'Henry s'anima soudain d'une expression chaleureuse, voire paternelle.

— Votre première épouse ressemblait-elle d'une façon ou d'une autre à Amanda ?

— Oh, non, tout au contraire !

— Oui, je comprends ce que vous voulez dire. Ma fille est trop entêtée pour son propre bien. Il y a probablement de ma faute, et c'est peut-être moi qui l'ai mise dans cette voie sans l'avoir voulu. Elle était tout ce que j'avais, vous comprenez ? Ne croyez pas que je prenais plaisir à jouer les pères autoritaires. Mais lorsque j'ai écrit à Quinn que je ferais épouser Amanda à lord Prendergast si elle ne revenait pas d'Amérique avec un mari, j'aurais dû me douter qu'impétueuse et volontaire comme elle l'est, je l'acculais à prendre des mesures désespérées.

— C'est exactement ce qu'elle a fait.

— Vous savez à présent qu'elle aime à penser qu'elle fait ce qu'elle veut. Je peux le comprendre : elle tient ce trait de moi. Mais, dans notre monde, une femme doit savoir où est son devoir et s'y tenir. Amanda est d'une famille honorable et avait des obligations à mon égard. Bon Dieu, savoir qu'elle est entrée dans une prison pleine de voyous et de canailles est tout de même rude à avaler pour un père !

— Je comprends votre point de vue, et vous avez raison, la prison de Charleston était un véritable cloaque. Mais, pour moi, Amanda paraissait une réponse à mes prières. Nous avons conclu un marché. J'ai accepté ce qu'elle me demandait : lui donner mon nom. En échange, je lui ai arraché la promesse de s'occuper de Ciel et de la remettre à la garde de ma cousine Victoria, à Chelsea.

Henry hocha la tête. Tout ce qui l'avait étonné dans le comportement d'Amanda lors de son retour devenait à présent parfaitement clair. Il eut un lourd soupir.

— Bon, continuez, Kit…

— Notre mariage a été célébré dans des conditions parfaitement légales, et Amanda m'a fait la promesse que si jamais je devais sortir vivant de cette prison, elle me reconnaîtrait réellement comme son mari et deviendrait ma femme dans toute l'acception du terme. Mais il n'y avait guère d'espoir que cela se produise, c'est pourquoi, quand elle est rentrée en Angleterre, elle se croyait veuve en toute bonne foi.

— Rien d'étonnant alors à ce qu'elle ait paru si estomaquée de vous voir devenir l'entraîneur de mes chevaux !

Henry fronça les sourcils et le regarda avec attention.

— J'ai l'impression d'avoir été manipulé en vous engageant, et je n'aime pas beaucoup cela, même si je ne regrette pas une seconde mon choix.

— Je comprends que ce soit difficile à accepter, Henry…

— Fichtre, oui, je vous le confirme !

— Mais il importe beaucoup à Amanda de savoir qu'elle peut compter sur votre soutien.

— Il se trouve que c'est important pour moi aussi, répondit Henry.

Il tira sur un cordon de sonnette et, lorsqu'un domestique se présenta, il lui demanda de prier sa fille de les rejoindre.

Amanda s'empressa. Depuis que Kit avait disparu dans le bureau de son père, elle se trouvait plongée dans une spirale d'appréhension, et à présent qu'elle était convoquée à son tour, son estomac se nouait douloureusement.

Son père se tenait derrière sa table de travail, raide comme la justice. Ses yeux gris la fixèrent intensément, avec une inquiétante lueur, sous la broussaille de ses sourcils argentés. Il savait, Kit lui avait parlé.

La peur passa son doigt glacé sur son échine.

Immédiatement, elle chercha Kit des yeux et alla instinctivement vers lui, comme pour demander sa protection.

Il mit le bras autour de sa taille en un geste protecteur, ce qu'Henry ne manqua pas de remarquer.

— Eh bien, mademoiselle, tonna-t-il, qu'avez-vous à dire pour votre défense ?

En la voyant lancer un regard incertain en direction de Kit, il ajouta avec ironie :

— Il m'a tout dit, et pour éviter toute emphase je dirai, moi, que je suis atterré de ta conduite ! Je suis aussi choqué que ma suggestion de te voir épouser lord Prendergast ait provoqué chez toi une telle réaction…

— Il me semble que c'était plus un ordre qu'une suggestion, père…

— Nies-tu être allée voir Kit dans sa cellule, à la prison de Charleston, et lui avoir proposé de l'épouser ? Ce qui me rappelle d'ailleurs que Quinn va avoir à m'en répondre. Je l'avais expédié en Amérique pour qu'il garde un œil sur toi, non pour te laisser faire ce qui te passait par la tête !

Amanda soutint le regard de son père, soulagée de n'y lire aucun mépris malgré son courroux évident.

— Non, je ne le nie pas, père, et M. Quinn n'aurait pas pu m'en empêcher.

— Mais pourquoi tous ces mystères ? Tu ne t'es donc jamais dit que tu devrais bien me mettre au courant un jour ?

— Si, bien sûr. Je voulais te le dire. Nous le voulions tous les deux. Mais nous avons été obligés de nous taire.

— Comment cela ?

Elle se tourna vers Kit.

— Tu ne lui as pas dit ?

— Non, j'allais le faire.

Kit reprit la parole.

— Lorsque je suis venu à Eden Park, ce n'était pas seulement pour retrouver Amanda, mais aussi pour confondre l'homme qui a tué Carmen Rider et m'aurait volontiers laissé pendre pour son crime. Il ne sait pas que la sentence n'a pas été exécutée et se croit toujours en sécurité. J'ai donc pensé qu'il valait mieux dissimuler mon identité réelle jusqu'à ce que j'aie pu le confondre, de peur qu'il n'essaie de me supprimer ou même de disparaître.

— Ce type semble très dangereux. L'avez-vous trouvé ?

— Oui.

— Qui est-ce ?

— Je préfère ne pas vous le révéler encore. Je m'en excuse, Henry, mais je crois que cela vaut mieux. Bientôt, vous saurez tout.

L'industriel regarda un long moment son entraîneur, puis il hocha la tête.

— Très bien, dit-il finalement. Je vous en laisse juge, mais ne tardez pas à faire éclater la vérité.

Il se tourna vers Amanda.

— Quant à toi, je n'aime guère ta façon de te trouver un mari. On ne fait pas des serments que l'on n'a pas l'intention de tenir.

— Je sais. Je n'aurais pas dû.

— Et maintenant ? Comptes-tu tenir la promesse que tu as faite à ton époux ? Veux-tu être son épouse jusqu'à ce que la mort vous sépare ?

Amanda regarda son *époux*. Le mot amena un doux sourire sur ses lèvres. Epoux, épouse. Elle se souvenait s'être vivement rebellée contre ces mots-là. Mais plus maintenant. Elle était fière et heureuse d'être la femme de Kit.

— Oui, répondit-elle en le regardant dans les yeux, avec la même émotion que si elle se tenait devant un prêtre.

Kit lui répondit par un sourire éclatant de sensualité. Ce

n'était plus un homme devant faire face à la colère de son beau-père. C'était un amant radieux.

— Eh bien, tant mieux ! Sans quoi, souligna Henry avec sévérité, il n'y avait d'autre issue que le divorce, ce qui aurait fait un beau scandale et aurait été une honte. Je n'apprécie ni l'un ni l'autre…

Il regarda sa fille, debout devant lui au côté de son entraîneur. Jolie comme un cœur et absolument sûre d'elle, comme à son habitude. C'était un beau couple qu'ils formaient là. Même si le visage d'Amanda était pour l'instant contracté par l'anxiété. Par le chagrin de l'avoir trompé, sans doute aussi.

Il pensa à l'attitude de la jeune femme depuis l'arrivée de Kit Benedict à Eden Park, à toutes ces petites choses auxquelles lui, son père, n'avait pas réellement accordé d'importance, et qui à présent s'assemblaient parfaitement, comme les pièces d'un puzzle. La façon dont elle se conduisait, ses changements d'humeur, un instant rieuse et pleine de vie, et une seconde après silencieuse et plongée dans ses pensées. Parfois aussi, elle paraissait lumineuse, comme irradiée de l'intérieur, avec une lueur indescriptible dans les yeux. Il savait pourtant bien à quoi ressemblaient les yeux d'une femme dans les premiers feux de la passion amoureuse ! Eût-il été mis au courant qu'il n'aurait pas manqué de faire immédiatement le rapport.

Sans même qu'il en fût totalement conscient, la colère et la stupéfaction qu'il avait ressenties en apprenant la trahison de sa fille commençaient à diminuer, remplacées par la compréhension et même par de la commisération.

— Je regrette, père, balbutia Amanda, les yeux pleins de larmes. J'ai honte de t'avoir déçu et rendu malheureux. Je n'ai pas voulu cela, je te le jure.

— Si je n'avais pas prétendu te placer devant un ultimatum, je suppose que tout ceci ne serait pas arrivé, maugréa-t-il.

Il se mit soudain à sourire.

— Mais, à vous voir tous les deux, quelque chose me dit que vous ne le regrettez pas.

— Oh non, non ! s'écria Amanda, partagée entre les sanglots et un rire nerveux de soulagement.

Elle se jeta dans ses bras, les larmes coulant maintenant à flots sur ses joues.

— Mon seul regret, dit-il, ému, c'est de ne pas pouvoir vous organiser le grand mariage dont je rêvais pour ma fille.

— Vous n'avez pas d'objection à ce que je sois votre gendre ? demanda Kit qui commençait lui aussi à se détendre.

Avec un sourire conciliant pour cet homme au visage ouvert qui, il l'espérait bien, allait prendre soin de sa fille chérie, Henry répondit avec humour :

— Si vous savez aussi bien vous y prendre avec les femmes qu'avec les chevaux, personne ne devrait s'en plaindre.

— J'ai votre bénédiction, alors ? insista Kit comme s'il était très important pour lui qu'Henry approuve leur union sans la moindre arrière-pensée.

Ce dernier lui tendit la main et serra vigoureusement la sienne.

— Vous l'avez, Kit. Vous êtes un type bien et je suis fier de vous avoir pour gendre. Il va falloir quitter votre cottage et venir vivre ici, à présent que vous faites partie de la famille.

— Euh… A vrai dire, Henry, je comptais terminer mon travail ici, régler une chose ou deux, puis emmener Amanda chez moi.

— Chez vous ? Mais elle est chez elle ici, et vous aussi.

— Sa place est auprès de moi maintenant, répondit Kit d'un ton net qui ne souffrait pas de réplique.

Henry haussa les sourcils. Il ne s'avouait pas vaincu.

— Ecoutez, Kit, réfléchissez ! plaida-t-il. Je ne le nie pas, mais allez-vous emmener ma fille loin de tout ce à quoi elle est habituée et la faire vivre dans un petit cottage ? Vous voulez lui faire vivre la vie d'un dresseur de chevaux ? Elle y est hélas assez mal préparée.

— La richesse n'est pas tout, dans la vie, intervint Amanda assez sèchement.

— C'est facile à dire lorsqu'on n'a jamais manqué de rien, lui rétorqua-t-il sans se démonter. Moi, je sais ce que c'est que la pauvreté, je l'ai connue. Je puis te dire que son odeur n'a rien d'agréable et qu'elle emmène prématurément dans la tombe ceux qu'elle prend dans ses griffes.

— Amanda ne manquera de rien, affirma Kit. Je ne voudrais pas qu'elle ait à souffrir le moins du monde de ce mariage.

— Et vous pourrez lui acheter toutes les belles robes qu'elle a l'habitude de porter ?

Kit s'approcha du bureau, un sourire ironique sur les lèvres.

Il se saisit du verre de brandy qu'il avait refusé au début de l'entretien et lui tendit celui que lui-même n'avait pas encore touché. Puis il leva le sien, but et le reposa, les yeux plantés dans les siens.

— Une femme comme votre fille, Henry, dit-il lentement, est née pour vivre dans un palais plein de lumière et non dans un endroit sinistre, avec un homme sorti on ne sait d'où. Amanda est une reine, et nul ne peut la faire déroger à son rang. Si j'étais vraiment l'homme que j'ai prétendu être auprès de vous, je l'aurais déliée de son serment depuis longtemps.

Interloqué, Henry le fixa sans comprendre.

— Que voulez-vous dire, Kit ?

— Ceci : depuis son mariage, on s'adresse à Amanda sous le nom de Mme Claybourne. Peut-être devriez-vous me demander pourquoi, puisque je suis connu de vous sous le nom de Benedict ? Mon nom entier est Christopher Benedict Henry Claybourne, je suis né à Woodthorpe Hall, dans le Cambridgeshire, et, par les hasards de la naissance et de la succession, je suis aussi lord Woodthorpe, comte de Rossington.

Henry le regarda bouche bée, cligna des yeux, les rouvrit.

— Alors ça, que je sois damné ! bégaya-t-il.

Au-delà de la nouvelle elle-même, c'est le changement survenu dans l'attitude de Kit, véritable métamorphose, qui le stupéfiait. On était loin de l'employé qu'il avait pris à son service, devant ce pair du royaume au profil de médaille qui s'exprimait avec une autorité naturelle et une fierté si évidente qu'il ne ressentait pas même le besoin de l'exprimer par des mots.

Tout en lui trahissait ses origines, comment ne les avait-il pas décelées plus tôt ?

— Mais… cela fait donc d'Amanda une comtesse, dit-il en regardant sa fille avec un étonnement émerveillé.

— Eh oui, lui répliqua-t-elle en riant. C'est ce que tu as toujours voulu, non ? que j'épouse un aristocrate ?

— Tu étais au courant ? demanda-t-il encore.

— Kit ne me l'a dit qu'aujourd'hui, mais j'avais déjà décidé de tenir ma promesse et de vivre auprès de lui sous n'importe quelles conditions.

Il revint à Kit.

— Woodthorpe Hall, demanda-t-il, n'est-ce pas ce grand château devant lequel nous sommes passés, sur le chemin de celui des Covington ? Magnifique propriété, à ce que j'ai pu en voir.

— Oui, c'est lui, répondit Kit. Je vous fais mes excuses pour tout le désagrément que je vous ai causé, Henry. Vous seriez en droit de me balancer votre poing dans la figure, je ne l'aurais pas volé.

Henry hocha la tête et sourit.

— Il est loin, soupira-t-il, le temps où seuls mes poings me servaient de mode d'expression. Je cultive le pardon, à présent. Scellons plutôt votre union par quelques coupes de champagne et offrez-moi vite le bonheur de pouvoir faire sauter mes petits-enfants sur mes genoux. Nul doute qu'un aussi beau couple produira une progéniture qui fera la fierté de toute la famille !

Il nota avec satisfaction que sa fille rougissait jusqu'aux oreilles.

— Pourtant, dit-il pensivement, je n'ai guère envie que l'on sache que ma fille s'est mariée dans une prison. Pas si je puis l'éviter… Qui d'autre que vous deux est au courant ?

— Eh bien, Nan, M. Quinn, ma cousine Charlotte et son vieux majordome, répondit Amanda. Personne d'autre.

— Aucune alliance n'est assez solide pour résister au scandale qu'une telle révélation nous attirerait, Kit, réalisa-t-il, catastrophé. Il va falloir raconter aux gens que vous avez voyagé séparément, que votre navire a sombré dans une tempête, que vous avez été présumé noyé… Que sais-je ?

— Mais comment expliqueras-tu son changement de nom, demanda Amanda en riant de sa confusion, et le fait que tu l'as eu à ton service pendant plusieurs semaines ?

— Ah, je trouverai bien quelque chose ! répondit-il en balayant l'objection. J'insiste pour organiser tout de même une bénédiction à l'église… Et un banquet ! Un banquet de mariage « a posteriori » auquel nous inviterons le ban et l'arrière-ban de nos connaissances ! Où est Caroline ? Il faut que j'aille lui annoncer la bonne nouvelle. Elle ne voudra pas le croire, et Ortega non plus… Pas plus que les domestiques, et demain tout le voisinage !

Au sortir du bureau d'Henry O'Connell, le regard de Kit trahissait son soulagement. La transformation de son visage, la détente de ses traits, était visible maintenant qu'il avait tout avoué à Henry.

En regardant le beau visage de celui qu'elle pouvait à présent reconnaître comme son mari, Amanda sentait elle aussi un indicible apaisement s'emparer d'elle. Elle se laissa envahir par la douce et réconfortante chaleur que ce sentiment lui procurait, bien qu'elle se sentît encore un peu nerveuse.

Elle l'aimait plus que tout au monde. Il était son avenir, sa destinée. A cet instant précis, elle souhaitait ardemment qu'il la prît dans ses bras, sentir son corps de marbre pressé contre le sien. Mais elle n'osa faire un geste.

— Qu'est-ce qui t'a décidé à parler à père ? se contenta-t-elle de demander.

L'expression de Kit s'adoucit, et un léger sourire parut sur ses lèvres.

— Je me suis dit qu'il était plus que temps, répondit-il. J'en avais assez de ces cachotteries. Ai-je eu tort ?

— Non, je suis heureuse qu'il soit au courant. Comment l'a-t-il pris au début ? Etait-il très en colère ?

— Il s'est montré plutôt... raisonnable, étant donné les circonstances. Ce qui est fait n'est plus à faire. Notre mariage est maintenant reconnu, Amanda, à nous de faire le reste du chemin.

Lui prenant la main, il ajouta rapidement :

— Nous n'avons pas eu des débuts très faciles, et notre avenir ensemble est encore bien flou. Mais dès que j'aurai réglé mes comptes avec Quinn et Ortega, je te le promets, nous partirons pour Woodthorpe nous occuper un peu de nous.

— Oui, ce sera bien, répondit-elle.

Mais elle avait le sentiment irritant que quelque chose

lui manquait. Certes, elle savait que Kit la désirait, il le lui avait témoigné de toutes les manières possibles. Mais il ne lui avait jamais vraiment déclaré son amour, et tant qu'il ne l'aurait pas fait, son bonheur ne serait pas complet. Elle, elle l'aimait avec une telle violence, une telle passion qu'elle se sentait faible et vulnérable entre ses mains.

— Que vas-tu faire à propos d'Ortega ? demanda-t-elle. Maintenant que tu as mis père au courant, il ne peut plus te faire chanter. Vas-tu lui en parler aussi ?

Kit parut réfléchir, mais il secoua finalement la tête.

— Pas tout de suite. Je dois à la mémoire de Carmen d'éviter la prison à son frère. C'est une canaille, mais elle l'adorait, et je pense qu'il l'aimait aussi. Je le crois plutôt inoffensif dans le fond, malgré son immoralité. C'est par désespoir qu'il s'est attaqué à moi. Au fond de lui, il doit bien savoir que je n'ai pas tué sa sœur. Il refuse simplement de le croire pour m'utiliser. Il doit de l'argent à la terre entière, et ses créanciers l'attendent de pied ferme de l'autre côté de l'Atlantique. Je pense lui poser un ultimatum : ou il quitte immédiatement Eden Park, ou je révèle tout à Henry, et alors il sera chassé de la propriété à coups de bottes.

— Tu es trop généreux, Kit. Le chantage est un crime. Il devrait aller en prison pour cela.

Mais comme elle sentait sa main dans la sienne, elle oublia bien vite Ortega.

— Tu restes avec moi, cette nuit ? demanda-t-elle, mi-tentatrice, mi-ingénue, en rougissant de sa propre audace.

Il lâcha sa main et devint subitement grave.

— Non, Amanda, pas cette nuit.

— Je vois, les commencements peuvent attendre, dit-elle d'un air contrit.

Kit la prit dans ses bras et l'embrassa avec fureur.

— Petite sotte, la gronda-t-il quand leurs lèvres se furent

séparées. Ne vois-tu pas que je voudrais être près de toi à chaque minute, le jour comme la nuit ? Mais je dois confondre Quinn et Ortega. Ce soir même.

La pensée du danger qu'il pourrait courir l'alarma.

— Je déteste l'idée de te savoir seul face à eux, murmura-t-elle en posant sa tête sur la poitrine de Kit.

Il sourit.

— Ne t'inquiète pas. J'ai un avantage sur ces deux canailles, ne l'oublie pas : Quinn ne sait pas qu'Ortega est le frère de Carmen, et Ortega, lui, ignore que Quinn était l'amant de sa sœur et qu'il l'a tuée. Imagine un peu leurs visages lorsqu'ils l'apprendront…

Amanda se rassura un peu, prise malgré elle par cette aura de vitalité qui semblait toujours rayonner autour de Kit.

— Je t'en prie, lui demanda-t-elle pourtant en levant les yeux vers lui, sois prudent ! Souviens-toi que certaines choses ne peuvent être accomplies qu'avec un esprit serein. Je sais combien tu détestes Quinn, mais je t'en supplie, ne le tue pas. Laisse-le répondre de ses crimes devant la justice. J'ai besoin de toi, Ciel a besoin de toi.

— Cela, je ne peux te le promettre, répondit Kit avec son calme habituel.

Elle n'eut pas l'occasion d'argumenter plus, car à cet instant Henry revint avec Caroline. Celle-ci joua parfaitement la surprise, comme si elle n'avait pas été mise au courant précédemment. Le majordome ne tarda pas à suivre, portant un seau à champagne et accompagné d'une servante qui portait des coupes sur un plateau.

Par bonheur, Ortega ne se montra pas. Lorsque Henry lui avait annoncé la bonne nouvelle, il avait offert ses félicitations et trouvé un prétexte pour ne pas participer aux réjouissances.

*
* *

Le moment que Kit attendait depuis son arrivée à Eden Park approchait enfin.

Il choisit comme lieu de la confrontation finale une grange servant à stocker le fourrage, située à l'extrémité du paddock, un endroit assez éloigné pour ne pas attirer l'intention : il ne fallait pas que l'on vînt interrompre la réunion. Puis il envoya un billet à Quinn comme à Ortega, leur demandant de s'y trouver à 23 heures précises. Lui-même comptait arriver un peu plus tard.

Lorsqu'il poussa la porte de la grange, Quinn faisait les cent pas et Ortega attendait assis sur un banc. Les deux hommes ne se parlaient pas, sans doute intrigués par cette convocation nocturne.

Kit les regarda tous deux sans chercher à cacher sa satisfaction. Lorsqu'il parla, sa voix était ferme et précise.

— Bienvenue à cette petite réunion, messieurs. Je suis heureux que vous ayez pu venir. C'est une étrange conjonction d'événements qui a conduit nos chemins à se rencontrer. Comme je ne supporterai pas votre vue très longtemps, je serai bref. Mais je crois qu'il est temps de mieux faire connaissance.

Il eut la satisfaction de voir Quinn pâlir affreusement puis se mettre à trembler quand il lui apprit la véritable identité d'Ortega, et le joueur professionnel faillit sauter à la gorge de l'amant de sa sœur quand il lui démontra qu'il était aussi son meurtrier.

Lorsqu'il mit lui-même bas le masque et révéla qu'il était Christopher Claybourne, Quinn refusa d'abord de le croire. Claybourne n'avait-il pas été pendu à la prison de Charleston ? Puis, quand il comprit dans quel piège il était tombé, son assurance s'effondra. Acculé, roulant des yeux fous, il avoua le meurtre de Carmen Rider.

Kit s'approcha lentement de lui, la voix presque atone, mais une lueur vengeresse dans le regard.

— Vous ne vous êtes pas arrêté là, n'est-ce pas, Quinn ? Vous avez tué Sadie aussi ?

Le visage et l'attitude de Quinn évoquaient de plus en plus un renard traqué par la meute.

— Sadie ? Qu'est-ce que Sadie a à voir avec tout ça ?

— Vous avez tué Sadie pour la même raison que Carmen. Parce qu'elle vous avait préféré quelqu'un d'autre. Ortega, précisément.

Les yeux de l'Hispano-Américain brûlèrent de haine.

— Espèce de salaud... assassin ! siffla-t-il en direction de Quinn. Je vais te tuer pour ça !

— Pas la peine, l'informa calmement Kit. J'ai prévenu la police, elle sera là d'une minute à l'autre.

— Ce sera trop tard, répliqua Ortega, et il tira vivement de son gilet un pistolet de poche qu'il braqua sur Quinn.

— Baissez votre arme, lui intima Kit d'une voix égale.

— Pas question. Je veux moi-même infliger à cette ordure la punition qu'il mérite.

Haletant, le meurtrier comprit que, pour la première fois, il était face à un adversaire capable de le tuer et non plus à une faible victime. Sa bouche se tordit en un rictus effrayant, et l'instant d'après il bondissait vers la porte.

Vif comme l'éclair, Kit saisit le bras d'Ortega pour le forcer à lâcher son arme puis s'élança derrière Quinn, son propre pistolet de poche à la main, le doigt sur la détente.

Il intercepta vite l'intendant.

— Je serais heureux de vous envoyer en enfer, Quinn, lui dit-il, mais vous êtes trop méprisable pour que je veuille avoir votre sang sur les mains.

Au même instant, Ortega, toujours bouillant de haine,

ramassa son revolver et fit feu. Il atteignit Quinn au flanc gauche, et le sang jaillit.

Kit se jeta sur lui pour l'empêcher de faire feu de nouveau.

Profitant de ce répit, Quinn bondit vers la porte, la main sur sa blessure, et disparut dans la nuit, courant aussi vite qu'il le pouvait.

Kit essaya de percer l'obscurité, l'oreille aux aguets vers tout bruit qui pourrait lui dénoncer le fuyard. Mais à part sa propre respiration haletante, le cri d'une chouette au loin et le souffle du vent dans les branches, il n'entendit rien.

A l'arrivée des agents de police, il les mit rapidement au courant de la situation.

— ... Et il a avoué le meurtre de la jeune Sadie Jenkins ? demanda le plus corpulent des deux.

Kit acquiesça.

— Il aurait mieux valu nous laisser le soin de l'interroger, fit remarquer l'autre.

— Il n'ira pas loin, dit Ortega. Il est blessé.

— Blessé ? Et peut-on savoir comment, monsieur ?

— J'ai tiré sur ce salaud.

L'agent leva les sourcils en signe de surprise.

— Eh bien, quand nous l'aurons pris, nous aurons également un petit entretien avec vous, si ça ne vous fait rien. En attendant, je vous prie de me donner votre arme, s'il vous plaît. Mon collègue et moi reprenons les choses en main.

Ortega lui tendit son pistolet avec répugnance, et les deux policiers, une lanterne à la main, s'enfoncèrent dans la nuit, suivis de Kit.

Rafael Ortega retourna au château en rageant. La fuite de Quinn ne lui avait pas permis d'apaiser sa fureur. Tout était calme, les domestiques s'étant retirés pour la nuit. Tandis qu'il gravissait l'escalier pour regagner sa chambre, l'accablement s'abattit sur lui. Même son désir de tuer l'assassin de sa sœur passa momentanément au second plan, derrière sa situation désespérée et son criant besoin d'argent. Il lui fallait absolument trouver cette somme pour rentrer en Amérique. Plus rien d'autre ne comptait.

Sur le palier, il se sentit observé et se retourna. C'était la petite Ciel, qui était sortie de sa chambre vraisemblablement pour aller rejoindre Nan dans la sienne, tout à côté.

Une idée prit forme dans son cerveau.

La fille de Claybourne… Tout n'était peut-être pas perdu, après tout ?

S'il enlevait cette enfant, le comte de Rossington paierait une rançon royale pour la récupérer.

12.

C'est peu après minuit que Nan donna l'alerte. Etant allée voir si l'enfant dormait bien, comme elle le faisait chaque nuit, elle ne l'avait pas trouvée dans sa chambre. Pensant que Ciel était peut-être chez Amanda, elle se rendit dans la chambre de celle-ci pour s'en assurer.

— Mais non, Nan, elle n'est pas là ! lui dit Amanda, déjà aux cent coups.

Elle se leva rapidement et enfila son peignoir.

— Voyons si elle n'est pas en bas.

On réveilla les domestiques pour qu'ils participent à la recherche, mais nul ne trouva trace de l'enfant.

Amanda était à demi morte d'inquiétude, et son appréhension grandit encore quand on constata que le manteau et les chaussures de la fillette avaient également disparu. On fit appeler Kit qui vint immédiatement.

— Depuis combien de temps serait-elle partie ? demanda-t-il tout de suite.

— Je ne sais pas… Peut-être une heure, voire davantage, lui répondit-elle. Nan a trouvé son lit vide peu après minuit. Oh, Kit, où a-t-elle pu aller ? Nous avons cherché partout.

L'un des domestiques leur tendit un billet qu'il avait trouvé.

Kit s'en saisit, le parcourut, et ses yeux se mirent à flamboyer d'une rage terrible.

— Ortega ! Il l'a enlevée.

— Enlevée ? Mais… Pourquoi, que veut-il ?

— Une rançon. Exactement trente mille livres. Je présume qu'il va me le faire savoir dès les premières heures du jour. Sa tentative de chantage a échoué, alors il a trouvé une autre manière de m'extorquer de l'argent… Bon Dieu, où a-t-il pu l'emmener ?

Un palefrenier se présenta. Il venait avertir qu'un cheval manquait aux écuries.

— Rattrape les deux policiers, lui ordonna Kit d'une voix calme, et dis-leur ce qui s'est passé. Ils sont à la poursuite de Quinn. Dieu seul sait où il a pu aller, celui-là aussi…

— Tu as vu M. Quinn ? Qu'est-ce qu'il t'a dit ?

— La vérité, répondit Kit, un pli de mépris aux lèvres.

— Qu'il a tué Carmen et Sadie ?

Kit acquiesça.

— Il a été blessé. Ortega lui a tiré dessus, mais il a réussi à s'enfuir. Pas de doute qu'il se cache quelque part sur la lande ou dans les collines. Mais, pour l'instant, ce n'est pas lui qui m'inquiète, ajouta-t-il en marchant à grands pas vers la porte. C'est Ciel. Il n'y a pas une minute à perdre…

— Kit, où vas-tu ? lui cria-t-elle.

Il fit volte-face et elle sentit un frisson d'angoisse lui remonter l'échine quand elle vit l'expression de son visage. Il était pâle comme un mort, avec dans les yeux une ombre qui semblait monter du tréfonds de son être.

— Chercher ma fille. Je la ramènerai, je le jure !

— Mais elle peut être absolument n'importe où !

— Là encore, je suis à peu près sûr qu'Ortega aura fui vers les collines, dit-il, songeur.

— J'espère que tu vas la retrouver vite, murmura Amanda.

Imaginer Kit aux trousses d'Ortega, prêt à affronter tous les dangers pour récupérer sa fille, la terrifiait. Elle savait que nul n'était mieux armé que son mari pour traquer le ravisseur et mettre la main sur lui, mais, en enlevant Ciel, le pâle escroc était passé du stade des petits délits à celui du crime véritable, et qui sait jusqu'où il irait ?

Kit mit l'étalon au galop et le dirigea vers les collines. Ce fut comme si les déesses de la vengeance chevauchaient avec lui. On lui avait enlevé son enfant, et le goût de tuer l'habitait.

Par chance, la nuit était claire et la brise avait chassé les nuages qui auraient pu lui masquer le clair de lune. Le grand étalon répondait à la moindre sollicitation de ses jambes ou de ses mains. L'on eût dit que le noble animal ressentait sa fureur et la partageait. La buée qui sortait de ses naseaux le faisait ressembler à quelque dragon crachant ses flammes.

Chassant devant eux les troupeaux de moutons effrayés, franchissant les gués au milieu d'une gerbe d'eau projetée par l'étalon, ils visitèrent chaque grotte, chaque bergerie isolée dans les collines. La rage qu'il déployait ne faiblit pas malgré l'échec de ses recherches. Mais lorsque le soleil pointa par-delà les crêtes, il n'avait trouvé aucune trace de Ciel et de son ravisseur.

Amanda était dans le salon, avec Henry et Caroline, et tentait de réconforter Nan, tout à fait effondrée, lorsque Kit entra.

Henry se leva pour aller à sa rencontre.

— Y a-t-il du nouveau ? demanda Kit, plein d'espoir.

Lorsque Henry secoua tristement la tête, une terrible douleur se peignit sur le visage du malheureux père.

— Kit, balbutia l'industriel, je suis tellement navré de ce qui arrive ! Quand je pense que c'est moi qui ai ouvert ma maison à cet homme, qui lui ai offert l'hospitalité… Amanda m'a raconté quel chantage il a essayé d'exercer sur vous. C'est pour cela qu'il est venu ici. Je vous jure que si je l'avais su, si j'avais pu prévoir… je l'aurais abattu comme un chien. La police pense qu'il se cache quelque part dans les collines. Ils ont posté des hommes sur la route pendant que d'autres fouillent la campagne…

Amanda était bouleversée, tant par sa propre angoisse que par empathie avec Kit. Avec ses vêtements tachés de boue et ses traits creusés, celui-ci paraissait épuisé.

Mais le brandy qu'elle lui tendit le revigora instantanément.

— Ortega n'a aucun intérêt à faire du mal à la petite, lui dit-elle. Il faut t'en persuader…

Elle essayait de parler d'un ton calme, rassurant et convaincant, mais la terreur qu'elle ressentait transparaissait dans sa voix.

— S'il est capable de retenir ma fille dans les collines toute la nuit, j'ai bien peur qu'il ne soit capable de tout…

Un policier se présenta pour les informer qu'Ortega avait été repéré à cinq kilomètres de là. Immédiatement, Kit et Henry se précipitèrent à sa suite.

Amanda était bien décidée à ne pas être laissée en arrière.

— Je viens avec vous !

Kit se retourna vers elle.

— Non, Amanda, c'est trop dangereux.

Le menton levé, une lueur dans les yeux montrant qu'elle était prête à en découdre, elle regimba.

— Je viens avec toi, Kit. Je te suivrai, que tu le veuilles ou non. Je t'en prie, n'essaye pas de m'en empêcher. Allons-y à présent, nous perdons du temps.

Kit se rua vers les écuries. Oubliant sa fatigue, il sauta de nouveau en selle et était déjà lancé au galop alors qu'Amanda et son père venaient à peine de mettre le pied à l'étrier. Ils le suivirent à quelque distance. Amanda priait silencieusement, mais avec ferveur, pour que l'on retrouvât Ciel saine et sauve.

Ils atteignirent les collines rocheuses à l'herbe rare. En avant, Kit poussait sa monture à l'assaut de la roche avec une telle fougue qu'on eût dit qu'il voulait la voir s'envoler.

Les deux policiers se tenaient sur la crête, et à quelque distance devant eux, juste au bord d'un à-pic, on pouvait voir Ortega, tenant par la main la petite Ciel qui sanglotait doucement.

Kit mit pied à terre sans quitter sa fille des yeux. Il semblait pétrifié.

Amanda se laissa glisser à bas de sa selle, alla vers lui et glissa sa main dans la sienne. Il l'agrippa comme on se raccroche à une bouée.

— Reste calme, Kit, murmura-t-elle. Il va la libérer. Il ne peut pas faire autrement. Et souviens-toi, tu n'es pas seul.

Il la regarda avec dans les yeux un mélange de chagrin, de souffrance et d'incompréhension, puis il parut se reprendre et hocha la tête. Alors la fillette le vit et fit une faible tentative pour lever son bras, pour l'appeler. Kit poussa du fond de la gorge un cri étranglé, quasi muet, que seule Amanda, bouleversée, put entendre. Elle vit Ortega ramener plus près de lui la fillette, qui sanglota plus fort.

Il avait vu approcher les policiers, mais n'avait pu se cacher à temps, gêné par l'enfant. Il avait donc été repéré par eux et n'avait plus d'échappatoire.

Ortega était un escroc minable, pas un tueur. Jamais de sa vie il n'avait dû agresser physiquement aucun homme ni aucune femme, et encore moins une enfant. Avant même d'avoir atteint les collines, dès que la fillette s'était mise à pleurer et à demander qu'il la ramène, il avait dû regretter de l'avoir enlevée. Mais il était déjà trop tard. Il était allé trop loin.

Il entraîna la fillette avec lui au bord de l'à-pic.

— Arrière ! hurla-t-il, n'approchez pas, sinon je saute et je l'entraîne avec moi !

Chacun se figea instantanément.

Amanda, interdite, regardait la scène qui se déroulait. Elle aurait voulu s'élancer en avant pour libérer Ciel, mais une telle initiative eût été désastreuse. Ortega n'avait qu'un pas à faire pour l'entraîner dans la mort avec lui. La petite se montrait très courageuse malgré la terreur que l'on pouvait lire dans ses yeux, qui ne quittaient plus son cher papa un seul instant.

— Ecoute-moi, Ortega. Tu vas ôter tes sales pattes de ma fille. En plus d'être un lâche et un escroc minable, veux-tu devenir un assassin ?

La voix de Kit était calme, égale, mais tranchante comme de l'acier.

Un policier s'approcha de lui.

— Restez en arrière, monsieur, laissez-nous faire !

— Non.

Sa voix était toujours aussi mortellement calme.

— C'est mon affaire à moi seul. Je ne permettrai aucune interférence qui pourrait mettre la vie de ma fille en danger.

Etait-ce le ton de sa voix, son impressionnante autorité ou ce que le policier lut dans ses yeux ? Celui-ci recula.

— Tu ne vas pas sauter, Ortega, reprit Kit, car je t'aurai tué avant.

Il tira son revolver de sa poche et le braqua droit sur la tête de l'escroc.

— Lâchez l'enfant, cria l'un des policiers, effrayé à la vue de l'arme. C'est fini, maintenant !

— Halte ! hurla Ortega, pas plus près !

Soudain, une ombre bougea derrière un rocher et prit forme humaine.

C'était Quinn, les yeux fous et du sang noir séché sur ses vêtements. Il était presque méconnaissable après la nuit qu'il venait de passer dans la colline, mais la rage et la haine déformaient son visage à tel point que l'on ne pouvait que constater qu'il était encore bien vivant.

Il s'approcha furtivement derrière Ortega, les yeux fixés sur le dos de l'Hispano-Américain. Celui-ci le sentit, se retourna et, la fureur déformant à son tour son visage, projeta Ciel d'une détente du bras en direction de son père et des policiers.

Kit se détendit comme un fauve et recueillit l'enfant dans ses bras.

— Là, mon bébé, là, lui murmura-t-il à l'oreille en la serrant contre lui. C'est fini, à présent.

Sa voix tremblait de soulagement tandis qu'il pressait sa joue contre les cheveux de la fillette, lui offrant chaleur et réconfort tandis qu'elle sanglotait de plus belle. Amanda, qui avait retenu son souffle, poussa un cri.

Ortega fit face au meurtrier de sa sœur et se jeta sur lui avec un hurlement de rage. Les deux hommes luttant l'un contre l'autre ne firent bientôt plus qu'une seule masse agitée, furieuse et haletante. Chacun d'eux savait que c'en était fini de lui comme de l'autre. Il n'y avait plus que le combat féroce, primitif et sans merci de deux pauvres fous condamnés par leurs méfaits.

Soudain, Quinn recula, se redressa et fixa Henry O'Connell,

le visage torturé par la douleur et l'épuisement, les yeux rougis par une peine plus profonde encore : celle d'avoir démérité aux yeux du seul homme sur terre qu'il respectait.

Il chancela, recula de nouveau et, son pied ne rencontrant que le vide, perdit l'équilibre. Ses mains s'agrippèrent désespérément au seul point d'appui qu'il trouva : le pan de la jaquette d'Ortega.

Hurlant leur terreur et leur haine à la face du ciel, les deux adversaires furent précipités dans le vide, sur les rochers qui dressaient leurs arêtes vives plusieurs mètres en dessous d'eux.

Il avait été impossible d'intervenir, et chacun regarda la terrible scène dans un silence horrifié, hormis la petite Ciel dont le visage était enfoui dans le col de son père.

Après quelques secondes de silence, comme il n'y avait plus rien à faire pour les deux malheureux, Amanda, qui s'était précipitée vers Kit pour le serrer dans ses bras avec l'enfant, aperçut Henry qui s'approchait de l'à-pic, seul.

— Ramène Ciel au château, souffla-t-elle à son mari, je vais rester un moment avec mon père.

— Prends ton temps, lui répondit-il après un coup d'œil vers celui-ci. Le crime de Quinn et sa mort doivent l'affecter profondément.

Elle le regarda s'éloigner sur son cheval, la petite contre lui sur sa selle, puis elle se tourna vers son père, le cœur serré.

Il paraissait soudain voûté et fragile, comme si ce qui venait de se passer l'avait prématurément vieilli. Elle ne l'avait jamais vu ainsi. Elle s'approcha de lui en évitant de regarder les deux corps désarticulés qui gisaient au-dessous d'eux sur les rochers.

Son père, qui les fixait depuis un long moment, se tourna vers elle et sembla la découvrir.

— Il fait froid, ici, lui dit-il d'une voix étrangement lointaine. Tu aurais dû mettre un pardessus.

— Je n'en ai pas eu le temps.

Elle passa son bras sous le sien et ajouta doucement :

— Ce doit être un très grand choc pour toi, père. Je suis tellement désolée.

— Quinn a tué Sadie... Tu le savais ?

— Kit le pensait, et il me l'a confirmé tout à l'heure.

— Nous devons répondre de nos actes, dit Henry comme s'il se parlait à lui-même. Nul n'y échappe...

— Il a aussi tué Carmen Rider, et c'est Kit qui a failli être pendu à sa place.

— Il l'a laissé accuser sans rien dire ?

Elle acquiesça.

— Je me demande comment on peut faire cela et se regarder encore dans une glace, soupira Henry.

— Confondre M. Quinn était l'un des buts que poursuivait Kit en venant à Eden Park.

— Je n'aurais jamais cru ni même soupçonné que Quinn pût avoir l'âme aussi noire. Et dire que je me prenais pour un bon juge en matière d'hommes ! Imbécile que j'étais ! De tous ceux qui ont travaillé pour moi, jamais je n'ai fait confiance à personne autant qu'à lui. Au point de lui confier ma fille... pour qu'il t'accompagne à Charleston.

Amanda le regarda avec curiosité.

— Il était auprès de toi depuis longtemps, n'est-ce pas ? Comment est-il entré en fonctions ?

— A cette époque, Prosper Quinn était portefaix et travaillait comme manœuvre à la pose des rails du métro de Londres. Jamais je n'ai vu personne s'échiner avec le même acharnement, la même rage que lui. Il accomplissait avec une sorte de fureur ce labeur de brute qui avait déjà tué son père et son frère aîné. Je me suis renseigné et j'ai fini par découvrir qu'il essayait de gagner assez d'argent pour sortir sa mère et ses sœurs de la fabrique où elles travaillaient, elles aussi. J'admirais tout à la fois son courage et son sens de la famille. D'une certaine manière, il me rappelait le jeune homme que j'étais quand je suis arrivé d'Irlande. Je l'ai engagé, et j'ai trouvé une maison à Rochdale où installer sa mère et ses sœurs. Elles y vivent toujours.

— Voilà donc pourquoi il a toujours été si loyal envers toi et aussi respectueux ! Je ne l'ai jamais entendu prononcer un mot qui ne te soit pas favorable.

— Je vais aller voir sa mère pour tenter de lui expliquer... Ce ne sera pas facile. Elle était si fière de lui. Mais il faut que je lui parle, que j'essaie de lui faire croire que son fils a été malgré tout un homme honorable, pour soulager un peu sa peine.

Ils se tinrent un instant en silence au milieu de la quiétude revenue, de la beauté de ce lieu rendu à la paix. Au-dessus d'eux planait un faucon solitaire, et les ombres de quelques nuages passaient dans le ciel à l'aplomb des collines. Une pierre roulant quelque part dans le silence les tira de leur profonde réflexion.

Lorsque Henry parla de nouveau, sa voix était redevenue ferme.

— Viens, rentrons, dit-il. Il n'y a plus rien que nous puissions faire ici. Ce qui m'importe à présent, c'est toi, Kit et son adorable petite fille. Dieu merci, elle n'a pas de mal ! Mais, toi, Amanda...

Il se tourna pour mieux la regarder.

— ... Es-tu heureuse, à présent ? Il est très important pour moi de le savoir.

— Oui, père, très heureuse, répondit-elle doucement.

— Tu en es bien sûre ?

— Absolument certaine.

— Et tu aimes Kit ?
— Plus que ma vie.
Il lui tapota la main.
— Alors, tout est dit !
Et ils allèrent rejoindre leurs chevaux.

Le soleil était déjà haut au-dessus des crêtes lorsque Amanda et son père revinrent à Eden Park. Chacun, au château, se remettait tant bien que mal du choc de l'enlèvement, de la mort d'Ortega et de Quinn, ainsi que de la révélation que celui-ci était le meurtrier de Sadie. Comment imaginer que le froid et réservé M. Quinn avait pu commettre un acte pareil ?

Caroline les attendait anxieusement dans le grand hall. Elle les entraîna dans le salon.

— Où est Kit ? demanda tout de suite Amanda.

— Avec Ciel, au-dessus.

— Comment va-t-elle ?

— Elle est surtout épuisée, je crois. Elle a traversé une bien terrible épreuve, le pauvre poussin, remercions la Providence qu'elle n'ait pas été blessée ! Elle a dû être absolument terrifiée par son enlèvement et par la nuit qu'elle a passée dans les collines… C'est insupportable à imaginer. Cet Ortega était un monstre !

— Dieu merci, ce cauchemar est terminé. Mais je n'aurais jamais cru qu'il se terminerait ainsi, par deux morts. Kit doit être épuisé, lui aussi, je vais aller le voir.

Elle regarda son père qui se tenait devant la fenêtre, la tête penchée, les épaules voûtées et les yeux perdus dans le vague.

— Pauvre père ! La mort et le crime de M. Quinn l'ont terriblement secoué.

Caroline regarda son mari avec compassion.

— Oui, je vois…

Elle sourit et se tourna vers Amanda.

— Vous aussi, vous paraissez épuisée, ma chérie. Allez vite rejoindre Kit, je me charge de votre père.

Amanda eut la surprise de trouver Nan assise sur une chaise dans le corridor, devant la chambre de Ciel. Les yeux de l'excellente femme étaient rougis, et l'anxiété se lisait toujours sur ses traits tirés. Amanda vint s'agenouiller devant elle et lui prit la main.

— Nan, pourquoi ne vas-tu pas te reposer ? Cela a été une très longue nuit pour chacun de nous.

— Pas tant que je n'aurais pas vu, de mes yeux, que Ciel va bien. Son père est avec elle. Il l'a montée ici dans ses bras et il a refermé la porte. Je ne peux pas supporter l'idée de ce que cet Ortega aurait pu lui faire ! Jamais je n'aurais dû la laisser seule si longtemps ! Mais elle commence à faire des nuits plus complètes à présent, et j'hésite à la réveiller.

— Tu n'es pas à blâmer, Nan, ce n'est pas ta faute. Allons, viens, dit-elle en se remettant sur pied, ne te torture pas ainsi, je suis sûre qu'elle va aussi bien que possible. Demande que l'on monte du thé dans ma chambre, veux-tu ? Tu pourras t'occuper d'elle pendant que je parlerai à Kit.

Amanda frappa tout doucement à la porte de la chambre et entra.

Les rideaux étaient tirés, mais suffisamment de lumière filtrait pour lui permettre de distinguer l'enfant endormie dans son lit ainsi que l'homme terrassé par la fatigue et le contrecoup nerveux, qui la regardait, assis à son chevet.

Eperdue d'amour et de compassion pour lui, elle s'avança, brûlant d'envie d'être dans ses bras et de lui donner toute la chaleur et l'affection qu'il méritait.

En la voyant, il se leva de sa chaise, un pâle sourire sur les lèvres. Amanda voulut parler, exprimer son soulagement, sa joie que la fillette et son père fussent sains et saufs, mais sa longue nuit d'angoisse avait usé toute sa résistance, elle fondit en larmes.

Kit la prit sans un mot dans ses bras, et pendant un long moment ils s'étreignirent en silence, trop profondément émus pour parler. Puis il la regarda avec attention et lui demanda, avec toute la tendresse et toute l'attention du monde, comment elle se sentait.

— Ça va, lui répondit-elle en souriant entre ses larmes. Bien fatiguée, comme toi, je suppose, mais quelques heures de sommeil arrangeront cela. Comment va Ciel ?

— Elle est épuisée, mais c'est une enfant résistante. Apparemment, elle a suivi Ortega de son plein gré. Il lui avait promis une belle aventure. Elle a seulement eu peur lorsqu'elle s'est trouvée dans les collines, à cause de l'obscurité. Si cette ordure n'était pas tombée dans le ravin, je crois bien que je l'aurais tué !

La lueur terrible qui passait dans ses yeux ne le confirmait que trop.

Amanda ne put retenir un frisson.

— Je suis heureuse que tu ne l'aies pas fait, observa-t-elle. Je n'aurais pas voulu te voir retourner en prison, et cette fois pour un crime que tu aurais vraiment commis… Est-ce que tu veux bien que Nan vienne au chevet de Ciel ? Elle est folle de remords de n'avoir pu empêcher son enlèvement et n'aura pas de repos tant qu'elle n'aura pas constaté de ses propres yeux que la petite va bien.

Il acquiesça, et elle fit signe à la gouvernante.

— Viens, lui dit-elle. Nous serons juste à côté.

Nan vint s'asseoir au chevet de l'enfant, et Kit sourit silencieusement à la gouvernante en signe de gratitude avant de suivre Amanda dans sa chambre.

Amanda versa le thé et savoura, les yeux fermés, le liquide chaud et revigorant, puis Kit la prit dans ses bras.

Leur baiser fut lent et langoureux. Elle se sentait fondre sous cette douce caresse. Après la nuit terrible qu'ils venaient de passer, c'était une véritable cure de jouvence.

— Comment va Henry ? demanda-t-il sans la lâcher.

— Il est soulagé pour Ciel, bien sûr, et horrifié, comme nous tous, par son enlèvement. Mais il est aussi très affecté par la mort de Quinn et par ce qu'il a découvert sur lui.

Elle soupira, sa joue contre la poitrine de Kit.

— Qui aurait cru que cela finirait ainsi ? Je crois que je ne pourrai plus aller me promener là-haut… C'est trop terrible de repenser à ce qui s'y est déroulé.

— Dès que possible, je vous emmène à Woodthorpe, Ciel et toi. Il est temps de penser un peu à nous. Quinn, Ortega et Carmen appartiennent au passé.

Elle lui lança un bref regard. Elle se sentait curieuse de tout ce qui touchait à Carmen Rider. Ou peut-être avait-elle besoin que Kit la rassure quant aux sentiments qu'il avait éprouvés pour la veuve hispano-américaine ?

— Je sais que ce n'est guère le moment d'en parler, commença-t-elle prudemment, mais… A quoi ressemblait Carmen ? Etait-elle très belle ?

— Très. Et mieux valait ne pas se fier à sa splendide apparence, car sa beauté dissimulait un caractère épouvantable. Maintes fois j'ai remercié le ciel de n'être rien de plus que l'entraîneur de ses chevaux. Elle était absolument cyclothymique, parfois en furie comme une tigresse, et un instant plus tard ronronnant comme une chatte. Lorsque je lui ai annoncé mon intention de quitter son service, cela l'a plongée dans le plus profond désespoir, mais le soir même elle sortait parée comme pour un bal, avec bijoux et mantille ! Elle ne faisait jamais rien à moitié. J'aurais voulu ne l'avoir jamais rencontrée. Mais alors…

La voix de Kit baissa jusqu'au murmure, et son regard était la plus douce des caresses.

— … Alors je n'aurais sans doute pas fait ta connaissance.

— Etait-elle amoureuse de toi ?

Il haussa les épaules.

— Je suppose qu'elle l'a cru. Elle s'entichait volontiers de ceux qui lui résistaient, et je lui avais fait comprendre que je n'étais chez elle que pour m'occuper de ses chevaux.

Amanda rassembla tout son courage.

— C'est vrai, Kit ? demanda-t-elle. Tu ne l'as jamais aimée ?

Il lui sourit avec une tendre lueur dans ses yeux sombres.

— C'est donc important, pour toi, murmura-t-il, que je l'ai aimée, ou non ?

— Je… Oui, je n'aime pas l'idée que tous les deux…

— Eh bien, je suis heureux de pouvoir te rassurer. La réponse est non. Un non définitif !

Il la serra contre lui et ajouta tout bas, dans ses cheveux :

— Si j'avais eu pour elle ne serait-ce qu'un millième de l'amour que j'ai pour toi, je te jure que rien au monde n'aurait pu nous séparer.

Elle en eut presque le souffle coupé.

— Tu… tu m'aimes ?

— Bien sûr que je t'aime. Comment pourrais-je ne pas t'aimer ?

— Tu ne me l'as jamais dit.

— Et depuis bien longtemps, mon amour. Depuis l'instant où tu es entrée dans ma cellule et m'as demandé de t'épouser.

Kit la regarda avec un sourire interrogateur.

— Et toi, Amanda, quels sont tes sentiments à mon égard ?

Il y avait comme une incertitude dans le ton de sa voix, et elle sentit son corps se raidir presque imperceptiblement.

Elle leva vers son visage fatigué un regard rempli d'amour.

— Tu m'as rendue follement amoureuse de toi, à un point que personne ne peut imaginer, lui dit-elle d'une voix assurée. Tu es tout ce dont j'ai toujours rêvé, et je t'aimerai toujours.

Kit eut un soupir de soulagement et lui baisa doucement les lèvres.

— Si tu savais combien j'ai désiré t'entendre dire ces mots-là ! murmura-t-il. Nous allons avoir toute la vie pour nous aimer et pour chérir Ciel et nos autres futurs enfants.

— Je te promets d'être une bonne mère pour elle, et je serai heureuse et fière de porter des fils qui te ressembleront. Tu sais, Kit, père insiste pour que nous ayons une bénédiction de mariage, et je le souhaite moi aussi. Avec tout ce qui s'est passé, nous n'avons pas eu le temps d'en discuter. Qu'en penses-tu ?

— Je suis d'accord pour une cérémonie à laquelle Ciel et tes parents pourraient assister, mais je crois qu'elle doit rester simple.

— Et où veux-tu qu'elle ait lieu ? Ici, à Thurlow ?

— Je ne voudrais pas offenser ton père, mais j'aimerais que nous commencions notre vie commune là où elle va se dérouler, à Woodthorpe, dans la chapelle du château. Une bénédiction auprès de la famille et de quelques amis, suivie d'une réception où chacun pourra fêter notre mariage. Es-tu d'accord ?

Elle se sentit parcourue par un frisson de plaisir. La vision de son avenir était aussi belle, aussi brillante que le château de Woodthorpe lui-même.

— Comment pourrais-je ne pas l'être ? répondit-elle en souriant. Mais toi, te sens-tu la force de retourner là-bas après tout ce qui s'est passé ?

— C'est mon vrai foyer, Amanda, le berceau de ma famille. Certes, mon père et mon frère m'ont dérobé ma jeunesse et ma mère, ils m'ont plongé dans une atmosphère que je haïssais, et j'ai dû fuir pour ne pas être détruit. Mais ma vie en Amérique, dans les montagnes, m'a appris que l'on est libre. On est seul à pouvoir se détruire soi-même. Le mal que nous font les autres est moins important que la façon dont nous réagissons. Et j'ai reçu une autre leçon. La plus essentielle.

— Laquelle ?

— Celle du pardon.

Kit avait prononcé ces mots avec une impressionnante gravité.

— Tu vois, mon amour, reprit-il en souriant, je pense que je puis faire face sans crainte à mon passé. Malgré mon absence, jamais Woodthorpe n'a été négligé. La propriété a été entretenue avec soin. Je suis impatient de te la faire découvrir.

Très émue, Amanda sentait ses yeux se mouiller de larmes, mais elle lui rendit son sourire.

— Moi aussi, j'ai hâte, lui dit-elle. Mais où que ce soit, je veux être avec toi, Kit. Aussi longtemps que j'aurai ton amour.

— Alors, ce sera pour toujours.

*
* *

Avant l'arrivée des invités à Woodthorpe, il y eut une première — et délicieuse — lune de miel pour Amanda et Kit dans la vieille demeure.

Ils parcoururent à cheval la propriété, arpentèrent bras dessus, bras dessous les allées du parc accompagnés de Ciel, rêvèrent sur les terrasses en regardant se coucher le soleil et se lever les étoiles.

Amanda n'avait jamais été plus heureuse ni plus comblée. Chaque nuit auprès de Kit lui apportait tout un univers de sensations et d'extases passionnées, suivies de tendres moments où elle s'endormait, pelotonnée dans les bras de son mari.

Kit lui répétait aussi qu'il ne s'était jamais senti aussi heureux. Elle était une enchanteresse, lui disait-il, une femme délicieuse qui se métamorphosait chaque nuit en quelque divinité païenne de l'Amour. Il l'aimait de toutes ses forces, avec une passion qui croissait chaque jour davantage.

Trois semaines passèrent et, un matin, ce qu'elle soupçonnait et espérait depuis quelque temps déjà devint une certitude.

Elle attendait un enfant.

Kit explosa de joie lorsqu'elle le lui apprit.

— Mais, s'inquiéta-t-il tout de suite en la prenant dans ses bras avec une délicatesse un peu craintive, il va te falloir faire très attention, maintenant ?

— Bah, je me sens forte comme un roc ! Si c'est un garçon, il te ressemblera, il sera grand et fort comme son père.

— Fille ou garçon, qu'importe, nous l'aimerons tout autant…

— Je savais que tu dirais cela, répliqua-t-elle avant de déposer un tendre baiser sur ses lèvres.

La bénédiction de mariage fut prononcée dans la petite chapelle de Woodthorpe par le vicaire du village.

Dans une simple robe crème ornée de dentelles de Bruges, Kit suprêmement élégant à côté d'elle dans sa jaquette claire,

Amanda songeait, émue, au chemin parcouru depuis la geôle sinistre de Charleston où on les avait unis une première fois.

Assis à côté de sa chère Caroline, resplendissante dans un ensemble lilas bordé de fourrure, Henry rayonna de fierté durant toute la cérémonie. Au premier rang des invités étaient assis lord et lady Covington ainsi que leur fille Jane, qui partageait avec Nan la tâche de veiller sur Ciel, adorable dans sa petite robe blanche et absolument captivée par le spectacle.

Le soleil brillait quand ils sortirent de la chapelle et posèrent pour le photographe venu de Londres, devant un rosier grimpant du parc. Tandis que l'on rangeait l'encombrante chambre sur son trépied de bois et les lourdes plaques de cuivre, Kit prit la main d'Amanda et l'attira un peu à l'écart.

— Es-tu heureuse ? lui murmura-t-il.

Elle eut un frisson de plaisir en regardant son mari.

— Merveilleusement !

On parlerait longtemps dans le pays de la fête donnée à Woodthorpe pour le comte et la comtesse.

Ce qui se célébrait là était un nouveau départ, l'éradication des fantômes et des péchés du passé, la réconciliation des vivants et des morts. La joie, la gaieté étaient à l'ordre du jour. Chacun dans le voisinage, sans exclusive, était invité à se joindre aux mariés et à leur famille.

On convint que lord Claybourne, contrairement à son père et à son frère, était un homme tout à fait digne d'estime et de respect, on se demanda ce qu'avait pu être sa vie au cours de sa longue absence et dans quelles conditions il avait rencontré sa ravissante épouse, mais l'on tomba également d'accord pour reconnaître que le départ du comte pour l'Amérique n'avait pas eu de conséquences fâcheuses puisqu'il avait veillé à la préservation du domaine.

Quant à la comtesse, c'était bien la dame la plus gracieuse et la plus belle que l'on ait connue à Woodthorpe.

Au cours du grand bal, le château résonna de rires, de musique, de toasts aux mariés et de vœux de bonheur. Kit, magnifique en habit de soirée à queue-de-pie, ne quittait guère sa femme, la tenant le plus souvent par la taille comme s'il voulait affirmer qu'elle était sienne.

Au-dessus d'eux, Ciel et les enfants de Victoria, que l'on avait eu beaucoup de mal à envoyer se coucher, les regardaient, accroupis derrière les piliers de la balustrade, dans la grande galerie. Ils s'étaient relevés subrepticement et faufilés là pour assister quand même à la fête.

A un moment où Kit saluait quelques connaissances, sa cousine Victoria prit la main d'Amanda et l'attira un peu à l'écart, en souriant.

— Quelle merveilleuse journée ! lui dit-elle. Woodthorpe méritait mieux que de rester une demeure vide comme pendant ces dernières années. Il y faut une vraie famille pour le faire revivre, et je sais que Kit et vous allez vous y employer. Vous savez, sa mère serait très fière de lui, si elle le voyait aujourd'hui.

— Merci, Victoria. Dites-moi, il y a quelque chose que je voudrais vous demander. Vous saviez, n'est-ce pas, que j'étais mariée avec Kit quand nous nous sommes rencontrées chez vous, à Chelsea ?

— Il me l'annonçait dans sa lettre, mais il me demandait aussi de garder le secret. M'en voulez-vous beaucoup de lui avoir obéi ?

— Non, je comprends.

— Je le connais bien. Nous avons toujours été très proches,

Kit et moi. Il n'a pas été facile pour lui de grandir entre son père et son frère. Vous a-t-il… ?

— Oui, il m'a tout dit. Cela a dû être bien difficile en effet.

— C'était très dur pour Kit et pour sa mère. Son père et son frère… Disons qu'ils souffraient d'une sorte de maladie. Le jeu et le reste… Plusieurs fois durant son enfance et son adolescence, Kit a fait des fugues. Mais il est toujours revenu. Sinon, lorsque son père et Charles se conduisaient mal en public, il se réfugiait dans le silence. Je crois qu'il a toujours été capable de voir le monde comme il est, froid et cruel, mais aussi de s'en extraire et de s'en tenir à l'écart. Les amis de son père et de son frère étaient des gens vains et stupides. Lui savait déjà qu'il ne leur ressemblerait pas. Après la mort de Charles puis celle de son père, Kit a vraiment été terrassé par l'amertume et le chagrin. J'aurais voulu le voir rester, bien sûr, mais nous avons craint qu'il n'en vînt à perdre la raison s'il demeurait à Woodthorpe au milieu de tels souvenirs.

Brièvement, les yeux de Victoria s'embuèrent, mais tout de suite elle secoua la tête.

— Tout cela, c'est le passé, dit-elle en souriant. Vous allez le rendre heureux, à présent. Je le sais.

Kit s'excusa et quitta le joyeux groupe qui l'entourait pour partir à la recherche de sa femme. Il ne tarda pas à la découvrir. Dans sa robe de soie citron qui lui dénudait les épaules et ne faisait que mieux flamboyer sa magnifique chevelure, elle dansait avec le jeune lord Bennett et riait de bon cœur à ses plaisanteries.

Il prit une flûte de champagne sur le plateau que lui tendait un laquais en livrée et se tint un peu dans l'ombre, simplement heureux de l'admirer à distance.

Henry s'approcha de lui.

— Ah, mon cher Kit, lui dit-il en regardant lui aussi sa fille. Il va vous falloir vous habituer au rôle de mari que les autres hommes envient… sans songer d'ailleurs que votre place n'est peut-être pas de tout repos ! Malgré tous mes efforts, je n'ai jamais réussi à obtenir d'Amanda le moindre fléchissement de son indomptable caractère ! Pour l'instant, elle est toute à la joie de son mariage, mais méfiez-vous des lendemains de la lune de miel ! Je me permets de vous mettre en garde, mon cher gendre : faites-lui vite des enfants, c'est votre meilleure chance d'avoir un peu de tranquillité dans votre ménage…

Kit regarda son beau-père, qui lui souriait d'un air complice, et il lui sourit en retour. Ils restèrent un instant silencieux, à admirer celle qu'ils aimaient tous deux, tandis qu'elle tournoyait au bras de son cavalier. Henry ne pensait pas si bien dire : sa fille était déjà bel et bien enceinte. A bien la regarder, d'ailleurs, on pouvait discerner dans son attitude cette étrange et émouvante sérénité que donne aux femmes la grossesse.

— Voyez-vous, Henry, murmura-t-il d'un air pénétré, je suis de votre avis, et pourtant il n'y a pas dans le caractère de votre fille le moindre trait, même le plus infime, que je voudrais changer.

Son beau-père sourit plus largement encore et lui donna une tape amicale dans le dos.

— Vous avez raison, moi non plus ! Je ne trouve pas de mots pour vous exprimer ma joie de vous voir mariés. Ma fille n'aurait pu faire un meilleur choix, bien qu'elle ne m'ait pas demandé mon avis, ajouta-t-il en riant, et que cela ne lui ait pas coûté plus d'efforts qu'il ne m'en faut à moi-même pour acheter un nouveau cheval !

Il rit puis contempla sa fille, tout attendri.

— Vous voyez, elle est la reine du bal ! Elle les captive tous...

— J'en vois un qui est particulièrement captivé, répliqua Kit d'un ton égal.

Il trouvait décidément que lord Bennet serrait sa cavalière d'un peu trop près et déployait beaucoup d'efforts de séduction. Toute cette activité avait dû lui donner faim et soif. Il était temps de le renvoyer un peu au buffet.

Justement, l'orchestre attaquait une nouvelle valse.

— Je crois que je vais demander une danse à mon épouse, dit-il en reposant sa flûte sur un plateau.

Amanda lui sourit en le voyant s'approcher, et ce fut comme si ce sourire illuminait la vaste salle. A son grand soulagement, elle abandonna lord Bennet sans regret.

— Je crois que c'est notre danse, lui dit-il.

— Pourquoi as-tu attendu si longtemps ? murmura-t-elle, complice.

Il prit sa main et, l'amour circulant entre eux comme un fluide, l'emmena au milieu de la piste de danse, conscient que l'attention de l'assistance entière était fixée sur eux.

— Tout le monde est amoureux de toi et répète à l'envi que je suis bien heureux d'avoir trouvé une aussi jolie comtesse, chuchota-t-il en enchaînant les premiers pas.

— Et toi, me trouves-tu acceptable dans ce rôle ?

— Dès que nous serons seuls, je te montrerai ce que je pense de cette intéressante question... Pour l'instant, comme tes autres admirateurs, je ne puis que te lancer des regards lourds de concupiscence en rêvant à ce qui pourrait suivre.

Amanda eut un sourire tranquille et extrêmement féminin, né de la certitude que leurs sentiments à tous deux étaient parfaitement à l'unisson.

— Je pense, milord, dit-elle d'un ton faussement sérieux,

qu'il s'agit d'une question dont nous devons discuter un peu plus tard, dans notre chambre à coucher.

— Le plus tôt sera le mieux, milady.

Sept mois plus tard, leur premier fils naissait après un accouchement que Nan qualifia de « ridiculement facile ». C'était un beau bébé aux joues rondes et roses, aux cheveux bruns.

Penché au-dessus du berceau, Kit avait pour le nouveau-né des regards bouleversants d'amour. Les yeux brillants de joie et de fierté, il se tourna vers Amanda qui se reposait dans son lit.

— Merci, mon amour, lui dit-il. C'est un magnifique garçon.

Les yeux brillants, elle aussi, elle pointa le menton vers son mari.

— Ne l'avais-je pas dit ? Exactement comme son papa !

Mais quand Kit prit délicatement dans ses bras le futur comte de Rossington, elle fut si profondément émue qu'elle en resta sans voix.

HARLEQUIN

Collection *Les Historiques*

PROCHAINS RENDEZ-VOUS LE

1er février 2008

LA PUPILLE DU ROI, ***de Margo Maguire* • *n°393***

Angleterre, 1421. Maltraitée par son beau-père, lady Kathryn Somers espère lui échapper en épousant bientôt Rupert, son grand amour. Aussi est-elle désespérée quand arrive au château un chevalier du roi qui a pour mission de l'escorter à la Cour de Londres où, pour une raison que tout le monde ignore, Sa Majesté entend qu'elle vive désormais. Au terme d'un long voyage, lady Kathryn s'installe au palais où elle reçoit un nouveau choc en apprenant que le souverain lui a choisi d'autorité un époux…

LA CAPTIVE DES HIGHLANDS, ***de Helen Dickson* • *n°394***

Ecosse, 1691. Lorna Mac Bryde, une jeune Ecossaise élevée en Angleterre à la suite de l'exil forcé de son père, ennemi juré de la Couronne, est contrainte par sa famille de retourner en Ecosse afin de s'y marier. Mais, en chemin, elle est enlevée et séquestrée par Iain Monroe, un farouche guerrier Highlander désireux de se venger d'elle. Car elle a, des années plus tôt, causé la mort de son petit frère…

ARABELLA ET LE LIBERTIN, ***de Georgette Heyer* • *n°395***

Angleterre, 1815. Alors qu'elles se rendent à Londres pour y passer la Saison, Arabella, la fille d'un pasteur, et miss Blackburn, son chaperon, sont victimes d'un incident d'attelage. Elles trouvent alors refuge, le temps d'un souper, chez lord Robert Beaumaris, un aristocrate réputé pour son charme ravageur et son existence dissolue. Excédée par son arrogance, et résolue à lui damer le pion, Arabella lui ment en prétendant être une riche héritière…

Le 1er janvier

Jeux macabres - Erica Spindler • N°310

A La Nouvelle-Orléans, les meurtres se succèdent dans l'entourage de Léo Noble, inventeur fortuné d'un célèbre jeu de rôles. Pour Stacy Killian, ancienne inspectrice dont l'une des amies compte parmi les victimes, il ne fait aucun doute que le meurtrier s'inspire de ce jeu pour commettre ses crimes. Et qu'elle devra se plier à ses règles pour réussir enfin à l'arrêter...

L'Ecorcheur - P.D. Martin • N°311

A l'âge de huit ans, Sophie a brutalement eu la vision du meurtre de son petit frère. Ce drame l'a marquée à jamais. Devenue flic, elle est repérée par le FBI pour son flair hors-normes, et s'installe à Quantico pour exercer ses talents de *profiler*. Mais un jour, le cauchemar recommence quand elle « ressent » les meurtres commis par l'Ecorcheur de Washington, un monstrueux tueur en série traqué par le FBI. Et qu'elle découvre que ces crimes atroces la touchent de beaucoup plus près qu'elle ne l'imagine...

Hantise - Heather Graham • N°312

Une jeune guide de La Nouvelle-Orléans, un agent du FBI : tous deux sont retrouvés morts le même jour d'une overdose d'héroïne. Coïncidence ? Nikki DuMonde, qui dirige une agence touristique, est persuadée du contraire. Car les deux victimes viennent hanter sa vie, comme pour réclamer justice et l'avertir qu'elle court un grand danger. La police, sceptique, ne prend guère au sérieux sa déposition... à l'exception de Brent Blackhawk, un flic qui, découvre-t-elle, a les mêmes dons de médium qu'elle.

Souviens-toi du passé - Laurie Breton • N°313

L'ambitieuse Kate Winslow est chargée de la vente de l'une des plus belles demeures de Boston. Mais lorsque le client avec qui elle a rendez-vous s'introduit dans les lieux, c'est pour découvrir que Kate a mystérieusement disparu, laissant derrière elle sa mallette, son portefeuille – et le cadavre d'un inconnu, tué à coup de revolver.

Le pavillon d'hiver - Susan Wiggs • N°314

Suite à l'incendie de sa maison, Jenny s'installe au pavillon d'hiver du camp Kioga où, adolescente, elle passait ses étés... Là, elle est assaillie par un flot de souvenirs : le premier baiser de Rourke et, plus tard, la douleur muette dans ses yeux quand Joey, son meilleur ami, l'avait demandée en mariage... Rourke avait alors renoncé à la conquérir, et depuis la mort de Joey, il multipliait les conquêtes éphémères et faisait tout pour l'éviter... Pourtant n'avait-il pas promis de veiller sur elle durant son séjour au pavillon... ?

Lady Sapphire - Rosemary Rogers • N°315

Martinique et Angleterre, 1831

A dix-huit ans, Sapphire découvre qu'elle n'est pas la fille d'un riche planteur de Martinique comme elle le croyait, mais le fruit des amours d'une prostituée de La Nouvelle-Orléans et d'un lord anglais. Contraint par sa famille de rompre, ce dernier a regagné l'Angleterre après avoir épousé en secret sa maîtresse enceinte. Pour lui permettre de survivre, il lui a laissé un somptueux pendentif en saphir qu'elle n'a pourtant jamais vendu et a confié aux parents adoptifs de Sapphire avant de mourir. Décidée à retrouver son géniteur, Sapphire embarque pour l'Angleterre...

En lettres de sang - Meg O'Brien • N°156 *(réédition)*

Qui pouvait haïr Marti Bright au point de l'avoir assassinée de la manière la plus effroyable ? Car son bourreau n'a pas seulement dessiné « Menteuse » en lettres de sang sur le corps de la victime. Il l'a crucifiée. Et ce crime porte la signature d'un meurtre rituel. Sous le choc, Abby, son amie d'enfance, va peu à peu découvrir, en enquêtant sur les derniers jours de Marti, une femme qu'elle croyait connaître et dont elle ignorait la part d'ombre...

Faux diagnostic - Gwen Hunter • N°164 *(réédition)*

Rhea est l'amie de toujours de Marisa. Elle est aussi médecin urgentiste. Le jour où Marisa est victime d'un accident, Rhea met tout en oeuvre pour sauver sa vie. Tout, y compris une enquête secrète et illégale dans le service de son propre patron. Mais en cherchant à percer le mystère qui entoure Marisa, Rhea a orienté sur elle la cible qui va faire d'elle la victime d'une atroce machination.

L'ASTROLOGIE EN DIRECT
TOUT AU LONG
DE L'ANNÉE.

(France métropolitaine uniquement)

Par téléphone 08.92.68.41.01

0,34 € la minute (Serveur JET MULTIMÉDIA).

Composé et édité par les
éditions Harlequin
Achevé d'imprimer en novembre 2007

BUSSIÈRE
GROUPE CPI

à Saint-Amand-Montrond (Cher)
Dépôt légal : décembre 2007
N° d'imprimeur : 71645 — N° d'éditeur : 13200

Imprimé en France